捧槌谷

千年参王背后的家国情仇、山野秘史

严岐成◎著

中国文联出版社
http://www.clapnet.cn

图书在版编目(CIP)数据

棒槌谷 / 严岐成著. —北京:中国文联出版社,
2017.1
ISBN 978-7-5190-2493-2

Ⅰ.①棒… Ⅱ.①严… Ⅲ.①中篇小说-中国-当代
Ⅳ.①I247.5

中国版本图书馆 CIP 数据核字(2017)第 020534 号

棒槌谷

作　　者:严岐成

出 版 人:朱　庆
终 审 人:朱彦玲　　　　　　复 审 人:王　军
责任编辑:刘　旭　　　　　　责任校对:傅泉泽
封面设计:天下装帧设计　　　责任印制:陈　晨

出版发行　中国文联出版社
地　　址:北京市朝阳区农展馆南里 10 号,100125
电　　话:010-85923043(咨询) 85923000(编务) 85923020(邮购)
传　　真:010-85923000(总编室),010-85923020(发行部)
网　　址:http://www.clapnet.cn　　　http://www.claplus.cn
E－mail:clap@clapnet.cn　　　liux@clapnet.cn

印　　刷:北京市媛明印刷厂
装　　订:北京市媛明印刷厂
法律顾问:北京天驰君泰律师事务所徐波律师
本书如有破损、缺页、装订错误,请与本社联系调换

开　　本:710×1000　　　　　　　1/16
字　　数:226 千字　　　　　　　印张:15.25
版　　次:2017 年 4 月第 1 版　　 印次:2017 年 4 月第 1 次印刷
书　　号:ISBN 978-7-5190-2493-2
定　　价:46.00 元

目 录
Contents

第一章
放山人和他们的后代

1

孙善起在棒槌谷里一待就是八年!

八年光阴,八遍青黄,无非弹指一挥,可老孙已经是青丝变白头。

抚松城里人都叫他"放山王",可是,孙善起自己觉得他更像棵棒槌谷里的"棒槌"——人参。人参藏在地下,六年一轮回。如果将他栽在这片林中,他就是这棒槌谷里最大的棒槌。星移斗转,春雨秋风,孙善起几乎成了棒槌谷的一部分。大森林养人,春天的草,夏天的花,秋天的果,孙善起采天地之灵气,享日月之精华,虽然没有得道成仙,他却感觉自己成了这里的老山神。

别说,他的祖上孙良就是长白山里放山人的"老把头"。"老把头"就是放山人信奉的山神,当年他从山东莱阳漂洋过海闯关东,为了这长白山里的棒槌死在了古河边。从此,只要是进山的放山人,都要供奉孙良,敬老把头一炷香,才能进山"开眼"。

待在老林子里,一件"破绽百出"的黑布褂子,一条细麻绳,代替所有的纽扣锁住了两扇衣襟。人像枯松般清瘦,皮肤也像枯松般皱纹密布。虽然孙起善和赵北川同庚,可看上去他比赵北川要老得多。但他的身子骨仍然如豹子般敏捷，眼睛如苍鹰一样锐利。

在这人迹罕至的山谷中，他精神上靠的是两种寄托，物质上靠的是两件宝。

一种寄托在他小窝棚的左侧，那是一个用花岗岩雕刻而成的石头小庙，里面供奉的是白发苍然、肩挂背篓、手拿拨草棍的老把头孙良。

另一种寄托是他的发妻赵秀英，她躺在他小窝棚的右侧，凸起的土包下她长眠不醒。她就死在这里，八年前她精神错乱，用一根绳索结束了自己的生命。

人已死，魂亦散，可情乃在。因此，黄昏降临，日落树头，夜幕如黑纱般垂落的时候，孙善起掏出了他的老铜箫。这是他的第一件宝，日消月磨，铜箫仍然发着灿然的黄光。他用舌头舔了一下干裂的嘴唇，将铜箫放到嘴边，悠扬而悲凉的箫声立刻响起。

这时，"老黄"会趴在他的脚边，两只脚爪前伸，脑袋埋在爪子的中间，静静地听着他的箫声。听到情深之处，老黄的狗眼中竟然会滚下泪水，这条狗通人性啊！因此，老黄是他的第二件宝。

孙善起的窝棚在谷底依水而建，窝棚的前面就是一条闪亮的小溪。溪水"叮咚"作响，伴着箫声，带着林涛，形成了这棒槌谷中特殊的交响乐。

他眯着眼，吹着箫，身上微微颤抖，像棵风中的枯草。突然，他睁开了眼睛。谁也料不到，这眼睛里射出的光泽如此闪亮。薄暮中的林海，这眼睛的光泽像燃烧的火焰，镇定而坚毅。长时间在这无人的山谷中生活，能够抵抗这孤独和压抑，孙善起的心态非常人可比。

孙善起眼睛一睁的同时，箫声停了。大森林立刻显出了它的静谧和深邃，一种"嗦嗦"的声音从小溪对面的草丛中传来。老黄机灵一下站了起来，头一低，后腿一绷，似乎变成了一支在弦的箭，随时就会射出。

孙善起的眼睛早就透过碧绿的草丛看到了一条黑漆闪亮的东西在缓缓蠕动，那东西不但粗大，它的头上还长着红红的冠子。常年在这林海中生活，孙善起知道那是一条长虫——大蛇。这条蛇的体型不小，两头都在草丛中，孙善起只能看到一段蛇身和红红的冠子，但这足够了，这足以让孙善起心头涌起惊喜的狂潮。八年了，八年的时间等的就是它！

这条蛇是到小溪中来喝水的，也许是孙善起的箫声让它沉醉，它忘了饮水，随着箫声将细软的腰身舞动起来。此刻箫声一停，它似乎预见到什么不对，蛇身一抽，立刻如一道闪电般在草丛中不见了。

老黄如离弦之箭，在它身后射去。可随之，一声尖厉的口哨声让它止住了脚步。孙善起不想让老黄去冒险，急忙用口哨叫住了莽撞的老黄。

说话之间，夜幕很快落下，大森林中已经一片模糊。

当晚，孙善起在梦中见到了那条大蛇。大蛇由草丛中盘旋于树上，昂起了菱形的头。突然间，狂雨如注。一道闪电之后，大蛇变成一条青龙直入苍天。

梦醒之后，孙善起久久难以入睡，黄铜做的烟袋锅里火星子一明一灭，他闷在小土炕上喷云吐雾。大森林中涛声如雷，孙善起的小窝棚如大海中的孤岛，在这不停的涛声中安如磐石。别人在黑夜中听到这涛声，会觉得惊心动魄，孙善起却当作催眠曲一样格外容易入睡。今天，他却睡不着了。这不是因为梦中的蛇，也不是因为窗外的涛声，而是那黄昏时出现在小溪边的长虫。那长虫竟然长着红红的冠子，那可是条百年老蛇啊！

放山人喜欢蛇，崇拜蛇，他们说这是钱串子，会给放山人带来好运。孙善起却实实在在地认为，它的出现说明他所追求的目标不远了。

这目标是什么呢？棒槌谷里八年如一日，谈何容易？八年中，他深藏心中的追求只有他自己知道。

孙善起有属于自己的特殊天赋，他在林子里从不迷路。摸一把树叶，他知道要来什么风；看一下山头，他知道在什么地方。别人放山拿不着"货"都会等着孙善起，他们知道他肯定能拿到货。野草丛中，别人前脚走过，他会在后面喊一声："棒槌！"果然，那棒槌就出现在他的眼前。

人参这个百草之王好像和他天生有缘。因此，抚松城里干山利落的都称他为"放山王"。

他心中升起一种直觉，这么多年对棒槌谷的守护可能就会应在这条大蛇身上。他始终相信，这动物也是有灵性的，人参也是有灵性的。这样的蛇不会轻易待在这谷底，它一定在守护着什么。

天光一亮，他立即爬起。熬好小米粥，吃上大煎饼，喂饱老黄。然后，他左手索拨棍，右手快当斧，带着老黄就上路了。

上路？这深谷里荒草丛生，哪儿有路？只有孙善起认得路，那是大蛇走过压倒的草叶，严格地说那是一条痕迹，这条痕迹就是路。老黄有灵敏的嗅觉，孙善起又是那么有经验，这一人一狗自然就能在老林子里找出路来。当然，这路可不好走，时而荆棘丛生，时而乱石拦截。

老黄跑得快，这些东西拦不住它。可它每当跑远就回过头来等它的主人，主人披荆斩棘，用手中的快当斧子留下印痕。这是规矩，它不但让自己记住路，也要让后来人认识路。老林子里，四面几乎是一样的树木，能记得住路那可是件不容易的事。

不久，太阳在大山的后面露出脸来。阳光照射得大地既温暖又光明，深谷里雾气散去，草叶上露珠渐少。这一人一狗，仿佛一主一仆，穿行林海如鹰击长空，很快就到了一块林间空地。

空地对面有一座青石碴子，青石碴子上面有一棵孤松，下面是一片绿绿的草地。

凭着本能，孙善起的神经莫名兴奋，每一个汗毛孔都迅速张开。他攥紧快当斧子，放眼望去。果然，那座青石碴子下面，青草丛中一条大蛇盘旋而卧。此刻，它头颅高昂，仿佛受惊一样正四处打量。

一主一仆冲出丛林，在这块阳光刚刚撒满的空地上，他们与大蛇迎面而对。

事出突然，老黄身体一伏，喉咙里发出一种低沉的声音。那声音似乎是警告，也似乎是威胁。

大蛇不然，一经发现孙善起和老黄出现在它的面前，它那绿豆一样的小眼睛就停住不动了，那恶毒、阴冷的目光就锁定了这一主一仆，那红红的长舌在朝阳明亮的光线下一闪一闪，仿佛是向他们发出信号，立刻离开这里，这里是它的王国。

什么王国呢？

孙善起一点儿也不惊慌，找到大蛇是意料中的事。但大蛇的身边有没有他梦寐以求的东西呢？八年的时光，能不能在这一刻凝聚成希望呢？

孙善起没在乎那条大蛇，因为身边有老黄，有它就足够了。他只是捏紧手中的索拨棍和快当斧子放眼搜索，搜索这片空地。

他的眼睛像探照灯，向每一片草叶上扫去。他的目光又像雷达，尽量地探索草叶中的异样。他知道百草之王对于草意味着什么，那是它们的君主，它们的皇帝。人参出现的地方，它的周围，群草会向后形成自然的一圈，中间是王者之地。无草敢欺侮"草王"，无草能隐蔽得了人参的存在。

可当他的眼睛如探照灯一样扫遍了这块空地，他却失望了。没有，没有这种现象，也没有百草之王的存在。

这怎么可能呢？苦守棒槌谷八年的孙善起绝对不相信这是真的。这样的大蛇现身，它的身后怎么能没有宝物呢？

而且，眼看着他和老黄到来，大蛇竟然一动不动。尽管老黄那么严重的警告和威胁，尽管他老孙手持快当斧，它仍然没有走的意思。这绝不正常，老林子里尽管是狼虫虎豹全有，可万物之灵的人一到，它们还是望风而逃的。没有哪一个野生动物愿意和人来较劲，因为，它们知道人的智商可以战胜任何蛮力。

为什么孙善起要拿一根索拨棍呢？就是因为那棍子敲在树上，传出的响声可以让任何动物远离。所以，即使在这几乎与世隔绝的老林子里，人也是王中之王。

孙善起奇怪地向那条盘旋不动的大蛇看去，这一看他几乎是热血冲顶，浑身如中了电一样，神经立刻绷紧。自然地，也是习惯地一声大喝冲口而出："棒槌！"

四周群山响应，回声传来："棒槌——槌——槌槌——"

山鸣谷应，一群飞鸟从林中腾起，如云彩般遮满了半个天空。这块林间空地，刹那间阴暗起来。

2

原来，大蛇身体盘旋成一坨，中间伸出一根碧绿的草梗，草梗顶端摇晃着伞形的头颅，上面是红红的人参籽。人参在大蛇的怀中，它在守护着人参。孙善起的当头大喝让大蛇恼怒异常，两颗绿豆般的小眼睛射出逼人的光泽，蛇的身体开始蠕动。

兴奋仿佛可以传导，老黄听到主人的喝声，扬起头来就是一阵狂叫："汪汪汪……"可是，这似乎更加激怒了大蛇。它脑袋一摇，深谷中仿佛刮起了一阵狂风。谁也看不清它挂满鳞甲的身体是如何乘着这阵狂风飞起的，只看到它如闪电一样向孙善起扑来。

关键时刻还是老黄，它以同样迅捷的动作，箭一样射向跃起于空中的大蛇。

大蛇是冲着孙善起来的，没想到老黄半路袭来，它只好中途一折，想闪过老黄的尖牙利齿。可这一折，使它从空中落到了地上。这让大蛇恼怒异常，落地同时它的大尾巴顺着地皮就是一下狂扫。

那狂扫的蛇尾仿佛一条钢鞭，沿着草皮就是狠狠的一鞭。

老黄也不是一条凡狗，多年来，老孙似乎预感到今天，他教给老黄很多捕蛇术，山谷中长虫不少，老黄也是久经战阵。因此，当老黄一叼不中的当儿，就做好了下一步的准备。它也是跃起在空中，一次袭击不成，它也落向地面。一贴地面上的青草，老黄立刻一个就地十八滚，恰恰在那蛇尾扫来的时候一滚而过。

这是一块林间空地，长满了茂盛的青草，这好像是预先准备好的一个战场。大蛇如长龙摆尾，老黄如猛虎下山。它们大战起来，一时间，草叶翻飞，空气中腥味逼人。老孙一手快当斧一手索拨棍，面对飞速盘旋的一蛇一狗他却无从下手。

急切间，老孙想起了一样东西。他放下索拨棍，伸手从腰间拽下他的黄铜老烟袋。这老烟袋跟随他多年，寂寞时他就用这个吸云喷雾打发时光。时间一长，烟杆里积攒下了厚厚的烟油。那烟油散发的呛人气息，蚊虫都要躲得远远的。

老孙拽下黄铜老烟袋，照准大蛇扔了过去。可惜的是，孙善起平时经常训练老黄，扔出东西让它叼回。它已经习惯了，征战之中仍然没有忘了这习惯。只见它凌空一跃，张开大嘴就叼住了那个烟袋。

事情无非电光石火间，老黄落地的刹那，大蛇一个翻滚，尾巴如一条收缩自如的钢鞭，顷刻间将老黄缠住。阳光下可以看到，大蛇缠住大黄狗，身上闪闪的鳞甲在蠕动。孙善起知道：坏了！

老黄已经被那条大蛇捆成了一个粽子，而且，那变成绳索的蛇身在它的蠕动下越来越紧。不仅是血液循环，老黄全身的骨骼都在"咔咔"作响。它已经叼不住那个黄铜烟袋了，大张着嘴如鱼儿被扔在沙滩上，拼命地喘息，而且是只有出的气，没有进的气了。原来，这所有的动物都一样，没有了廉价的空气，立刻没有了力量。

孙善起挥斧上前，大蛇瞪着它绿豆般的眼睛，脑袋左右摇摆。这使得孙善起的快当斧屡屡走空，它的尾巴却是越缠越紧。

老黄不仅是嘴巴，眼睛中都流出血来了。它已经停止了挣扎，大蛇也感受到老黄已经完蛋了，它尾巴一甩，老黄被抛了出去。

孙善起一声大叫："老黄！"

棒槌谷中八年，老黄和他相依为命。特别是发妻赵秀英死后，老黄就是他的伴，他们两个相濡以沫。黎明，他们共同迎接朝阳，夜晚，他们共同入眠。

当然，老黄的睡眠极轻，稍有异常，它便会一翻身爬起，观察清楚之后再给它的主人发出信号。有一年，大雪封山，孙善起不慎滚了坡，是老黄咬断一根树枝，将他拽到树枝上。然后，它叼住树枝，像拽一张爬犁一样，将他拽回小窝棚。

此刻，看到老黄殒命，孙善起像疯了一样，手中快当斧一斧快上一斧就奔蛇头而去。

可那条大蛇虽不是成精之物，也是日久天长，自然是蛇中的精灵。它摇头晃脑，在孙善起的斧隙中躲闪。

不过，这动物的力量都是有限的。大概是刚才它与老黄一番恶斗，加上用身体缠紧老黄，耗了不少的力气。此刻，它只有招架之功。

孙善起也是气恼伤神，一时间迷了神智，一把斧如何砍得了灵活的蛇头？

几斧砍过，没有斩获，孙善起还算清醒，他匆忙间后退一步，想寻找其他的方法。而那条大蛇大概也是力有不支，看到孙善起退后，它也"鸣金收兵"，迅速后退重新盘旋于那棵人参周围。

看那个架势，人参就是它的命。孙善起要想挖走这棵大棒槌，那非得过了大蛇这一关不可。

孙善起先是拽过老黄，摸了摸，一点儿气息也没有了。一阵深沉的悲凉从心中滚过，豆粒大的眼泪掉落下来。在这深谷中八年，阴冷、寒凉都奈何不了孙善起，与老黄相伴，目的就是棒槌谷里的千年参王。他的祖先老把头归天之际，曾经在古河的河滩上留下文字，清楚地说到，棒槌谷中必有千年参王——长白山的镇山之宝存在。

现在，老黄已死，千年参王近在咫尺。孙善起凭经验，凭感觉，凭观察，他已经坚信大蛇牢牢盘踞的那根挺立的绿色草梗就是千年参王。

为什么？

那草梗卓尔不群，群草丛中，它伸开如人手掌般的叶片。并且，每一个分叉上都是均匀的七个叶片。叶片翠绿、闪光，似乎披着一种特殊的华彩。尤其在这老林子里，它的叶片与众不同。特别是它最顶端那火红的人参籽，仿佛是傲视万物般迎风抖动。

放山多年，人参，孙善起见多了。可是，人参最多的只有六个叶片，俗称为"六品叶"。这就是说人参是六年一轮回，它每年多一个叶片，长到六年它完成六个叶片后就要重新走下一个轮回。什么意思？就是说，第七年，它就只有一个叶片了，第八年会是两个叶片。如此往复，绝对没有七个叶片的人参。因此，孙善起已经认定，这就是长白山的镇山之宝，流传于抚松城放山人中的"龙腾"宝参。

更何况，那条大蛇不离不弃，如此一番恶斗它竟然没有丝毫离开的意思。只见它长长的红舌头在那摇曳的人参籽上舔来舔去，绿豆般的眼睛还是盯着孙善起。

突然之间，孙善起感觉不好。大蛇为什么去舔人参籽？难道它是在借力？如果它重新有了力气，可如何是好？

孙善起不能再等了，他扫了一眼，发现了老黄叼去的黄铜烟斗。他抢前一步捡到手中，放在鼻子下嗅了嗅，还好！浓浓的烟味直呛他的鼻孔。

他知道这个东西是个可以使大蛇致命的武器，长年累月，烟杆里积存的烟油非常辛辣，任何虫蛇都要退避三舍。

有了它，孙善起似乎有了信心。他一手铜烟锅，一手快当斧，沿着山坡向大蛇逼去。

那条大蛇已经恢复了力量，它缓缓地舒展开自己的躯体，孙善起打量一眼估计足有一丈长短。所幸的是，在长白山里这样的大蛇都没有毒，也就是说它不是一条毒蛇。这就让孙善起有足够的信心来与它周旋，当然，最好的办法是不战而屈人之兵，让这条大蛇知难而退。孙善起将一只快当斧舞成风车一般，阳光下闪出耀眼的光环。可大蛇不为所动，昂首挺立中，那两只绿豆眼冒出森森冷气，一条红色的长舌耀武扬威，长长的躯体带动尾巴在草地上不停地蠕动。大概它在全神贯注地寻找空隙，以便攻击孙善起。

孙善起自然是浑身紧张，绷紧了每一根神经。既然大蛇不退，那只有拼死一战。八年寒暑，他所为何来？今天，千年参王就在眼前，孙善起就是豁上性命也绝对不能退后。在他和大蛇之间，必须有一个倒下，当然，那大蛇本身就是伏在地上的。但孙善起要想得到千年人参王，他必须得过这一关，而这一关必须是以终止大蛇性命为代价。

他的斧头不停，大蛇的脑袋也在跟随斧头摇晃，它也是丝毫不敢大意。

孙善起一个转身，再一次拿起他的法宝。只见他在转身之际，黄铜烟袋从他的肋下飞出。映着太阳，黄铜烟锅划出一道美丽的弧线。

那条大蛇已经被孙善起舞动的斧头激怒了，看到有东西奔它而来，它也是自恃百年老蛇的功底，张开大口迎向空中一叼。

哎呀！这也是大意之间。原来这动物也有大意一说，老蛇一大意，张口一叼，立刻一股辛辣直奔它的喉管。这强烈的刺激，让它立刻脑袋一摇扔掉烟斗，身体一阵痉挛，不自然地就翻了一个滚。老蛇腹下白色的肚皮闪了一下，勉强地重新伏在草地上。

孙善起心中一阵惊喜，大森林中待长了，他知道所有的动物一旦是四爪朝天，它就要完蛋了。这条大长虫肚皮一翻，应该是离死亡不远了。虽然它重新伏了过来，但如此重创它肯定是受伤不轻。

孙善起踏步上前当头一斧，可老蛇仍然灵活，斧头走空。情急之间，孙善起两手如钳，紧紧掐住了蛇的七寸，而且越掐越紧。

这是蛇的命门，孙善起用力一掐，刺激得那条大蛇在昏晕中本能地卷尾收腹。

于是，这老林子里就出现了一个奇怪的景象。孙善起双手紧紧掐住蛇的七寸，蛇的身躯缠紧了孙善起。虽然蛇的命门已经被孙善起扼住，可它自然神经的抽动仍然是非常有力。况且，它刚刚接受了人参籽的滋养。那抽动的蛇身锁紧了孙善起的身躯，让他感到头晕目眩，浑身都有暴烈之感。可是他也明白，此时此刻，就看谁能坚持到最后一分钟。没有其他任何办法，或者是他掐死大蛇，或者是他被大蛇缠死。

慢慢地，山风骤起，一人一蛇都进入了半昏迷状态，仅凭着最后的意识紧紧地扼住对方，死神在他们的上空游荡。

突然，老林子中飞起一支带着羽毛的箭镞。那箭镞破空而来，带着一股风声，也带着某种杀气。

3

抚松城是四四方方的一座小城，它坐落在群山怀抱、两江环流的一块小小的盆地上。

抚松清末建县，由于是大清龙脉所系，朝廷派了一个二品大员还带着一个御用的风水先生来此。他们一路风尘，踏察了许多山川河流，到了这里，那个风水先生只看了一眼就大叫起来："好好好！"

风水先生五绺长髯，身上还罩着皇上御赐的黄马褂，头上的青皮小帽上还有一块闪亮的玛瑙石。他们的队伍刚刚转过西边的牤牛岗，老先生看到眼前一片紫霭升腾，群山怀抱间，两条大江波翻浪涌蜿蜒而去，一块小小的平原上各种房屋鳞次栉比。放眼极目，东边天际的云端里有一座嵯峨险峻的山峰若隐若现，时值暮春，上面仍是白雪皑皑、沟壑纵横、大气磅礴，如天边挂起的一幅水墨丹青。他立刻滚鞍下马，叫好之余手指这里又叫道："一山可倚，三江开源，此乃长白门户，三江之钥。就是它了!"

同来的二品大员也是极力赞叹，于是，他在地图上画了一个小小的圈。

当晚，他们下榻此处，又饮了当地千尺井中之水，吃了当地的人参宴席。那官员来了兴致，又泼墨挥毫题道：山清水秀，人杰地灵，物华天宝，人参之乡抚松也。

于是，这事就定了下来。在大清龙脉的长白山腹地，松花江的源头，人们建了这么一座城池。城池设五门，东门、北门、西门、南门，还有一个小南门。

在这个大南门与小南门之间，有一处抚松城里最大的买卖，俗称"山货庄"。顾名思义，山货庄经营的自然是山货。这长白山中的所有土特产，都是它的货。

这山货庄里外三进，最外面的是门市，中间是山货庄主人——大掌柜赵北川的堂屋，接待客人谈生意用的。厢房里住着伙计，最后面的一进是女眷。

这赵北川长得方头大耳，肩宽腰阔，家财万贯，又有武功，人脉极广。因此，抚松城里他是个头面人物，受县府任命做了商会的会长，自然是一方的士绅领袖。

他就是棒槌谷里孙善起的大舅哥。因妹妹早去，她所遗留的外甥孙广斌被他和媳妇赵王氏视为己出。孙广斌先在县国高习文，后到如来寺练武，一连三载。赵王氏初一到如来寺上香，普济和尚有话：孙广斌学业有成，初九归家。

今日正好初九，一大早，赵媛就在门口眺望。赵媛是赵北川的养女，自从他们亲生女儿赵曼离家出走之后，由于赵王氏不能再生养，他们就领养了赵媛。说来也怪，在赵家待得久了，赵媛已经出落得与赵曼一般亭亭玉立，无有二致。老两口心中喜悦，北川亲自教她习文练武，渐有所成。听说广斌哥要回，她望眼欲穿，看着门前直通大南门的大道。

"小姐，该回来的终会回来，何必急于一时。"

赵媛回头，见是店铺里的二掌柜杨怀仁，一个瘦得如虾米般的男人。

赵媛一笑，还是回头相望。

不久，那条光溜溜的大道上驰来一匹骏马，上面是一个魁梧的军人。那马直奔山货庄而来，到了门前，军人一闪，马背上竟然跳下两人。

"小妹！"

"广斌哥！"赵媛张开双臂，绕过军人，一把抓住了他身后的孙广斌。

年轻人总是活力四射，两个人欢跳地拽着那个军人进了大院。

迎面是赵北川出现在堂屋门口，他头上瓜皮小帽，身上长袍马褂，脸上自然满是喜色。外甥学成归家，他当然高兴。数年来，他也没少上如来寺。寺中住持普济和尚是他的挚友，两人交往多年。赵北川将孙广斌送到寺里当个俗家弟子，其原因是如来寺山清水秀，普济和尚文韬武略，清静环境中学业好成。

"大舅！"孙广斌已经长出了青年人的额角，眉长入鬓，鼻直口方，一身的黑色便服裤褂，脚下一双圆口布鞋。话已出口，他进前几步，推金山倒玉柱，一个头磕在地下："大舅，外甥给您老人家请安。"

赵北川哈哈大笑，双手拽住他的肩膀："起，快起来！"

那个军人双手抱拳，声音爽朗："赵大伯，小侄李宏光见过大伯。"

孙广斌这才借站起之机，拽过李宏光说道："他是我的师兄，在奉军中当连长。今天调防路过这里，特意去看望师父。师父看他有坐骑，让我借光，我们就一起回来了。"

原来如此，赵北川立刻召唤："来来来，屋里坐，尝尝我的洞庭碧螺春。"

那个李宏光中等个头，两肩平平，人长得十二分的精神。他再一次向赵北川抱拳道："不了，大伯，部队调防，临时请假，不能耽搁太久，我这还得追部队去呢。"

孙广斌在侧说道："我大师哥的营长是师父的老部下，因此才给了他假，看样子挺急，在师父那儿也就坐了一个时辰。"

孙广斌如此解释，赵北川如何能留？于是，他送李宏光到门口说道："本应留大侄吃顿便饭，可军队上的事老夫不敢强求，大侄一路珍重。"

送走李宏光，赵王氏也从她念经的佛堂中走出，一家人算是团聚在一起。

赵北川高兴，传令下去，山货庄放假一天。伙计们打赏，自由行动。二掌柜杨怀仁在山货庄多年，又没有家，赵北川将他算做自己人，吩咐厨房包饺子、炒菜，一家人要吃团圆饭。

此话传到前屋，伙计们兴高采烈，山货庄立刻有了节日般的氛围。

最高兴的当然是赵媛，她与广斌哥一别数载，虽然离得不远，经常可以见面，但是，这和朝朝暮暮在一起毕竟不同。现在好了，两个人拉着手，到了后院的山里红树下，赵媛要孙广斌展示一下他的武功，看看普济师父教了他什么惊世绝艺。

"小妹，别闹了，能有什么惊世绝艺？还不是长拳短打，刀枪弓弩之类。况且，我学艺不精，一旦丢丑，多没面子。"

十八岁到二十岁，真是人生的黄金时期，男人的变化虽然不会太大，可隆起的额角，坚硬的下颌，每一个线条都告诉人们：他正完成从一个青春大男孩到男子汉的转变。尤其是脸上不期而遇的几颗青春痘，冒着青涩也带着成熟。

"我不，我就要看！"赵媛十七岁了，还是孩子气。在大哥哥面前她根本不需要讲理，也没必要讲理，直抒胸臆即可。

没有办法，孙广斌抬头打量一下蓝天。恰巧有一只苍鹰在低空盘旋，大概是发现了什么食物，正在寻找有利的捕食机会。没想到，它被孙广斌选做了靶子。只见孙广斌手向空中一指："怎么样，看到那只鹰了吗？"

赵媛抬头，又点头："嗯！"

孙广斌从他的腰间拽下一个小小的弓弩，那弓弩制作非常的精巧，上面一支弩箭足有六寸左右，他将弩箭放在一个槽里，弓弦拉在一个钩上。钩的下面是一个如手枪似的扳机，孙广斌的手指就扣在扳机上。只见他向那只鹰略微地一瞄，扣下扳机，那支铁箭在尾部羽毛的掌控下准确地奔向盘旋的飞鹰。

说时迟，那时快。只见那只就要捕食的饿鹰，像被抽了筋一样，立刻失去了飞翔的能力。好像断了线的风筝，直线坠落。

也是孙广斌选择的时机准确，那苍鹰直接从山里红树的树梢间穿过，笔直地落入赵媛脚下。

这让赵媛一下蹦起，抓住落地的苍鹰高高举起："唉，唉，都来看呐，都来看，广斌哥神箭射鹰。"

小赵媛已经不管孙广斌的拦阻，蹦跳着奔向前院。

"什么事，把你乐成这个样子，也不怕摔着。"赵北川当院而立，高大的身躯如一座石崖挡住了奔跑中的小赵媛。

赵媛手举老鹰，摇头晃脑："爹，看看广斌哥的神箭。"

赵北川接过，看那一支弩箭正穿老鹰的咽喉，心中也不免慨叹：看来普济的一番苦心没有白费。

当初普济来到抚松就是奔赵北川而来，朋友介绍：北川兄长袖善舞，家大业大，足以帮助远方的朋友。

果然，赵北川极其热情地摆下酒宴，欢迎当时还叫洪福的普济。

洪福只是说："北川兄，我来抚松没有别的意思。皇姑屯一声爆炸，大帅殒天，奉天官场又没有一个人敢跟小日本叫板。我心灰意冷，就是想归隐山林，到这长白山里寻一块净土，颐养天年。"

赵北川看了一眼这个曾经是大帅府卫队营长的洪福，摇摇头慢慢说道："长白山老林子遮天蔽日，盘古开天地，流传至今仍然是一片净土。不过，老林子清冷，虽可隐居，但不宜养老。"

赵北川稍作思忖，又说道："这样吧，我看洪福兄其意已决。我们这儿有一盛景，人称仙人洞。此洞直通长白山天池，是长白山灵气所在。有云游高僧经此，为灵气感召，立刻不走。他在此化缘募捐，建成一寺，取名为长白山如来寺。其寺坐拥洞天福地，如来高坐，自有香火不断。虽居抚松城咫尺之遥，可毕竟是化外之地，青灯古佛清净无比。"

话说到这里，洪福自然明白。他双眼垂下泪来，稍久："也罢，关东虽是沃野千里，但危机四伏。日寇虎视眈眈，我们高层却醉生梦死……天下之大，已经难有草民的安身立命之地。也许，这是最好的安排。"

赵北川拿着那只死鹰，看着滴血的弩箭，想着如来寺的卫队营长，心中是感慨万千。

"也罢，不要辜负了普济师父的一番努力。拿到厨房，让师傅做了，给广斌洗尘。"

赵媛不解，明明是她的广斌哥射的鹰，如何是普济的努力？而且，这鹰土气味很浓，不宜做菜。但赵北川脸色凝重，赵媛如何敢不听，她拎着死鹰正要走向厨房，对面却出现了赵王氏。她一眼看到死鹰，脸色突变，伸手一指："这……这是为何？"

看到老伴，赵北川不禁心中一沉：坏了！他知道赵王氏自从走了女儿就吃斋念佛，一盼女儿回心转意，二盼送子娘娘再发慈悲。她看到死鹰，如何能忍？

果然，老太太脸色苍白，不怒而威："畜生，谁干的好事？天下万物皆有生命，岂可乱杀？"

看老太太怒发冲冠，赵媛一时间吓得手一抖，那鹰落到地上。

再看老太太，身体竟像根煮熟的面条，慢慢地一歪就倒在了地上。

哎呀！这一惊可是令人匪夷所思，这是怎么了？

也许是由于赵王氏长时间的抑郁，也许是她身体里血质太稠。当然，就当时的医学而言，这些都是不可想象的。

死鹰也许只是个诱因，可这诱因让孙广斌和赵媛懊悔万分。

请来保和堂的刘神医，他在老太太的手腕上搭了三根手指，静静地闭目思索好久，开口说道："我看这样子，老夫人中焦堵塞，任督二脉悄无声息，应该属中风迹象。"

然后，他随手开了一个方子递给赵北川："先抓副药试试，最好有千年老参，一根须子就能让老夫人立刻清醒。不过，暂时性命无碍。"

听到这话，孙广斌立刻说道："那我马上进山，我爹还在棒槌谷，看看他拿没拿着千年参王。"

赵媛应声而上："我和广斌哥一起去。"

4

松花江素有"铜帮铁底"之称，因为松花江起源于长白山天池。它从天池跃出之后，挂起三千尺瀑布，泻于高山峡谷之中。两侧危崖陡立，刀刻斧削，而江底，随着岁月冲刷竟是一个个滚圆的鹅卵石。没有泥沙，江水自然清澈。人在上面倒影如画，特别是遇到平稳的江湾，人撑起一叶小舟，两岸青山苍翠，其人就如同身处画中一般。

孙广斌带着赵媛，驾着一叶独木舟浮江而来，渐渐地进入一片静静的江湾。可惜二人无暇观赏这片自然美景，因为赵王氏病情在胸，他们跳下独木舟就往一条山谷而去。

这条山谷非常的险峻，蜿蜒起伏如两条长龙，而龙头就扎在松花江中，仿佛是两条龙在饮水。正是这两条龙头之间的一段江湾，形成了一个天然的良港。孙广斌熟悉这里，他小的时候经常跟随母亲给父亲送粮、送盐。于是，他下了独木舟，拽着赵媛的手迅速地融入老林子里面。

老林子之所以老，其原因就是开天辟地之时，这里就是一片林海。多少年风雨转换，老林子的树木也有生老病死，延续至今仍生生不息，保持着原始的生态。用现在时尚的名字就是原始森林。

这老林子里，阳光是从树叶的缝隙中透进，落在地面上已经是十分的微弱，随着太阳运转，阳光很快消逝了，因此，地面上十分的潮湿。而年复一年，落叶密布腐烂，长白山里就形成了厚厚的腐殖土。这土肥啊，肥得流油，而且踩在上面如地毯般松软。

孙广斌似乎和他的祖先一样，有在老林子里不迷路的天赋。他一马当先，在荒草丛中沿着一条小溪向上疾进。后面是赵媛，她身穿一件小红夹袄，脑袋后面垂着一根大辫子，肩上斜挎一个干粮袋，一步不落地紧跟孙广斌。

人在自然面前显得格外渺小，进入这条山谷，人立刻看不到山在何处，谷在何处，只是觉得自己已经被四面八方的树木和青草所包裹。山谷起伏，他们如两只蝼蚁在密林中慌张地前行。

突然，赵媛一声惊叫拽住了孙广斌的胳膊。原来一群蜜蜂在她头上飞，并发出嗡嗡的响声。孙广斌周身的汗毛都竖了起来，一种莫名的恐惧升起于心中。他拽着赵媛藏于一棵两树缠绕的白桦后面，放眼望去，前面一棵老椴树，上面一个蜂窝，大概那群蜜蜂就是来源于那里。此刻，一个笨拙的大狗熊正趴在树上，它伸出大巴掌往蜂窝里一转，掏出满满的蜂蜜，大口地吃起来。

孙广斌不敢惊动这庞大的狗熊，他拽着赵媛踏进小溪，沿着溪水上行。

不久，他们终于看到了孙善起的小窝棚，孙广斌大叫："爹！"

赵媛跟在后面也高声叫道："姑父！"

可是，小窝棚里一点儿反应也没有。孙广斌脑袋上滚下冷汗："怎么搞的，连老黄也不在？"

孙广斌在小窝棚周围转了一圈，疾步走进窝棚里，伸手一摸窝棚里的火炕，他的心立刻放到了肚子里。火炕是热的！他又揭开锅，发现刚刚铲出的小米饭锅巴。

"媛媛，他们是进林子了。老爹是不是发现棒槌了？我爹要是一开眼，那就不是一般的棒槌。"孙广斌跟着爹娘在这里待过，他了解父亲，因此对赵媛说道。

赵媛将肩上的干粮袋放到小屋的炕上，高兴地说："那可好了，天老爷有眼，我娘有救了。"

孙广斌趟过平台下的溪水，在对面的树林中发现了孙善起用快当斧子在树上砍的记号。他急忙向赵媛招手："来，媛媛，你来！"

赵媛也趟过溪水，来到孙广斌跟前。孙广斌指着树木上砍开的树皮说："看着没，还有新鲜的木头味，这茬也是新茬，老爹刚走不远。"

"那还等什么？找他去啊！兴许老人家正在抬参，一个人需要帮忙呢！"

赵媛瞪大眼睛，黑色的瞳仁闪亮，长长的睫毛同时一扑闪。孙广斌突然心头一动，二人自小长大，今天是怎么了？仿佛突然发现赵媛是个女儿身似的，孙广斌急忙地转移了视线。

"你说得对，如果真发现了千年参王，抬参也得抬三天。"

孙广斌说的是实话，发现棒槌是需要挖出来的。放山人将这挖参叫做"抬"参，抬的过程非常细致，人参的每一根根须都价值不菲，他们要用鹿骨做成的钎子轻轻地拨土，一根须子也不能断。

反正有了路标，二人一路追来。

不久，一种异样的感觉从孙广斌心中升起，老林子中的清新气息仿佛带着某种血腥味，这让他非常不安，他加快了脚步。同时，他情不自禁地抓起了腰间的弓弩。

很快，他们来到了孙善起与大蛇搏斗的青石碌子下面。异常的声响、急促的喘息让孙广斌小心翼翼地拨开树丛。突然，他感到热血冲顶。他看到父亲正在痛苦地挣扎，两只手仅是凭借一种意志还掐在大蛇的七寸处。而大蛇带有鳞甲的躯体还在紧紧地缠绕着孙善起，孙善起面孔青紫，两只眼珠可怕地凸出着。

刻不容缓，千钧一发，孙广斌稍一瞄准，立刻扣下了弓弩的扳机。

那支羽箭直接奔向大蛇的菱形脑袋，大蛇也已经是精疲力竭，它再也没有力气躲闪，况且孙善起的一双手还扼住了它的咽喉。只听"嘣"的一声，弩箭锋利的箭头直接插进了大蛇的脑袋，一股血窜了出来。原来，大蛇的血也是红的。

半昏迷中的百年老蛇，这一箭已经要了它的命。失去了生命，它也失去了力量，一条如钢绳般的蛇身顷刻间松动。

孙善起在这突然的松动中，大口一张，一股污黑的血喷了出来，整个人向后就倒。

"爹！"孙广斌大叫一声，冲出树林。他先是拽住大蛇的蛇尾，一把将它甩开。然后，双手抱起老爹，再一次叫道："爹！"

赵媛在后，她也疾步向前："姑父！"

在两人的齐声叫唤中，孙善起缓缓地睁开了眼睛，脸上现出了笑容。他挣扎了一下，手伸到了破棉袄的衣袋里，慢慢地，他拽出了一条红线绳，红线绳上拴着两个圆圆的"乾隆通宝"铜钱。然后，他将这红线绳颤抖着举起，极其微弱地叫道："棒槌！"

脑袋一歪，孙善起在他儿子的怀里死了！

孙广斌回头一看，孙善起手指之处，正是那个七品叶的千年参王。开着叉的枝头摇晃着红彤彤的人参籽，似乎在委曲地向孙广斌致意——那是它的新主人。

孙广斌明白放山人的规矩，他立刻用听不太清的哭腔叫道："棒……棒槌！"

赵媛也懂这套规矩，她也带着哭腔说道："广斌哥，不行，声音太小了，老把头听不到。"

孙广斌流着眼泪，放下孙善起，竭尽丹田之气，大声叫道："棒槌!"

立刻，山鸣谷应，巨大的回音从四周的岩石上撞回，棒槌谷里面全是"棒槌——槌——槌——"

红红的人参籽、挺立的绿色梗茎立刻垂了下来，似乎这百草之王也明白，它就要离开这生长多年的老林子，眼前这位少年就要带着它去闯外面的世界。

孙广斌上前，用红色的线绳将那棵七品叶的棒槌拴好。按照放山人的规矩，他们已经拿住了棒槌，它再也无法逃脱。

怎么办？孙广斌回头看着赵媛。

赵媛知道，他是问先埋葬父亲还是先抬参？

孙广斌想了一下说道："媛媛，你留在这儿，慢慢地先开土。我将我爹背回窝棚，然后拿来工具，再抬这棵棒槌。"

再看孙善起，他曾经被大蛇勒得青紫的脸庞已经缓了过来。奇怪的是，他的嘴角竟然有一丝笑容。

孙广斌伏下身来，将父亲的遗体背在肩上。

第二章

官府和日本人

1

多事之秋！张自清感受到了这句话的含意。

先是日本关东军的铁路守备队在梅河闹事，声称营房里被人扔了石头，说是袭击皇军。因此，他们攻击了梅河县政府，殴打了梅河县长。督军府为了加强梅河守备，只好抽调长白山的边防六团支援。这造成抚松县的边防线上几乎空虚，张自清手里已经没有任何可以依靠的武装，只剩下警察局里的治安队了。亏得抚松社会治安尚好。

张自清他是抚松县的第三任县长，正是在他的领导和主持下，抚松县解决了人参由野生变为家植的难题。长白山上价值连城的人参可以种植了，这里的农民收入成倍的翻番，人们安居乐业。生活的富足除了让人精神头不一样之外，其行为也端庄多了。

可烦心的事情仍然不断。

通化行政公署行文，说是通化葡萄酒株式会社要收购抚松县东烧锅酒厂。这是外事投资，必须给予免税照顾。

接到这个文件，张自清是颇踌躇的。免税不是什么大事，可日本人放着好好的东瀛三岛不待，跑到这关东山里办什么酒厂？

他敲着那张电报，对秘书杨文青说："这纯粹是司马昭之心，怎么我们的官长就看不透呢？铁路他们管也就罢了，其中有说不清的历史渊源。可这长白山他们也要插一腿，还赶不上大清，他们视这为满族人的龙脉，谁敢插足？"

杨文青长得白白净净，一副好身材，他倒是不愠不火："县长，这样的事是顶不住的，日本人的野心谁都清楚。"

从那以后，这个东烧锅酒厂就成了张自清的心病。那个中井国夫是什么通化葡萄酒株式会社的副总裁，兼这里东烧锅酒厂的经理。他个头不高，心眼可不少，开始仅仅是继承酒厂的专业，只是酿酒。后来，就在这儿买地种葡萄，开辟葡萄种植园。逐渐地招来些日本人，小小的县城里他们成了显眼的一族。他们总是给县府提出各种要求，弄得外事纠纷不断。这个中井手眼通天，经常还会利用奉天日本领事馆来向督军府施压。这地方上的事还好办，以张自清的经验总能摆平，可上头下来的指示，张自清常常无可奈何。

这县政府大堂里外三进，他的办公室就在第三进——原来的县衙门大堂。这里曾经是审案、办案的地方，民国了，体制不同，县官也用不着坐在大堂上去敲惊堂木了。社会上的事有警察局，官司上的事有法院，县长一心一意管理着地方的经济。

突然，前院门卫有报："中井经理求见。"

真是哪壶不开提哪壶，张自清正为边防上的事烦着呢，日本人中井来了。

那中井黑色的西装，锃亮的皮鞋，不多的头发梳得如皮鞋一样闪亮。脸皮如橘子皮般丘陵起伏，眼睛如狼一样小而聚光，但他礼数周全，一进屋先是一鞠躬。

"县长先生，非常荣幸，得蒙允许鄙人拜见，谢谢！"

他腋下挟着一个和他人几乎一样大的皮包，说话间，他打开皮包从里面抽出一张纸，双手捧着递给张自清。

张自清心里"咯噔"一声，这是不祥之兆，中井给他送的东西肯定是好不到哪儿去。

张自清快速浏览了一遍那张纸。原来，那是一张电报纸。小小的东烧锅酒厂，酒烧得怎么样不说，中井有一部自己的无线电台，滴滴答一响，什么事他是三年早知道。这让张自清惭愧，也让他愤怒。

让他更愤怒的是，这张电报纸竟然是省督军府发来的电令。什么电令呢？上面写得很清楚：经吉林日本领事馆要求，抚松县的人参收购交由通化葡萄酒会社统一收购，其特产税由该会社统一上缴。

捏着电报纸的一角，张自清缓缓捻动几个来回，他真恨不得当着这个日本人的面撕碎这张纸。省政府电令不到他所辖的县政府，却到了一个外资企业的手中！

张自清抬眼扫了一下中井，中井毕恭毕敬，伫立当地，双手下垂，两脚并拢。他的头虽然低垂，可眼睛上翻，不时在打量着张自清的表情。

一时间，偌大的办公室里没有任何声响，仔细听去，可以听到两个人呼吸的声音。空气都似乎板结了，很压抑。

突然，一个声音吼道："什么意思？给个话，这是上司的命令，在我们日本是必须照办的。难道你们支那人这么不尊重长官？你们是怎么回事？"

这声音可不是那个小个子中井那儿传出的，原来，他的身后伫立着一个大汉。

大汉十分魁梧，牛一样健壮。肥大的脑袋上挽着一个发髻，像个独角兽。身着长袍，腰挎长刀。说话间，两眉几乎拧在一起，手按刀柄传出道道杀气。

"这是？"张自清温文尔雅，他在写字台后面站起身来，慢慢踱到前面。他中等身材，国字脸，中分头。一套黑色中山装，脚下一双圆口布鞋，目光锐利，口齿清晰。

中井听得清楚，赶紧介绍："鄙人的卫士，大日本的武士松山一郎。"

听到主人介绍，那个松山一郎向张自清微微点了一下头。

"中井先生，我还没说我不执行上司的命令，你的卫士性格是不是太急了？据说日本是十分讲究上下尊卑的，有你在这儿，卫士插话是不是不合时宜？"

中井腰板一挺："松山，你先到外边去，我和张县长要细谈。"

"哈以！"那个松山一郎一点儿也没感到尴尬，仍然是趾高气扬地昂首走出。

看松山一郎走出，张自清客气地一挥手："中井先生，请坐！"

两个人几乎是并肩坐到一侧的雕刻椅上，自然由听差沏上一壶茶，并且给中井和张自清一人一个盖碗。

中井率先端起一个盖碗，拿起碗盖轻轻地打茶，一面笑道："听说中国的官场有一个规矩，喝茶就是送客。张县长可是有送客之意？"

中井的中文说得很地道，语言中还带有奉天的某些方言。说话时，他的眼睛始终不离张自清的眼睛，大概这是他的一个习惯。

"中井先生真是中国通，可你说的是大清。现在是民国，许多以前的官场陋习已经改革，请客人喝杯茶是我们中国人的礼节，请中井先生不要误会。"

"哪里！我也是一说。没来通化之前，我在贵国的奉天待了十年，贵国的事情我的确很有研究，也很有兴趣。"

"噢，那么说，大帅时期你就在奉天？"

"是的，我先期是在日本驻奉天领事馆里做事，后来，改行做生意到了通化。长白山物产丰饶，我这一步走对了，现在来到抚松县，一切还请张县长多多关照。"

说话间，中井站起，又是一躬。

"不必如此多礼，现在的日本人中像你这样的比比皆是，他们都对中国感兴趣，都知道长白山物产丰饶。"

中井似乎没有听出张自清的弦外之意，他继续说道："的确，这里有许多我们日本没有的东西，对日本的发展至关重要。"

"虽然重要，可它毕竟是中国人的，日本人要想取得长白山的物产，应该通过正常的商贸，互惠互利才是。"

"当然，当然，我们的统购就是为了抚松县的参农们着想，解决他们销售人参难的问题。放心，我们肯定会以市场价格完成统购。"

机灵的中井立刻表态。

张自清沉默半天，慢慢说道："这件事有点难，人参种植都是各乡参农们自己的事，销售自然也是他们自己的事。县政府是没有权力对私人财产指手画脚的,这有碍民国之法治精神,本县长也是崇尚法治之人,如何敢为?"

"县长此话差矣,上有督军府严令,下边黎民自然照办。张县长无非是顺水推舟,乐享其成,有何难为?"

"你想啊,人参自然是在种植的参农手中,他们愿意卖给谁那是他们的自由,我怎么强制,如何强制?"

"简单,抚松城是四乡的枢纽。人参种植地处偏远,参农们只能卖到县城,他们能到哪儿去?通知警察局,让徐局长派上几名警察,守住城门,参农们自然是如入网之鱼。"

中井口齿伶俐,应答如流。

张自清也用碗盖拨动漂浮的茶叶,脑海中浮现出警察局长徐道成的影子。

这个徐道成,竟然是直接由省督军府派来的。一个县城的警察局长不用县长提名,直接由上峰委派,这有违官场规矩。可是,当今督军府当政,违规的事儿多了去了,岂止一个警察局长的任命?

他到任之后,立即扩充了治安队,扩建了看守所。作风豪横,我行我素。而且,省警察厅也给予了他很多支持。扩建看守所的款项就是省厅直接下拨,张自清也只有赞同的份。"

想到这里,张自清似乎有了底数,他放下茶碗说道:"中井先生有所不知,本县的警察是双重领导。既归我县府节制,也受上峰直接命令,估计徐局长也不会擅自动用警察。事关重大,真是不好做主。"

看张自清一门推脱,那个中井竟是不慌不忙,他站起来说道:"话说到这儿,我明白了。放心,张县长。徐局长那儿我去说,我相信有督军府的指令,徐局长也抗不到哪儿去。"

中井这话就明显有威胁的成分了,可张自清还是头不抬,眼不睁,不以为然地说道:"中井先生,地方有地方的难处,毕竟督军府不能到这儿来强制参农们卖参吧?有些事还是应该尊重市场,用价格说话。如果你们酒厂能出高价,压住这里收货的山货庄,你还怕收不到货吗?"

中井并不和他理论,再一次鞠躬后退:"张县长,中井知道怎么办了。

告辞！"

　　说完这话，他转过身，精神抖擞地迈步走出了张自清的办公室。

　　看着中井的背影，张自清暗笑，心中想道：这些日本人怎么都这么自信？他们凭什么？

　　中井走后，张自清找来杨文青将那个电报拿给他看。杨文青看过后，问张自清："县长是怎么回答他的？"

　　"中井咄咄逼人，又有尚方宝剑，我只有拖了，告诉他无法强制。既然不能强制，参农想卖给谁又如何管？"

　　杨文青说道："这个中井国夫既熟悉中国官场，也熟悉中国民间。他办的葡萄园都是以极低的价格买的，我们的农民不懂行情，常常三言两语就被他骗了。现在，他竟然能鼓动省督军府为他说话，此人的背景不简单，他也不会善罢甘休。"

　　张自清被杨文青几句话说得心情沉重起来，他早就听省城的同事说，这个中井不简单，大帅还没出事的时候，他就在奉天城。先是领事馆，后来转到了关东军，穿过军装，有少佐军衔。他弃政从商，难说没有特殊的任务。

　　"是啊，中井当年要买这个厂，我们县政府那么挡都没挡住。这一次，他想出这个花招，动用了这么大的力量，他是志在必得。"

　　说完这话，张自清从衣帽架上摘下他的黑色礼帽，整理了一下衣襟说道："文青，你去通知一下门房，立即备轿，我要出去一趟。"

　　不一会儿，一顶绿呢小轿就由两个轿夫抬着进了二进院子。

2

　　天色擦黑，抚松城笼罩在逐渐浓重的夜幕中。

　　徐道成带着程清走在夜幕下光溜溜的街道上，两个人背着手，肩挨着肩。徐道成光头，短粗的脖子，如果从后面看仿佛是肩膀上直接长出个脑袋。程清也是光头，他的脑袋是四方的，眼睛是一条横线，鼻子是一条竖线，鼻子下的嘴又是一条横线。也就是说，他棱角分明，线条清楚。由于两个人都没戴大盖帽，光头显露在外，在夜幕下泛着青色。

"程清，你说他妈拉个巴子的，小日本鬼子请咱们哥们什么意思？"

"大哥，什么意思？他害怕咱们，他有求于咱们。想一想，那个中井就是个商人，他在抚松县做买卖，听说还要打造什么人参酒，他还不得用咱们哪？"程清四方脑袋里还有点东西，他准确地判断道。

"他妈拉个巴子的，我这局长可是督军府的任命，他日本人算个屁！他想用就用啊？"

两个人说话间就到了小南门。县城不大，沿着小南门有一条街，当地人叫顺城街，意思是沿着城的一条街。这条街在小南门的地段大概是最繁华的一段，许多小买卖都在这儿占据一席之地。什么卖糖葫芦的，卖凉粉的，剃头的，磨刀的。其中，更有几家挂着红灯笼——开妓院的。夜幕降临，正是这类买卖红火的时候。两个人走过，经常有半开门的妇女，抹着口红，飞着眼风。

程清挨着徐道成撞了一膀子："大哥，你是单身在此，一切可要注意。我是奉大姐之命，有监视之责。"

"扯他妈的淡，你不知道你现在归谁管吗？你敢打小报告我就撤了你。"

程清急忙用献媚的腔调说："我是开玩笑，况且大姐也是通情达理的人。她有时候和我说，大哥要是寂寞了，就给他找一个解解闷。"

"这还差不多，我也不是和尚。"

两个人说说笑笑就来到了一处挂着红灯笼的所在，只见一个身穿和服的日本女人躬腰出迎："来的可是徐先生？我们总裁已经等候多时了。"

徐道成身穿一件黑色便服褂子，开着怀，里面是雪白的便服衬衣，一排整齐的便服布扣，腰间一条板带。那条板带上，右面是一个盒子枪，左边插着一把匕首。灯笼裤，脚下千层底的布鞋。他没管那个日本女人说什么，他右手一推，将那个女人拨拉到一边，大步进入屋子里。

这屋子里的格局和当地的民居截然不同，地上铺着地砖，地砖的尽头是一个板壁，上面有一个漂亮的拉门。徐道成上前一把拉开，里面是稍高一点儿的地板，地板上铺有纯毛地毯，地毯上一个长方形的地桌。中井国夫正盘腿坐在对面，身后伫立着松山一郎。天花板上悬着一盏洋油灯，散着柔和的光。

徐道成看到中井，他双手一抱拳大声说道："哎呀呀！让总裁先生等候实在是不好意思，奈何在下每天穷忙，实在是不得空闲。本来是来不了的，不过，又实在不敢有拂总裁先生的好意，因此，姗姗来迟。"

那个中井立马站起，上前拽住徐道成："那是，那是，徐局长公务繁忙有目共睹。能给在下面子，实在是鄙人的荣幸。"

说话间，程清也在后面出现。徐道成咳嗽一声："程队长，我和总裁先生饮酒，其他人就不要打扰了。记住，谁找也不见。"

程清答应一声，腰板笔直地站在了走廊里。

中井明白徐道成的意思，他的手一挥，松山一郎也离开了房间。徐道成这才进入室内，与中井相互盘腿而坐。中井双手相向击了一下掌，立刻有两个年轻的日本女人走进，她们发髻高挽，如云如墨，脸上浓施粉黛，一进屋就令人感到香气扑鼻。她们一个人捧着一把古筝，一个人拿着一柄纸扇。进到屋子里，先向徐道成鞠了一躬，然后坐到旁边事先预备好的两个方凳上。

她们刚刚坐好，又一个身穿和服的女子迅速地端上菜来。

原来的地桌上已经摆放好了两瓶酒，一瓶徐道成认识，那是日本的清酒。另一瓶却是装在一个玻璃瓶中的白酒，唯一不同的是，白酒中泡着一根雪白的人参，虬须满瓶十分好看。

"道成君，这一瓶是我们日本的清酒，不知道你是否喜欢？因此，我特备了一瓶咱们东烧锅的原浆。而且，这也是我发明的人参酒。将人参放进酒里，千年不坏，又能使酒产生特殊的功效，道成君尝尝？"中井似乎在故弄玄虚，一只手已经放在那瓶被他称之为人参酒的酒瓶上。

"你们的清酒淡了巴叽的，有什么好喝的？就来东烧锅。"徐道成一拍大腿。

"好，爽快。不过，我可要向道成君提前说明。这人参酒有大补之功效，一旦饮进，按捺不住，我可要负责任的啊！"

"如何负呢？"徐道成也是道中人，他岂能不知中井的言外之意？于是，他紧追不舍。

中井哈哈大笑，手一指那两个日本女人："你看她们两个如何，保准让你舒舒服服。"

这一次轮到徐道成哈哈大笑，他搂了一把光头："都说日本娘们温柔似水，还真没试过。"说完又是一阵大笑。

两个日本女人一点儿也没有害羞的意思，反而是微笑着，定定地看着徐道成。

"好，那咱们就品尝这人参酒。"中井似乎本身就是个琴师，熟练地掌握着曲调的节奏，他避开徐道成的话头，将话题引向那瓶酒。

"是啊，早就听说中井先生打造了人参酒，还没有机会一尝，今天就和中井先生一醉方休。"说话间，徐道成解开了里面的衬衣扣，露出胸口上刺的一头狼。

中井打开那瓶人参酒，立刻室内充满一种特殊的清香。人参的苦涩、清辛味道扑鼻而来，酒的醇香也接踵而至。

"道成君，这可是东烧锅库存十五年的老窖，加上这支野生山参，力道非凡哪！"中井那橘子皮般的脸上开了花般灿烂。

"哈哈，中井先生，没有毒药吧？"徐道成嬉皮笑脸。

"唉，玩笑，玩笑，没想到徐局长如此愿意开玩笑。你是我们大日本帝国的朋友，我怎么会给你下毒呢？顶多是个春药。"

"好好好，既然是春药，我们的程大队身体欠佳，叫他来一块享用吧！"话音一落，徐道成向外就喊："程清，过来！"

中井稍有不悦，可脸上的表情瞬间即逝，还是灿烂的笑容："那太好了，大日本喜欢朋友，来来来，程大队。"

中井给自己倒了清酒，徐道成和程清都是人参酒。徐道成不管不顾，他和程清撞了一杯，然后向中井一举："干！"

饮水一样，两个人干了一杯。徐道成嘴巴一抹："来来来，两位小姐有什么绝活玩一把！要不然，就过来喝一杯。"

徐道成反客为主，中井心中不悦，不过，身为东道又有求于对方，他只能拍了一下手掌，轻轻地用日语说道："来，与君歌一曲。"

两个日本艺妓都从通化来，一个叫梓子，一个叫初子。那个叫梓子的手指长长，指甲如刀，她在古筝上一划，如流水般的声音泻出。这中国美妙的乐器，声音质地清晰，爽甜悦耳。同时，她展开如莺的歌喉，轻轻如水银泻地般的声音充塞于房间里。她用的是日语，但音乐是相通的，粗鲁如徐道成也放下了酒杯，情不自禁地敲起掌来。

那边初子手摇一柄纸扇，如羽毛般舞动起来。长长的和服下摆不时飘动，如孔雀的长尾在摆动，弯腰转身，一双黑色如水的瞳仁向徐道成发出摄人心魄的波光。

徐道成的眼睛都直了，他不时地叫一声："好！"

兴奋中，他自己倒酒与程清又是一撞，面对中井又是一举。

不久，一曲终了，中井挥手，两个日本艺妓离开了房间。徐道成不禁愕然，他带着不解的目光盯着中井。

"道成君，喜欢吗？"

徐道成三杯酒下肚，人参的辛涩带着老窖酒的醇香已经加速了他的血液循环。脸膛泛红，眼睛里的白眼球稍稍充血，鬓角外渗出微微汗珠。

"当然，食色性也！"他一拍桌子，不知道从哪儿突然飞来这么一个词。

"不急，道成君。我们日本人对朋友从来不会吝啬，你放心，日本女人是世界上最好的女人，她会使你忘掉一切烦恼。"

"哈哈，既然如此，中井先生何不让她们一起来饮两杯？"徐道成似乎来了兴致，一摆手，程清在侧将那一瓶人参酒倒空，正好是两杯。

中井的清酒一杯还没下肚，他十分的清醒。

"不急，道成君，今天约你一聚，实在是有事相求。希望能得到徐局长的鼎力相助，中井这里自有重谢。"

说着话，中井从背后拿出他那个硕大的皮包，从里面抽出那张电报纸，然后双手递给徐道成。

徐道成接过看都没看，一甩手交给程清："念！"

程清对着灯光，念了一遍。

"你们想把抚松县的人参包了？"徐道成搂动衣领，使那里开得大些，能更好地散去身体的热量。

"正是！这一点我们就要借助徐局长了。"中井举起酒杯，向徐道成说道。同时，他又魔术般地在桌子下面搜出一瓶人参酒。

徐道成没有举杯，他伸开双手，撑在地桌上，面对中井："慢，中井先生，我感觉这样的事，你应该通知张县长。既然是上峰的命令，县政府全力协助，我这个小小的警察局自然是全力以赴。"

中井没有想到徐道成有此一问，他放下酒杯，眼珠一转说道："不然，道成君是我中井的朋友，这样的事是有利益的。有了利益自然是与朋友分享，岂能给予他人？"

"什么意思？"

"很简单，统购今年全县的人参，其目的就是打造这个人参酒。它里面的利润，我会给道成君一定提成。人参收得越多，利润越丰厚，其中你的收益可是不菲啊！"说到这里，中井伸手在徐道成的肩上拍了拍。

"明白了，你的意思是让我派上警察，协助你们去收参。谁敢不缴就以督军府的命令为准，强行收购？"徐道成姿势不改，两眼瞪着中井。

中井似乎稳操胜券，他点点头。

"好，中井先生够朋友！"徐道成向他一伸大拇指，"不过，今天的酒不喝了，再喝，人醉了，那个什么也醉了。"

这一次轮到中井哈哈大笑，他收起电报纸："中国人，啊，不，支那人都和你这么简单。朋友的，大大的。"

然后，他招呼来老板娘，一番吩咐。

"道成君，既然这样，我就不陪了。一切有老板娘给你安排，所有的账都挂在我这儿。还有什么要求，你就和她说。"

中井满脸讪笑，穿鞋下地，躬腰告辞。徐道成大刺刺地连窝都没动，手一举："不送！"

等那道拉门再开时，两个日本女人脱鞋走进。

3

东烧锅酒厂，位于县城的东关，占地足有数亩方圆。自从中井接手，又新盖了一间办公室。办公室的后面还带有宿舍，中井和松山都住在这儿。

松山一郎自诩"日本武士"，手中的三十六招地趟刀刀刀生风，杀人无血。他在吉林犯下命案，潜逃至此被中井收留。

他对中井的做法有些不屑一顾："总裁，你对中国人如此客气根本犯不着。对他们，只能用这个。"

他挥舞着手中的军刀。

松山是武士也是刀客，他的背后是黑龙会。对于中国而言，他是一个通缉的杀人犯；对于日本而言，他是一个勇敢的武士，凶悍的刀客；对于中井而言，他是他的保镖也是他的杀手。不过，他现在还不想使用他来当杀手。因为，他能明显地感到当地人对他们的敌意，这群人，每人一口唾沫都可能会淹死他们，一个杀手是杀不了这么些人的。

中井懂政治，他不会那么蠢。他喜欢《孙子兵法》，喜欢不战而屈人之兵。于是，他摆出了美人计。看徐道成贪馋的样子，中井心中暗喜，日本女人的温柔如水一定会让这个老流氓栽倒在石榴裙下。

中井可不是个简单的商人，他负有特殊的使命，那就是调查和掌握长白山的资源，做关东军的开路先锋。这不是他自己说的，是他的上司特务机关长土肥原贤二的交代与告诫。

来到这个小小的县城，他就被当地山川之秀美、土地之肥沃惊呆了。仅这东烧锅酒厂院子里的千尺井就让他惊叹不已，每到长白山云雾缭绕之际，这口井里就会云遮雾罩，还会有雾气升腾。当地人说，这口井直通长白山天池，其水清澈甘甜。也正因为有这口井，东烧锅酒才成为关东名酒，还曾经是清朝的皇族贡品。用此酒泡上鹿茸，皇帝们面对后宫的三千佳丽，才会气冲牛斗。

也就是这小小的典故，刺激了中井。他突发奇想，将人参泡在酒里如何？人的奇思妙想永远是历史前进的动力，尽管他是日本人，想法仍然有效。人参泡在酒里，一方面经久不坏，解决了人参的贮存和保管难题。另一方面，人参的功效浸在酒里，借助酒的挥发效果使其迅速融入人的血液循环，加速人参皂甙的吸收，事半而功倍。

中井国夫因此而兴高采烈，这是一大发明啊！起码他是这样认为。可是，难题来了。野生人参有限，收购困难。而家植人参，抚松城里最权威的收购站就是山货庄，每年人参收获的季节，山货庄自会门庭若市。东烧锅酒厂历来以酿酒为业，素未涉及人参。更何况，现在是日本人主政，四乡的参农从来没有想过将人参卖给中井。

绞尽脑汁，他将情况上报奉天城里的特务机关长，土肥原不恼反喜，很好地夸奖了他一番。然后告诉他等待好消息就是，他会施压省督军府。

果然，一纸电文解决了中井冥思苦想的难题。

没想到，张自清却以种种理由拒不执行。正应了中国一句老话：县官不如现管。可这张自清是县官，也是现管，事情又遇到了难题。

可中井也极擅谋略，立刻摆下酒肉兵，拿下徐道成。这也是避实就虚，虎口拔牙之术。当两个日本艺妓走进房间，灯火熄灭之后，中井已经暗自开心地笑了。

他对徐道成早有了解，这是一个流氓警察，有奶就是娘。他吃了中井的料理，玩了中井提供的女人，必定给中井办事。想一想，有几名警察扛上大枪，守住这东城门，农民要卖参，自然会推到这东烧锅里来。

想到这儿，中井摇响了警察局的电话。接电话的正是徐道成："喂，哪位？"

"中井国夫！"

"啊啊，中井君，什么事？"徐道成学着他的样子，称呼他为中井君。又像什么事没有似地反问中井。

突然之间，中井的心中升起一种不祥之兆。

"徐局长，事情还是那件事情。按照省督军府的指示，麻烦你派几名警察协助我们完成人参统购的事业。"中井说得冠冕堂皇。

"哈哈，这件事啊！你中井君号称中国通，中国官场的事儿你难道还不清楚？我这个警察局是县政府的一个职能局，没有县长的号令，我就是有天大的胆儿也不敢乱动。这样，你找一下张县长，有督军府的电令，又有你总裁的面子，他肯定会答应你。兄弟就在这儿静候你的命令，不过，命令必须是张县长下达。"徐道成的话越说越冷，一副公事公办又软中带硬的口气。仔细推敲，又无懈可击。

"这，这……"聪明如中井也没想到会是如此结局，他张口结舌，想提那天晚上的事，可又感觉说不出口。就在他结结巴巴、欲说未尽之际，那边电话已经扔了。

这下子，中井国夫已经是火冒三丈。

"他妈的，流氓！滚刀肉！支那猪！"扔下电话的中井立刻脏话连篇，一副气急败坏的神态。

电话里的声音很大，站在一边的松山听得一清二楚。他手按刀柄，目露凶光："总裁，对付这个流氓必须用比流氓还流氓的办法。"

中井眼睛一斜，凝视松山："怎么，你有什么办法？"

松山一郎对中井毕恭毕敬，其原因除了中井收留了他之外，更主要的是，他知道中井的背景。别看中井温文尔雅，一副经商有道的样子，实则他是日本关东军参谋本部特务机关的少佐。虽然目前他仅仅是这个东烧锅酒厂的经理，但一旦事情有变，他将会是这片土地的主宰。

"总裁，我知道这个徐道成。他原本就是吉林的一个混混，不知道用什么方法混进了警察局。他的媳妇是江南燕子帮的大姐大，名叫许春丽，手下群贼簇拥。夫妇二人一警一盗，狼狈为奸。他媳妇的那个燕子帮有一次和我们黑龙会的人交手，被我们黑龙会打败。要不是徐道成带着警察出动相助，她们的总坛也会被我们清除。"

"原来如此，你有什么良策？"

"总裁，这夫妇二人有一女儿，女儿今年大概还没成年。夫妇二人一个到这里当局长，一个混在贼群，无暇照顾。他们将其放在许春丽一个手下的家里。因此……"

松山欲言又止。

"有话就说，用不着吞吞吐吐。"

"我的意思，将他女儿控制起来，他岂敢再如此耍浑？"

中井也早已经被徐道成刺激得牙根酸痛，有此良方，他比松山还急："好啊！那还说什么，立即去办！"

"啊，不！"中井似乎是突然想到了什么，"你不能去，这里的事情离不开你。能委托他人吗？我们悬赏。"

松山说道："总裁放心，我给我们老大传个信，吉林的黑龙会办这点事手到擒来。"

中井看着松山腰间的长刀，颇有感慨地说道："也许，有时候你说得对。用刀！"

说话间，中井挥掌向桌子上砍了一下！

松山立正鞠躬："总裁放心，鄙人立刻飞鸽传书，要求吉林的黑龙会协助我们。"

中井说道："用什么飞鸽传书？用我们电台立即和吉林领事馆联系，让他们去寻找你的老大。"

松山答道："明白，我立即去办。"

电台在办公室下面的地下室里，松山答应一声转身要走。

中井在后面说："再给通化会社发报，要求他们再派些人手。我就不信离了臭鸡蛋，做不成鸡蛋糕。我们组织人马，你带队亲自到乡下去收购。"

"好，总裁这一计划真是釜底抽薪，高！"听到中井如此说，松山立刻回身赞道。

4

警察局后面的巷子里有一幢小院，院中向阳正房三间。

徐道成走进小院，明显感受到了异样。什么异样呢？门上的铜锁没了！

他从腰间抽出那把盒子枪，放轻了脚步如一只豹子般跃进室内，同时，那把压满子弹的黑洞洞的枪管，睁大眼睛瞬间扫遍室内。

没有！他又双手举枪轻轻地如狸猫般窜进内室。

说起来，眼看着40挂零的徐道成也是一介人物。他也是"山东家"的人，不过他不是莱阳人，而是海阳人。少年闯进关东，桦甸淘过金，蛟河伐过木，松花江里也打过鱼。后来，进入省城拉起了野狼帮，在繁华的河南街一带收起了保护费。

清末民初，东北大地狼烟四起，土匪多如牛毛。政府采用"剿"与"抚"的两种手段来平复匪患，尤其是张作霖出身土匪而为东北王之后，城市里也采取了招抚的手段。流氓们被编入了警队，徐道成也成为了吉林警局的一名警察。

这样的警察虽然是匪气难改，可也有他的好处，他熟悉黑道上的一切，知道贼的手段，流氓的准则。也因此，他在警队多有建树，成为了一名警长。

可是，上得山多终遇虎，他碰上了许春丽，男徐碰上了女许，音一样性不同，铜盆遇上了铁刷子。

丘林公司——吉林的大商场，众目睽睽之下首饰专柜却总是被盗。警局下达了死命令：严看死守，不抓此贼，誓不收兵。

徐道成当然懂得贼道，如此手段当属巨贼，而且绝对不是一个人，应该是一个团伙。且是长年协同，操作有术的团伙。不出意外，他们应该是师徒或同门。

化装、潜伏、蹲坑、守候，警察们散向四面八方。徐道成化装成一个清洁工人，在商场里转来转去。一连七天，警察们不仅是疲倦也有些厌战，不免松懈。

徐道成却知道，这个时候是最可能出情况的，他弄个清凉油抹在太阳穴，两只眼睛像两盏灯，不时地扫向那个首饰柜台。

时近中午，正是商场人流如潮的时刻。人丛中出现了一个女人，一个雍容华贵的女人。初冬时节，她挽着一个火狐狸在她的肩上，脚下一双软皮靴。面容收拾得如出水芙蓉，头发梳得一丝不苟，脑后挽了一个发髻。细而长的眉毛，大而圆的眼睛，高高的鼻梁，性感的嘴唇。皮肤雪白，嘴唇鲜红，两只眼珠漆黑如珍珠却带一点蔚蓝。徐道成一眼就看出她是一个混血儿，应该是中俄联姻的后裔。

她的后面跟着一个四方大脑袋的人，眼睛、鼻子、嘴都如刀刻斧削一般。那人毕恭毕敬，一看就知道是一个跟班。

紧挨着首饰专柜的是化妆品专柜，那女人一步三摇走到化妆品专柜，手一指，跟在她后面的那个跟班立刻掏出两块大洋，往柜台上一拍："快点！"

她们张扬的举止立刻吸引了所有人的目光，特别是营业员和守候的警员，尤其是徐道成。这女人人高马大，而徐道成也是大个子，这天然的相似使他的眼睛在那女人的身上不动了。

不一会儿，那个跟班的竟然跟营业员争执起来。女人冷冷地站在那儿，跟班的吆五喝六，不依不饶，这引得柜台内的营业员过来劝解，也吸引了首饰柜台那边人的注意。

徐道成突然觉得有点不对，那个跟班的过于激动，而那个小姐似乎在纵容。按道理说，不至于啊！

花不迷人人自迷，一切都是转眼之间。身负重任的徐道成只顾着欣赏美女，一时间忘记了自己的责任。等他清醒过来，那小姐和跟班已经消失，而首饰柜台则是一声惊叫：完了，又是七根钻石项链不翼而飞。

徐道成暗叫一声："不好！"他如飞地跑出联营公司，面对大街上如潮的人流冷静地一想。任何作案之后的人，第一件事就是迅速脱离现场，她能哪儿去呢？徐道成脑袋过滤了一下吉林市的各种车辆运行情况，他立刻拦下一辆黄包车："码头！"

到了码头，江轮还没检票，候船的人中没有他想要的目标，徐道成颇感失望。他正垂头丧气，却见大江中驶来一个小船，那船不进码头，直接驶向下游。再后，河滩处隐约有几个人影。徐道成大喜过望，再一次驱车赶到。

本来，从时间上看，他是没有任何希望的。可是当他进入那片河滩时，却发现那个气质高贵的女人在柳丛中伫立。当然，她的装束早就换过。一套白色便服裤褂，脚下一双麻鞋，腰间一条板带将她的腰勒成了一根柳条。

徐道成明白了，他伸手就要拔枪。那个女人说话了："对面就是徐大哥吧？当年在河南街混的时候，就听说过野狼帮的老大是个讲究人，今天当上警察就不要江湖上的朋友了？"

徐道成上前一步："明白人好说话，只要你拿出赃物，咱们就是朋友。从此，大路朝天各走一边。"

没想到，那个女人哈哈一笑："那就看看它们答不答应了。"

再看，女人已经缓缓地拉开了架势，两手在外一个"白鹤亮翅"："来来来，只要你赢得了我，就听你的。"

好一个徐道成，当过老大，也知道道上的规矩。既然如此，徐道成踏步上前就是一拳。

他用的是大步长拳，拳长力猛，步步凶狠。而那个女人却是手推莲花，脚转八卦，完全是内家功夫。两个人打了几十个回合，竟然是不分胜负。而那个女人一对好看的眼睛频频地扫向徐道成，徐道成意乱神迷，手上一慢就被那女人轻轻地拍了一掌。

"大哥，今天晚上零点，你到北山城隍庙里来。也许，你会有收获。"

说完，她轻击了一下掌，柳丛中闪出那个大头跟班，手中握着一把盒子枪。后面是一个孩子，那孩子精瘦，眼睛却如狐狸般细长。

徐道成明白了，今天这个女人是托，真正动手的是那个孩子。

不过，女人并没难为他，那一掌如果使足力气，徐道成不会如此从容。如果动硬，他单枪匹马肯定吃亏。

他正在目瞪口呆，令人更意外的事发生了，那个女人上船之际扔出一方红绸子。那红绸子带着风声飞来，徐道成伸手接住，果然，红绸子里面包着一条钻石项链。

"本人许春丽，今晚恭候大哥。"

当晚，徐道成如约而至。未到城隍庙，他就碰到了那个大脑袋。大脑袋见他就是一揖："大哥，借一步说话。"

两个人就在荒凉的野外每个人找了一块大石头，往上面一坐，大脑袋先自我介绍："本人姓程名清，早就知道哥哥大名。大姐今天见识了哥哥的本事，有心结交，不知大哥意下如何？"

果然！徐道成早就料到会有此一说，他开口："本人身为警察，岂能玩忽职守？"

没想到程清竟是哈哈大笑："大哥，你难道不懂'狡兔死，走狗烹，飞鸟尽，良弓藏'的道理？没有贼，哪儿有警察？只要有贼，警察就有活干，有饭吃。因此，你的职责就是保护贼，与贼共存共荣。想一想，在你的管段里有几个贼，你要成绩的时候我们会拱手相让，你要稳定的时候，我们会远走他乡。你想个人发财，我们自然会让你盆满钵溢。这有何不好？警察的真正职守不就在这儿吗？你将所有的贼都抓进去，你还有活干吗？没活干，谁还会养活你们？"

这个大脑袋程清竟然是口若悬河，唾沫四溅，徐道成真没了词。

"何况，我们大姐看中了你。如果你能为婿，我们燕子帮的人全都听你调遣。那个时候，在吉林市，你想破什么案子，你就能破什么案子。"看徐道成张口结舌，程清继续说道。

什么？后面的话徐道成没听见，可开头的话让他心旷神怡。真的？虽然在心灵上他早有感悟，可程清这一说可与感悟不同，那是公开的保媒拉纤。

多么漂亮的女人哪！

想到许春丽那略带蔚蓝色的大眼睛，徐道成还有什么可说的呢？

于是，两个人同居了，只能同居。事实婚姻让他们相得益彰，而且，徐道成能上抚松县独当一面都与许春丽有关系。可许春丽只能留在吉林，原因除了她们的女儿，当然还有她的燕子帮。

徐道成闯进内室，突然闻到了一种熟悉的气味，谁呢？

还没等他仔细分辨，黑暗中一脚飞来，他的盒子枪被踢飞。徐道成大惊，他一个老龙退壳，退到墙角一拳遮住面门，一拳放在腰间。

"看你那个熊样，老婆来了还不知道？"

果然是许春丽！熟悉的气味瞬间让徐道成清醒，他大喜过望，上前搂住许春丽就将她抱到炕上。

两个人滚到炕上好一顿缠绵，都说"久别胜新婚"，况且二人都在盛年，又都体力充沛人高马大。一时间，这黑暗的房间里春光毕现。

说起来，这个许春丽也是很可怜。她是一个哥萨克对一个中国妇女强暴之后留下的野种，生下来后就被遗弃。抱养她的人对她也不好，稍大一点她就开始流浪，偶遇关东贼王"千手兰花"，逐入贼伍。没想到她天赋异禀，又经刻苦练习高人指点，一手窃技竟至出神入化。后来，她到吉林开坛，成了北方的燕子帮帮主。

两个人终于气喘吁吁地结束一场大战。徐道成搂着许春丽，贴着耳朵说："宝贝，你怎么来了？也不事先告诉一声。"

"惊喜不好吗？亲爱的。有时候，也是要查查岗的。"许春丽嗲声嗲气。

说起来，二人一警一盗，又是同居婚姻，可感情却是非常的好。不说如胶似漆也是心有灵犀，徐道成立刻说："别绕弯子，老夫老妻，有话直说。"

许春丽翻了个身："怎么样？局长当得可舒服？"

"勉勉强强，就是想你。实在话，独当一面有其好处，但这里如何赶得上吉林的繁华之地？还是想回省城，还能和你在一起。"

"哈哈，我就知道你有这想法，因此来给你报喜。"

"什么？老婆，真有你的，你有什么办法？"

"当初，你知道你为什么能来这抚松城当这个局长？"许春丽话锋一转。

"唉，我哪儿知道？按道理讲，我应该在吉林提个科长什么的，谁知道一纸调令就把我安排这儿来了。"

"告诉你吧！当初也是我的意思。咱们督军的五姨太是我的一个姊妹，她知道这抚松城在长白山里，是人参的产地。想安排个自己人，一旦有上好的人参可以想办法弄到手，她和督军指着这个东西来益寿延年。我知道她这个想法，又赶上抚松县的警察局长出缺，我就和她说一嘴，她还真就办事。"许春丽一口气说完，大大的眼睛就在徐道成的眼前。

"明白了，宝贝！"

"我找北山的慧静师太摇了一卦，卦上说，近日东方雷动，有龙腾之像，其意是说，有关东至宝出现。我私下觉得你的机会来了，而且，我的感觉历来准确。因此，我来到这儿就是帮你的，一旦成功，你就很可能是吉林省警察厅长。"

"天哪!"徐道成心中赞叹。

他就是听说督军最宠爱的五姨太是个窑姐,没想到和许春丽有此渊源。

看来,这人和自然界中的动物差不多。蚁有蚁王,蜂有蜂王,只要是王,在它的群里就有超能量。许春丽身为贼王,手下无非鸡鸣狗盗。没想到一竿子甩到督军府,竟然和最受宠幸的五姨太私下关系甚密。

突然之间,徐道成觉得自己又亢奋起来,他一把抓住许春丽,翻身上马,二度驰骋。一时间,没有开灯的小房间里又传出一阵异常声响。

第三章
把兄弟和师兄弟

1

三天三夜，孙广斌与赵媛合二人之力，终于按照放山人的规矩"抬"出了龙腾宝参。果然，那参如人形，头颅如叠碗，肢体挂满沧桑，皮肤斑驳，疙瘩溜秋，皱纹密布。累累岁月都在它身上无情地留下痕迹，一看就如一个长寿老人一般，让人肃然起敬。再看它的无数虬须飘飘洒洒长垂到地，恰似百岁老人的长须。

孙广斌眼含热泪，再一次大叫："棒槌——槌——槌——"

远处某个山峰，回声中竟然滚下一块巨石，山谷中卷起一阵烟尘。

赵媛在一棵大树下挖下一块苔藓，两个人小心翼翼地将人参包好。孙广斌又使用快当斧剥下一块桦树皮，抽下树皮上的纤维条，将包好人参的苔藓放在桦树皮内做成了一个桦树皮包裹。

然后，孙广斌两眼垂泪，向着挖起人参的大土坑处磕了几个头，之后合二人之力将一狗一蛇葬于坑内。

回到那个窝棚里，按照孙广斌的想法，他要将这个窝棚烧掉。可赵媛认为，老人家的坟在此，以后清明扫墓什么的，有个地方休息也是方便。于是孙广斌就听了赵媛的，那个小窝棚就和孙善起、赵秀英留在了棒槌谷。二人返身往回走，走到大江的江湾处一看，不由得叫声苦。莫名其妙，一艘独木舟竟然被大水冲得无影无踪。没有办法，二人只能走陆路——越过棒槌谷左侧的山峰，改走一片石。

一片石是从棒槌谷到抚松城的必经之路，而且形势之险峻堪称一绝。

此处一面是陡崖，一面是滔滔的松花江水。江水中巨石林立，湍急的江水在此被激起滔天巨浪，洒起满天银珠，峡谷中撞出声声巨响。因此，人们叫此为"一片石"。一条细如羊肠的小道盘旋在山间，如云中的一条小径。

孙广斌拽着赵媛的手行走此间，他心中是百感交集。说伤心，那是因为老父亲八年如一日苦守棒槌谷，一天好日子没过，竟是在看见幸福的时刻离世而去。但这悲愤中也充满希冀，因为他知道这棵宝参价值连城，会彻底改变他们家的生活。也许，这一棵人参就能换得大舅的整个铺面。

那么，他和赵媛呢？他回头看了一下赵媛，山路上走得急，她鼻尖上已经渗出了微微汗珠，阳光下亮晶晶的闪烁。她喜欢穿一件红色的上衣，扎一条长长的大辫，俏丽的瓜子脸，弯月似的眉毛，漆黑如珍珠般的瞳仁……突然之间，一股莫名的情愫冲上孙广斌的胸怀。他站住脚将赵媛轻轻拉近，赵媛软软的胸口在突突地跳着，眼睛如醉如痴，半个身体已经躺在他的臂弯里。

赵王氏早就宣布，孙广斌从小在她们家长大，就是她的儿；赵媛虽为养女，但视为己出。二人结合，广斌就准备继承大舅的铺子吧！今天，再有这棵由父亲生命换来的宝参，他们的幸福已经是不容置疑。

"广斌哥！你想亲我吗？想亲就亲。"

躺在广斌的臂弯里，赵媛看着广斌，见他有些走神，禁不住就提醒他。

孙广斌忍俊不禁，急忙弯下身去。突然，天空中窜上一支响箭，那箭带着一股蓝烟，嘶鸣中冲向天空。

孙广斌一怔，习武之人当然明白这支箭的意思，那是信号。什么信号呢？

赵媛也早已直起腰来，她手一指："广斌哥，你快看！"

只见山腰处的密林中突然闯出三个人来，当先一个手舞一柄鬼头大刀挡住了那条羊肠小道。小道上原来在孙广斌前面还有两个人，那两人衣衫褴褛，小腿处都打着腿绷，肩上一个背筐。内行人一看就知道，这是两个放山人。也就是说，是与孙善起同样的放山人，在老林子里淘生活的。

自古以来，这里的放山人就是一个行当，说明白点就是在深山老林里寻找人参的。做这个行当，首先要会辨别方向，尤其是在遮天蔽日的老林子里。放眼四周，几乎是相同的大树，没有更明显的标志。要不会辨别方向就会迷路，当地人叫"码达山"，转上几天几夜很可能还在原地踏步。这是非常恐怖的，极容易让人心理崩溃。虽然如此，放山的人仍然是前赴后继，原因很简单，这是一个可以让人一夜暴富的行当。可惜，放山的人很多，能达成此目标的不到百分之一。

前面的两个人正是这可能的百分之一中的两个，他们一个叫龚飞豹，一个叫耿锁，都是一片石下面的万良村人。他们在老林子里挖到了一棵二甲子参，这不是一般的二甲子参，而是一个六品叶转世的二甲子。人参六年一轮回，第一次破土的人参，头一年是一品叶，即茎梗上是一个叶片，俗称"巴掌子"。而由六品叶转世的头一年就是分两个叉，长两个叶片。这样的二甲子参自然下面的人参要大得多，也贵重得多。他们这棵二甲子将近一两，换两头大牛是绝对没问题。

可这人哪，不发财时都是哥们儿，发了财难免眼红。共苦难的多，同享受者少，其意就在这儿。他们一起本是三个人，其中一个叫王九的，他暗暗起了歹心，单独跑到雕窝岭告了密。

雕窝岭是一群占山为王的土匪，听到有此财路岂能放过？于是，他们的大当家的于武派出一组人马挡在了一片石。

手拿大刀的是雕窝岭上一个小喽啰，名叫"闯破天"。他大刀一摆："山神爷老把头的货谁都敢抬？告诉你，这长白山里的棒槌都已经属于雕窝岭，你不交买路钱，休想从此过。"

龚飞豹人如其名，豹头环眼，虽是破衣烂衫，可一是拿着棒槌心情不错，二是体格本就健壮，浑身上下透着力量。那个耿锁，人有些瘦小，可脑瓜很机灵。两个人自从王九突然不见，就预测到事情不妙，一个人抓着快当斧，一个人用腊木条子削了个梭镖，也是百倍地警惕。到了此时此地，辛辛苦苦挖来的棒槌岂能轻易给人？

龚飞豹手中的快当斧一横拉了一个架势："来吧！只要你能赢得了爷爷，你要什么有什么。要是赢不了，也别怪你爷爷的脾气。"

"啊哈！"闯破天当土匪也不是一天两天，劫道剪径是他的家常便饭。可每一次打劫都是顺势而为，哪里有人敢反抗分毫？何况是明目张胆地反抗。

于是，他鬼头大刀一摇，一个力劈华山当空而来。好一个龚飞豹也是练过的，他快当斧子一摇，一个蛟龙出海直奔对方腹部，两个人立刻你来我往地斗在一起。后边的两个小土匪头一次见到如此玩命的，大多他们来劫道，只要是报出雕窝岭的号子，没人敢反抗。不管是绑票还是要钱，对方都是乖乖地从命。

这一组土匪本有一只快枪，可双方在玩命地转圈，他的枪如何敢开？没有办法，那个土匪摇晃着手里的大枪叫道："哪里来的溜子？敢和我们雕窝岭玩命，你就不怕我们洗了你的庄子？赶紧交出你的棒槌还有活命，否则，老子二拇手指一动，你可就没命了。"

龚飞豹岂能不知厉害？这个雕窝岭是抚松县境内最大的一杆悍匪，得罪他们后患无穷。可是，自己辛辛苦苦差一点搭上命得来的东西，说什么也舍不得。

于是，他一面和闯破天酣斗，一面叫道："锁子，你快想办法逃走。留得青山在，不怕没柴烧，我的老娘就拜托你了。"

说着话，他手上动作一斧紧似一斧。别说这龚飞豹本身就是个练家，就这玩命的状态，谁也不好办。土匪也是爹妈父母养，虽然干的是打家劫舍的活，可要是搭上性命这一切还有什么意思？

于是，这闯破天就想跳出圈子，用快枪解决问题。可那个耿锁听了龚飞豹的话，不但是没跑，反而举着个削尖了的腊木条子杀了上来。

"哥，你要是不在了，咱们的棒槌还有什么意思？今天，咱们哥们是生，生在一块，死，死在一起。"

两个人一左一右，那个闯破天如何脱得了身？

后面持枪的土匪是个新入伙的，他摇晃着那杆大枪就是不敢搂火。实则，他也没杀过人，别看咋呼得欢，真要是开枪杀人他的心还有点哆嗦。

闯破天这时候那个后悔啊！为什么不自己拿着快枪？一枪不就解决了问题吗？眼看着自己的这两个小喽啰是个笨蛋，他是真着急了。他发疯般地将手中大刀摇了数圈，大声叫道："他妈的，你手里的喷子是烧火棍，再不搂火我就先摘了你的招子。"

他对小喽啰说了黑话，小喽啰知道头儿急了，于是"啪"的就是一枪。可这枪是开了，子弹却是飞了。

飞了是飞了，耿锁却是被吓得一愣，手中的腊木梭镖就松了下来。那个闯破天趁机一跃，跳向后边草丛。

有了机会，他手中大刀一指，再一次命令："搂火！"

那个小土匪急忙拉动枪栓，再推上一颗子弹。这一次，他的枪口前只剩下了龚飞豹，目标明确。他正要扣动扳机，突然，凌空飞来一只弩箭，那弩箭正中小喽啰的手腕。一支大枪顷刻间垂了下来，他口中"哎呀"一声。

闯破天一回头，发现孙广斌已经冲到眼前。他后退一步，手中鬼头刀一摇："慢，你是谁？我们可是雕窝岭的，方圆百里都是我们的地盘，你可不要找这不痛快。"

孙广斌放出一支弩箭，射倒拿枪的喽啰这才冲到跟前。听到闯破天的话，他缓缓解下腰间七节钢鞭："当家的，我不知道你是什么岭，可放山人不容易，深山老林里挖不挖到棒槌不说，那份苦也不是一般人吃得了的。你今天高抬贵手，放了他们，改日到我山货庄，我一定奉上买路钱。今天，就算我欠你们的。"

闯破天一听，又后退了一步："你说是山货庄，那你告诉我，你们掌柜的叫什么名字？"

"山货庄大掌柜的就是我的大舅，赵北川！本人姓孙名广斌。"

看闯破天的态度，孙广斌手持钢鞭双手一抱拳。

"啊，原来如此，那你就应该是少爷了？孙少爷！"

"正是在下，少爷不敢当，就算路上遇到的朋友。如果兄弟给了我这个面子，山货庄就是你的家。"看闯破天有意，孙广斌立刻套上近乎。毕竟这是荒郊野外，地势又这么险峻，打斗起来，谁要是有个闪失，一脚踏空就难免有性命之忧。

"也罢，既然是孙大少爷有话，我自可复命。今天的事就算结了，你们两个小子好好谢谢这位大爷吧！"闯破天也是觉得斗下去有危险，胜负难料。他手指龚飞豹和耿锁厉声说道，算是给了孙广斌个人情。

说完话，闯破天双手一拱，口中一声凄厉的口哨，转身就走。

那个王九本来是隐身于一棵大椴树上面，看到闯破天没有拿下龚飞豹，反而是放了他们一马，心中一急从树上直接跳下。

"当家的，你这是上哪儿啊！他的棒槌不要了？"

闯破天不理他，一行人直接隐入树丛中。王九向龚飞豹那边看了一眼，自己也觉得不妥，立刻撒开腿脚跟随闯破天奔雕窝岭去了。

龚飞豹那边看得清清楚楚，果然是这个王九坏的事。他恨恨地向地上吐了口唾沫骂道："王八蛋！吃里爬外，不得好死。"

再回头，他却发现孙广斌带着赵媛已经顺着山间小径要走了。他招了一下耿锁："快追！不能让恩人就这么走了。"

2

万良村在一小片山谷中，一条街道从中心穿过，两侧大约有百十户人家。不过，因为这里的人家过得相对富裕。这里是张自清上任以来，首先开始对野生人参进行家植的地方，基本上是户户都有家植人参园。

龚飞豹的家在村东头，三间草房，挺大的院落，刚刚扫过。

龚飞豹带着耿锁、孙广斌、赵缓推开家门，对着房子大喊："娘！"

随着一声喊，一个不到五十岁健壮的农村老太太出现在门口。她扎着发髻，面孔黝黑，便服大褂，下面一双小脚。看到龚飞豹立刻脸上绽开了花："我的儿啊！你可回来了。"

老太太飞速地踩动一双残足，上前一把拽住龚飞豹，照脸上就敲了一巴掌："浑小子，老林子也治不住你。"

"不仅是治不住，儿子已经拿着棒槌了。"龚飞豹压低声音，贴着老娘的耳朵十分高兴地说。

"真的?"老娘拽住儿子的胳膊，听到这个消息，禁不住眼睛里滚下泪来，"行，你比你爹有出息。走，回头给你爹烧香，告诉他。"

龚飞豹又向老娘介绍了后面的朋友，一伙人簇拥着进了家。这是东北人典型的房屋建设，中间是厨房，对面两个锅台，中间一个石磨，墙角还有一个煎饼熬子。按照东北人的称呼，这就叫做"外屋地"。对面两个房间设施是一样的。一铺大炕，炕上有炕琴，可以装被褥。迎面是一个八仙桌，两侧是两把木椅，再一侧是一个大柜。对面窗底下是一对大缸，里面放着食品。基本上一个是大酱，一个是煎饼。

只不过，东间稍有不同。八仙桌的上方有一个香炉，对面有一个灵牌，上写"丧夫龚老实之位"。

看起来，龚飞豹的老娘非常能干，里外屋都收拾得干干净净。

孙广斌和赵媛是第一次见到老人家，他们进了屋子，恭恭敬敬地给老人家鞠了一躬。龚飞豹拽着孙广斌说："娘，这是儿子的救命恩人，要是没有他，儿子就叫土匪给杀了。"

听到这话，老娘面如土色，脸现惊恐："怎么回事?"

龚飞豹把事情经过详细地一讲，老人家反身给孙广斌行礼，弄得孙广斌手忙脚乱大叫："这可使不得，不行，不行!"

终于安顿下来，孙广斌就要告辞，可耿锁悄声说道："你能走吗? 老人家将鸡都杀了。"

孙广斌和赵媛出门一看，果然，大概是还在生蛋的老母鸡被龚飞豹的娘一刀拉断喉管，鲜血接了一碗。

孙广斌知道是肯定走不了，不过，既然走不了，也好。他自从与龚飞豹萍水相逢，一片石震住了闯破天，心里就感到和这两个年轻人投缘。龚飞豹的热血、耿锁的机灵都让孙广斌非常舒心，能有这样的朋友，孙广斌何乐不为? 因此，看老人家如此盛情，他就以实对实，干脆脱鞋上了炕。

不一会儿，龚飞豹的老娘就给儿子的朋友整了一桌丰盛的酒席。几个人盘着腿坐到火热的炕上，推杯换盏，非常热火。

"兄弟，认识你一场，还不知道你今年多大。"龚飞豹举杯和孙广斌碰了一下说道。

"啊，二十一！属大龙的。"孙广斌答道。

"哎呀！"龚飞豹和耿锁相互看了一眼，目光中流露出欣喜的神情。

耿锁抢先说道："我们两个也都是二十一岁，属大龙。"

"原来是同年，我们喝一杯。"有了噱头，这酒喝得就顺当。

喝到一半，村子里年纪相仿的年轻小伙子来了好几个。看起来，二人在村子里人缘不错。大家嬉笑打闹一番，又提起王九。

原来那个王九，也是从山东家过来闯关东的。一家人在闯关东的路上失散，他单独来到万良村与龚飞豹搭伴去放山。谁想到，半路上他动了歪心思，想独得那棵棒槌。

听到他投了雕窝岭，其他人也没感到有什么意外。那年头，当个土匪也算不得什么，落草为寇也是很多人的选择。但是，龚飞豹和耿锁谁也没说他勾结土匪来劫他们人参的事。

村里人实在，他们不吃也不喝就坐在炕沿上看他们喝酒，七嘴八舌地聊。

正聊得高兴，外边又闯进一个女孩子。她看着龚飞豹说："飞豹哥，咱村子里来日本人了。"

什么？这女孩子一句话让一屋子的人愣住了。万良村不算小，但毕竟是大山中的村落，交通闭塞，平常客人不多，竟然来了东洋人？一屋子的人面面相觑。终于有人似乎突然想起什么，问道："日本人来干什么？"

那女孩子愣头愣脑，她摇头说："不知道，他们一进村就到村长家去了。"

她话音一落，村长的孩子小刘七跑进，他对龚飞豹说："还喝呢？飞豹哥，日本人要收购咱们全村的人参了。说得很清楚，谁要是不卖给他们，他们就找警察来抓人。"

龚飞豹听了，筷子往桌上一拍："天哪，不卖人参就抓人？哪儿有这样的王法？我不信。"

孙广斌坐在炕里，听到这话不由得心中合计：这事不简单，大舅说过，日本人研究了什么人参酒。他们买去东烧锅就是要打造人参酒，而人参酒没有人参是绝对不行的。可这日本人要是收购了人参，大舅的山货庄收什么呢？

他正在心里盘算，龚飞豹说："这位就是城里山货庄的少爷，你问他，年年山货庄都收人参，日本人再收不是顶行吗？"

龚飞豹这话一说，一屋子的人都不说话了，他们的目光都投向了孙广斌。

孙广斌向炕外蹭："行了，不喝了，咱们去看看，什么样的日本人。"

于是，孙广斌在前，龚飞豹、耿锁一左一右，簇拥着去村长家。正巧村长出来，领着松山一郎和两个日本浪人挨家挨户在发传单。

看到龚飞豹，村长召唤："来来来，小豹子，你他妈的也算是个小头，给你一张。"

孙广斌抓过传单一看，原来那传单上的意思和村长的儿子说的差不多。什么人参要卖给东烧锅酒厂，优等优价。如果擅自卖给别人，一律由警察局问罪。

孙广斌抬头正迎向松山一郎的目光，两个人的目光立刻纠缠在一起。松山一郎的身后是两个日本浪人，这是他从通化找来临时帮忙的。

三个人几乎是一样的打扮，头上冲天髻，身上黑色长袍，只有松山腰间悬着一把刀。

"这人参是村里人种的，想卖给谁是村里人的自由，日本人跑到这儿来发号施令。凭什么？"孙广斌凭直觉感到这事儿一定会与山货庄有关，因此，他先发制人迎面问道。

松山眼睛像毒蛇，他盯着孙广斌，突然手一抬："这小子是谁？"

松山一郎既有黑社会背景，又以武士自称。本身长得剽悍，脸相又凶狠。他气势汹汹，一手指着一手按着刀柄，凭空增添了无限杀气。那些村民很多是第一次见到东洋人，除了好奇之外谈不到什么印象。这个打扮畸形的东洋人中国话说得很好，但可怕的架势还是让那些村民情不自禁地后退了两步。孙广斌左右只剩下龚飞豹、耿锁、赵媛。

"我叫孙广斌，我也是来收人参的。你收人参没问题，可你不能不让村民们把人参卖给别人，我看这事不公。"孙广斌突然来了灵感，他双臂交叉在胸前，面对松山说道。

"孙广斌？你也收人参？你收人参做什么？"显然，孙广斌的话出乎松山的意料。他本来认为他也是村民，没想到碰上了对手。于是，他想弄明白底细。

孙广斌毕竟年轻，没有多少城府，他据实回答："城南山货庄，我们每年都在这儿收货。你们想收货，起码也应该有个先来后到。"

听到孙广斌说他是山货庄的，松山明白了，他咬牙切齿道："山货庄？山货庄的不行。我们有省督军府的电文，不准你们收。"

这个松山自称武士，本身也是个二杆子。东烧锅本身就把山货庄当作对手，这对手和他狭路相逢，他竟然首先沉不住气了。

恰巧，孙广斌也是年轻气盛，听到松山如此蛮横，他也较起真来。

他手一指："小日本，你在你的日本国挺好，跑到我们关东山来吆五喝六。告诉你，这里是中国，你管不着！"

其实，家植人参还没到收获的季节！松山一郎在通化找了几个帮手，无非是事前下来预预热。没想到就碰上了孙广斌，偏偏这个孙广斌比他还横，这让他如何能忍？在他的心目中，中国人浑浑噩噩，自私怯懦，有血性的不多。他手压战刀摇了一摇，脚下横移，两只眼睛射出毒蛇般的光芒。那意思很清楚，下一步，他会武力解决。

孙广斌根本不为所动，他仅是身体随着松山的移动而摆动。眼睛里沉静的目光，一点儿也没有退缩的意思。

"好，支那猪，今天大日本武士就要教训你，告诉你如何跟我们日本人说话。"松山一郎还没遇到一个中国人敢用这种眼神看他，他不由得怒火中烧，一手伸出食指，面对孙广斌一勾，意思是你来啊！

孙广斌当然明白，他跟随普济，不仅是跟着他学习武功，经常也会听他讲当初在奉天的故事，耳朵里灌满了日本人的强横。尤其是普济含着眼泪的话："大帅就是让日本人给炸死的，日本人祸害我们中国人不是一天两天，在旅顺口一天就杀上千的中国人。他们那个小岛子上，什么都没有，天天看着我们关东山淌口水。早一天、晚一天，日本人和中国必有一战。"

这些话，几年如一日，随着孙广斌的成长几乎灌进他的血液中。

即使没有什么山货庄的事，即使没有人参的收购，孙广斌见到这些耀武扬威的日本浪人也从心里反感。何况，今天的松山一郎是来者不善呢！

"呀，呀呀！"看到孙广斌不动，看到孙广斌蔑视的眼神，松山一郎彻底地被激怒了。看孙广斌没有武器，自诩武士的松山挥舞双拳，一个恶虎掏心扑向孙广斌。

眼看着松山就要扑进他的怀里，孙广斌腰部一用力，身体一扭早已调转了方向。

松山一招没中，而且莫名其妙地被孙广斌移风换影般躲过了一拳，他明白了，对方是个练家，他不能小视了。于是，他后退一步，解下军刀，脱下长衫，双手轮番拍打自己强壮的胸肌，大叫道："好小子，你也算条汉子。来！别躲，你胜了我绝不再来，这里的人参就让给你山货庄。"

"好，这可是你说的。"孙广斌脚下一移，站了一个丁字步，一手护耳，一手沉腰，拉开了一个架势。

松山本身就是柔道教练，赤身肉搏也算是行家里手。只见他欺身上前，单手从下向上一撩，那中指恰恰就在孙广斌眼皮处撩过。孙广斌身体一挪，丁字步变成了弓步。

其实，这松山抬手一撩竟是个虚招。他看孙广斌身形移动迅捷，知道对方身手不凡，因此，他也不敢大意。伸手一撩，转移孙广斌注意力的同时，他的一只脚匪夷所思地突然飞起。那脚凌空而来，无论是角度还是力度，都有横扫千军之势。

练过柔道的都知道，柔道最厉害的就是飞脚取人。松山这一脚目标就是孙广斌的太阳穴，速度快，力道足。在松山的心目中，这一脚足以让这小子重者亡，轻者残。

他杀过人，他就不差再杀一个。何况是中国人，中国人多得是，杀了一个，无非是再挪个地方而已。强大的日本关东军，强大的日本领事自然都会保护他。因此，一个中国人在他的眼里，猪狗一样，杀就杀了。松山这一脚杀心用足，杀气毕露。

龚飞豹、耿锁都是练过的。赵媛更是从小跟随赵北川，识得南拳北腿。

松山这一脚石破天惊，他们如何不识？

只听赵媛的声音："广斌哥！"龚飞豹、耿锁也大叫："小心了！"

可这一切，哪儿来得及啊？说时迟，那时快，飞脚如霹雷闪电直奔孙广斌的太阳穴而来。

而赵媛在喊叫广斌哥的同时，已经吓得蒙上了脸。

3

其实，这武功之道，尽管有那么多招式，最重要的就是速度与力量！

作为日本武士，松山的速度不可谓不快，力量不可谓不足。可孙广斌在如来寺数年如一日，伴随晨钟暮鼓，举石墩，拿大顶。奉军卫队营长的毕生之学加上他本人的天资，使他在技击搏斗中速度和力量已经是上流。此刻，他电光石火，在人们眼花缭乱之际，侧头躲过松山一郎致命的一击。同时，他的脚也从匪夷所思的方向突然启动，在松山一郎没有踢中目标、一脚走空身体失去重心的刹那，一脚正打在松山心窝。

松山一郎偌大的身躯突然向后飞出一丈开外，"卟嗵"一声摔在地上。

两个日本浪人急忙上前扶起松山。只见他咬着牙，喘息着，猛地推开两个日本人，就地来了个鲤鱼打挺，从地上一跃而起，抽出雪亮的日本军刀，双手举起向孙广斌扑来。

只见孙广斌向地上一蹲，谁也没有看清，一条七节钢鞭已经拿在手中。

这个时候松山突然警惕，挨此一脚他再不敢大意。刀锋一压，三十六招地趟刀卷地而来，贴着地面削向孙广斌的双脚。

孙广斌空中跃起，一个丹凤朝阳，手中钢鞭变成一条硬棍直奔松山面门。

松山大惊，急忙撤刀收入胸前想去格那条变成硬棍的钢鞭。孙广斌落地同时手腕一抖，其鞭收入手中，松山一刀又是走空。

这种软硬皆宜的兵器，让松山一时有些手忙脚乱。这对手搏击最怕心智波动，孙广斌的几招用出，松山突然迷失了方向。他牙一咬，只进不退，一把刀风车般旋转杀向前来。

孙广斌突然低头，一条钢鞭在背上旋转。松山杀上前来那把刀正被钢鞭缠个正着，孙广斌撤步一抽，那把刀带着松山甩了个趔趄。

两人酣斗之时，龚飞豹和耿锁带着村里的青年已经围了上来。

村长见事不好，急忙分开众人，高声叫道："松山先生，既然大家不想和你做生意，你这买卖不做也罢。"

另外两个日本浪人看众怒难犯，急忙上前拽住松山。

孙广斌收鞭在手，单手指向松山，口中怒喝了一个字："滚！"

松山知道已经是无法再战，他手指孙广斌怒气冲冲地说道："你等着！"

三个日本浪人无奈地离开了万良村，赵媛第一个跑上来抱住孙广斌："广斌哥，我第一次看见你这么厉害。"

龚飞豹和耿锁更是兴高采烈地上来架着孙广斌："走，咱哥们儿还没喝够！"

几个人被好多青年围着要往回走，一个人惊慌跑来，龚飞豹一看，正是自己家的邻居张老汉。老汉气喘吁吁，他上气不接下气地对着龚飞豹说："不好了，你娘被土匪绑了。"

"什么？"一群人这一惊非同小可，尤其是龚飞豹，大叫着向家中跑去。

孙广斌没慌，他一把拽住张老汉："老人家，到底是怎么回事？"

原来，那个闯破天是个雕窝岭上的老人，跟随原来的大当家的王老四多年。他知道赵北川曾经资助过王老四，王老四向来对山货庄优礼有加。因此，他听到孙广斌提起山货庄就放了龚飞豹一马。

可他回到山寨如实汇报之后，土匪头却不干了。因为王老四新近患病死亡，新的大当家的是他的姑爷——"双枪于武"。

于武桌子一拍："这岂不坏了我雕窝岭的名头？再到万良村你还能借得粮草？"

"老当家的在世，也不能不给山货庄的面子，我岂能不守老当家的规矩？"闯破天依仗自己是雕窝岭的老人，立刻反唇相讥。

于武刚刚接过雕窝岭的权杖，最烦的就是有人用老当家的来压制他。

闯破天所言正犯了于武的忌讳，他瞪起双目厉声叫道："如此不懂道理，还敢顶撞大当家的。来人，给我推出去砍了。"

于武本就想杀人立威，今天这个闯破天无意闯到他的口袋里，他立刻痛下杀手。

雕窝岭依仗天险，也是多年的老寨子，自然有他的执法队伍。两个土匪上前来绑住闯破天，带着向外就走。

突然有人喝道："且慢！"

大厅后面转出一人，正是老寨主王老四的女儿"一点红"。王老四临死时，本想将山寨传给一点红。是一点红觉得一个女人统领众多土匪，毕竟有许多不便。王老四死后，她就将寨主之位让给了自己的丈夫于武。

"当家的，闯破天是山寨的老人，跟随老当家的多年，你杀了他，容易让弟兄们心寒。这样，让他戴罪立功，给他一个改过的机会。"一点红向于武进言。

于武转身问道："如何戴罪立功？"

一点红想了一下说道："山货庄毕竟是老爹多年的交情，闯破天给了那个什么少爷一个人情，也算不得什么。不过，大当家考虑的也是。我们雕窝岭立寨多年，有时候也全仗着有些乡村的帮衬。如果不立威，谁还把我们雕窝岭当事。这样，让他带几个弟兄到万良村去绑票。送出叶子，就要那个姓龚的棒槌。"

一点红说完，边上山寨的师爷宋旺也说道："这样甚好，既全了山货庄的人情，又不损我们雕窝岭的威风。"

于武虽然强横，可一个是自己的老婆，另一个是山寨的精神领袖，他新进寨主不能不有所顾忌。于是，他换了一副脸色："既然如此，那就听夫人和师爷的。来人！"

那边自然是将一个捆成了粽子般的闯破天从门口带回厅里来。

于武走下他的虎皮椅，亲自给闯破天松了绑绳。

"哥哥，不是兄弟难为你，实在是山寨的威名事大。既然是夫人和师爷都替你求情，我也希望你办好这件事。你觉得如何？"

于武这一杀一纵之间，闯破天还敢说什么？他立刻上前一步，先是给一点红磕了一个头，又给宋旺磕了一个："谢过夫人，谢过师爷。"

回头站起，双手向于武一揖："谢过大当家的不杀之恩，请大当家的放心，闯破天一定绑个肥票回来。"

"不，我听王九说过，那个龚飞豹有个老娘。你就绑他的老娘，我们就要他的棒槌。看他舍得棒槌还是舍得老娘。"一点红说道。

其实，这一点红身体有病。曾经请抚松城里保和堂的刘大夫看过，开过方子，必须要以百年老参为引。虽然现在身体已经恢复，可她要防患于未然。她听王九说过，龚飞豹拿到的棒槌肯定是一个上"两"的百年老参，因此，她要准备一棵百年老参以防不测。

这件事，她私下里也和于武说过。

于武当然知道一点红的心思，于是，他随声附和："对，就绑那个龚飞豹的老娘，就要他的棒槌。这一次你带上王九，他熟悉那边的情况，再给你几个弟兄，两条快枪，全部骑马速去速回。"

临走之前，闯破天抖了一下机灵。他暗地里问于武："大当家的，如果再遇到那个山货庄的孙少爷如何办？"

于武脸沉如水："天底下哪儿有不断的交情？何况，我们干的是土匪。土匪是什么？有奶就是娘！没有奶就没有娘。"

闯破天后退一步，双手抱拳："大当家的，兄弟明白了。如果得到大当家的点拨，当初我也不会犯错。"

闯破天这也是一语双关，他知道山寨是今非昔比，一代新人换旧人。看他脑瓜终于开窍，于武也当然听得懂，他点头微笑伸手拍了拍闯破天的肩膀。

"好，山寨有了好处，我于武绝不独占，都是大家的。"

于武同样是一语双关，闯破天也听得懂。有王九指路，一群土匪跃马挥枪直扑万良村。

他们来的时机也是巧，全村的人几乎都在看孙广斌与松山一郎的争斗。龚飞豹老娘不喜热闹，正在家收拾她院子里的菜地。有王九指引，闯破天带着一小队人马进村就奔向了龚飞豹的家。看到是老人家一个人在院子里侍弄菜地，王九大喜过望，手一指："那个就是龚飞豹的老娘。"

于是，那些如狼似虎的土匪闯进院子里，二话不说，堵住老人家的嘴捆成一团放到马背上。一声唿哨，和来时一样，瞬间消逝。

还好土匪有所准备，一把匕首插在龚飞豹家的门楣上，匕首下面压着一封信。按照土匪的行话，那叫"海叶子"。上面写的自然是土匪的要求，换票的日期等等。

龚飞豹尽管心急如焚，可他识字不多，手拿着那个"海叶子"正在发呆。后面的孙广斌赶到，他接过信一看，明白了，一切还是在一片石惹的祸。归根到底，还是因为龚飞豹他们抬的棒槌。

孙广斌手一扬："老少爷们，大家都去忙吧。我们哥们几个要想想办法，需要大家帮忙的时候，自然会找大家。"

耿锁闻言，双手一伸将跟来的人推到了门外。看得出，龚飞豹和耿锁是这村里年轻人的头儿，一群人等在了外面。

看看屋子里就剩下了他们四个，孙广斌将土匪留言念了一遍。龚飞豹放声大哭："棒槌也不是我一个人的，那个王九怎么就丧这么大的天良？"

耿锁一边言道："哥，棒槌算个什么？老娘重要。我们就把棒槌送去吧，就当我们在老林子里白转悠了。"

孙广斌心里犯了嘀咕，大舅赵北川是雕窝岭山寨王老四的救命恩人，怎么雕窝岭会出尔反尔？这里面到底出了什么事？那个王九有多大的能量？

一时间，孙广斌觉得这件事自己得管，而且应该管到底。

"也罢，我到雕窝岭去一趟，看看能不能接回老娘。"时间不长，孙广斌却对龚飞豹的老娘产生了感情。老人家不多言不多语，可热情与实诚让孙广斌铭记在心。

听到孙广斌这么说，龚飞豹和耿锁的眼睛放出光来。他们在一片石看到过孙广斌的威力，几句话退了闯破天。于是，他们也相信，孙广斌出手必会摆平这事。

耿锁出去不一会儿，牵回两匹马。

"哥，土匪是个马队，你们也得快一点。这是我借来的，你们骑上，我就等你们的好消息了。"

虽然还没有商议，耿锁已经安排好人了。孙广斌要去，龚飞豹岂能落后？家里得有人照看，赵媛一个女孩子也不能去。耿锁的安排也是无可挑剔，孙广斌暗暗点头。

他私下里拽过赵媛，悄声问道："我们的货放好了吗？"

"放心，广斌哥，这么大个院落，藏件东西算个什么？不过，我不同意你去。"

"为什么？飞豹的娘也是我们的娘，我们不能不管。"孙广斌认了真。

赵媛也是一时语塞，的确，这事不能不管。可是……

"我也说不好，我就是有点害怕。"

"不要怕，雕窝岭大当家的肯定会给大舅面子。再者，于武也在，听说他已经被王老四招为女婿，他也不能不给我面子。"

孙广斌信心满满，他知道，土匪也要讲交情。王老四落魄的时候，全凭赵北川的资助。而于武，不用说，他是普济的徒弟，论起来，他是孙广斌的二师兄。虽然他不知道，雕窝岭已经是今非昔比，面目已非。可他凭借大舅的人脉，自己的渊源，他觉得还是有必胜的把握。

可他就没想想，闯破天既然已经答应放龚飞豹他们一马，为什么又回过头来绑了他的老娘？这也是孙广斌毕竟涉世方浅，思虑不周的缘故。

4

雕窝岭，顾名思义，雕窝之岭。果然险峻！

怪石林立，老树纵横，一山壁立于"浪花卷起千堆雪"的大江边。而所谓雕窝就在这刀砍斧削般的石崖上方，两个小雕大概是饿得发急，在窝中乱跳。空中雄雌二雕飞回，二雕扯着一条蛇落进窝内，立刻将蛇撕得粉碎，将蛇的碎肉喂食小雕。

再看岭的这边，绵延群山中陡然而起一面山坡。山坡上丛林密布，形成天然的屏障，其中密径通幽，不了解内情的人绝对无法行走。

孙广斌与龚飞豹两骑到此，一时间也不敢贸然前行。

孙广斌在前下了马，向树林中寻觅了一番，果断指着一棵松树下说道："就从这儿上山。"

别看龚飞豹种过参，放过山，他还是一时没有看出，疑问的目光投向孙广斌。

"看到没有，这儿有人趟过的痕迹，地上的草叶都分向两边。"孙广斌边说，边牵着马向前走。不久，地面上出现了马蹄印，龚飞豹向他投去信任的目光。

孙广斌仿佛有此天赋，深山老林中他一点儿也不害怕，根本没有迷路的感觉。当年，他娘在世曾经说过："咱们家广斌是祖传的技艺，老林子里多会也不会迷路。"

的确如此，雕窝岭这天然的屏障在孙广斌眼里根本不算事。

穿过这段密林，前方逐渐地开阔起来，树木也渐渐稀疏，一座巍峨的高山似乎拔地而起。高山脚下迎面两块巨石，那巨石自然天成仿佛二鬼把门。沿着那天然石门是一道弯曲的台阶，再上面就是山寨，寨门紧闭。

孙广斌和龚飞豹二人牵着马刚刚进入石门，两侧突然出现许多小土匪，他们手持快枪顶住了二人。

"哪一路，什么价？"足有七八个埋伏的土匪大呼小叫。

"什么路不路，我们是来赎票的。"

话音一落，立刻上来两个小喽啰，两条黑巾就蒙上了两个人的眼睛，双手被反绑。还好，一左一右上来两个小土匪架着他们，一行人向山上走去。

从周围的声音判断，孙广斌感觉是被押进了一个大厅。只听到一个声音："让他自己走！"

一左一右两个小土匪松了手，其中一个用脚踢了一下孙广斌，喝令："走！"

孙广斌没走，少顷，他试出了前方有一股逼人的热量，他明白了。他一面感受着热量的轻重，一面脚打盘旋，向里走去。

原来，这大厅里于武命人放上七个火盆，间隔有距，前三后四。

这时，他看到孙广斌背缚双手，眼蒙黑巾，在火盆的间隔中行走自如。

于是，他大叫一声："好！"

"好什么好？我兄弟就是个种地的，他也没练过什么火龙阵。你们是威震一方的雕窝岭英雄，难为一个赎票的，你们好意思吗？"孙广斌循着声音喊道。

那于武身高体大，相貌英俊，听到孙广斌的声音，不禁向他多看了几眼，心中判断：这可不是万良的村民，难道他就是闯破天说的山货庄小少爷？

"也罢，撤了火盆，松开绑绳。"于武下令。

龚飞豹不知就里，只是感觉前面炙烤一时没敢移动。这时，他和孙广斌一块被解除了黑巾和绑绳。

两个人揉着手腕，尽量地放开视线打量这陌生而恐怖的地方。

两盏摇摇晃晃的油灯，在这半明半暗的大厅里如鬼火一般招摇。正面一张虎皮椅上坐着于武，他剑眉虎目，脸色有些阴沉。侧面一把交椅，坐着宋旺，光头，颏下有须，十分零乱，双手放在膝上，同样用阴沉的目光打量着他们。

周围左右，乱七八糟地站着些没有规矩的土匪，其中也有闯破天。

整个大厅给人的感觉是乱哄哄一团，但没人说话，众土匪的目光都集中在孙广斌身上。刚才他一番闪转腾挪地越过火盆阵，让人知道他功夫不浅。

孙广斌知道正面虎皮椅上的一定是大当家的，他立刻双手一揖，朗声说道："大当家的，在下是城南山货庄赵北川的外甥孙广斌。这位龚飞豹是在下的朋友，不知道他什么地方得罪了山寨，我这里特来赔礼。望大当家的看在雕窝岭与山货庄多年的交情份上，放我兄弟一马。"

龚飞豹也上前一步，学着孙广斌的样子，双手一抱："大当家的，那个王九不讲交情，出卖朋友，雕窝岭山寨不能收这样的败类。"

"啪"的一声，于武一拍那把虎皮椅的椅腿，站起怒喝："你是谁，敢对本山寨指手画脚？"

龚飞豹还要争辩，早有两个小喽啰上前拧住他的胳膊，强行拉出。

面对这个下马威，孙广斌脸上涨得通红，张口结舌十分尴尬。

那个于武看到拉出了龚飞豹，竟是袖子一甩，转回后屋去了。情急之间，孙广斌大叫一声："于武！"

于武脚步一停，稍一犹豫，仍然是头也不回消逝于大厅。

孙广斌并不认识于武，只是觉得对面的大当家的不是王老四，因为他太年轻。看于武头也没回，孙广斌更感失落。

他听师父说过，他有两个师兄，一个是大师兄李宏光，另一个就是二师兄于武。他底气十足来到雕窝岭，原因除了山货庄与雕窝岭的老关系，就是依仗二师兄于武。

"这位小兄弟，你可听我一言？"

谁都不理睬他的时候，宋旺说话了，这让孙广斌有落入水中突然抓到一根稻草的感觉。他急忙向宋旺一揖："大哥，可是？"

宋旺急忙还礼，口中说："本人宋旺，在这座山寨添为师爷。知道你是为了朋友仗义执言，可是你知道山寨的难处吗？"

孙广斌愕然。

"当初寨主与你大舅赵北川那不是泛泛之交，可现在，我们寨主已经殡天了。雕窝岭换了主人，许多事情是彼一时，此一时。何况，你知道山寨里绑票为的什么吗？"

宋旺说得孙广斌身上阵阵发冷，看来自己是有点莽撞了。

"我们老寨主有一个女儿，女儿得了一种怪病，县城里保和堂刘神医给看过。开了一个方子，必须百年老参为引。目前，虽然是病情有所稳定，可小姐执意要一棵百年老参以备不测。恰巧，你的朋友抬的就是百年老参。救人一命胜造七级浮屠，就是山货庄赵老先生在此，岂能不救小姐之命？"

宋旺一席话让孙广斌彻底没了底气，想一想，自己似乎出现得不合时宜。

话音一落，就像是安排好了一样，一点红从内转出。

一点红是原来寨主王老四的女儿，她长得本来就瘦小，皮黄发枯。山寨虽然险固，可女人就她一个，抓来个老太太侍候她的起居，却总不对她的心思。因此，神情难免抑郁。本来这王老四临死是要传位于一点红，可看她实在是掌不起舵，才只好让于武坐了这一把交椅。

此刻，听到前面的消息，她就叫那个老太太搀着，一步一摇来到厅前。她双手向孙广斌做了个万福："小哥，实在是在下身子有疾，救命要紧，又不好去麻烦赵老爷子。我们出此下策也请小哥原谅！"

说完，又是一揖。

这一切，让孙广斌目瞪口呆，再也无话。

看到孙广斌再也没了言词，宋旺执着他的手说道："还是麻烦兄弟，你去劝一下那个姓龚的。看在你的面上，我们雕窝岭给他十块大洋，你看如何？"

说完话，这个宋旺并不等孙广斌回话，放声喊道："送孙少爷去休息。"

话说得虽然挺客气，但上来两个小土匪一点儿也不客气。一条快枪顶着孙广斌的腰，两个土匪架着他扔进了一个山洞。

到了这个时候，孙广斌终于是彻底明白了。什么当年的资助，今天的师兄弟，在一棵棒槌面前竟然都是白纸。他无比的懊恼，加上山洞里光线较暗，一时还没看清山洞里的情况。

突然，有人上前在他面前一跪："大哥，我已经弄清楚了，你是 3 月份生人，我是 6 月，锁子是 9 月。我们生于同年，此乃天大的缘分，大哥又是如此仗义。我和锁子早已经商议好了，与你结拜，以后跟随大哥有福同享，有难同当。"

孙广斌心头一热，他也早有此意。自从在一片石见到龚飞豹和耿锁，他就感受到二人的义气和勇气。仿佛有一种心灵深处的东西在息息相通，他喜欢这两个人。

"兄弟，我也有此意。我们就算说好了，等我们回去就一起到仙人洞，让我师父给主持仪式，正式成为兄弟。"孙广斌一面拉起龚飞豹，一面说道。

龚飞豹听到孙广斌答应了，欣喜地站起："大哥！"

"兄弟！"

"大哥，我们虽然没有桃园结义，但我们一定会和刘、关、张一样，生死同心。"黑暗中，龚飞豹紧紧地抱住孙广斌。

这山洞大概是土匪们经常关押人的地方，里面还搭有一铺小炕。此刻，炕上还坐着一个人，那人说话了："好儿子，你有这样的大哥是你的福气。唉，你爹走得早，我们家就你一个，这回有了哥哥，为娘的可就放心多了。"

孙广斌听到声音，知道是龚飞豹的老娘在此。他立刻上前一步，面对坐在炕上的老娘一个头磕在地上。同时，他放声叫道："娘！"

老太太听到孙广斌的声音，立刻是老泪纵横。黑暗中她摸摸索索，半天从手腕上摘下一个银镯："哎呀，儿啊！娘在这里也没有什么送你。这是我从娘家带来的一副银镯，送给你算做当娘的礼物。以后，我这个虎儿子就交给你了，有什么事，你替我来管教他。"

孙广斌本想推辞，可又一想，这是老娘的一番心意。如果拒绝，老人家一定会伤心。于是，他郑重地接过："娘，谢谢你。放心吧！从此后，豹子和锁子就是我的兄弟。只要有我孙广斌在，就有豹子和锁子在。"

"好，好，上来，坐在我跟前。"龚飞豹的老娘实则并不老，不到五十岁的人，身体依然康健。被土匪折腾了一天，她仍然是腰板笔直，黑暗中眼睛闪光。

孙广斌和龚飞豹都上得炕来，一左一右依偎在老娘的身边。

老太太痛惜地抚摸着孙广斌的脸，似乎有无数的话要说，一时呜咽又说不出来。孙广斌拉着她的手："娘，别哭。明天我再找于武，于武是我的师兄，让他来和大当家的说说。"

龚飞豹说道："大哥，你还不知道，我刚才听小土匪说了，大当家的就是于武，原来的老当家的已经死了。"

孙广斌心里"咯噔"一下，虽然他已听宋旺说过，却没想到这是真的。

自从进入如来寺，跟上普济，他就没有见过于武。只是听说，普济到如来寺后教了三个徒弟，一是李宏光，二是于武，三就是他孙广斌。

"大哥，我们谁也不指。不就是一个棒槌吗？我们是在山里抬的，就当我们没遇到不就完了吗？我和锁子已经合计了，估计雕窝岭是善者不来，既然来了，绑了我老娘的票，事情就不怎么好办。因此，他会随后赶来的。一旦我们接不走老娘，他会用棒槌来赎的。"

听了龚飞豹一番话，孙广斌默默点头。也罢，既然是山寨里一点红身体有病，救人一命，也算物有所值。

1

听到孙善起的死讯，赵北川怔了半晌，最后长长地叹了一口气。

"瓦罐不离井边破，放山终是林中亡。"赵北川似乎感慨万千，回头望着堂屋里挂的老把头画像，他突然跪在地上磕了一个头。

一切仿佛是突如其来，磕完头他仿佛腰软了一样，再没站起。反而是双肩抖动，两眼垂泪，放声大哭起来。

在孙广斌眼里，舅舅是个山崩于前而不变色的人。当初曼子离家出走，舅母哭得昏天黑地，他只是眼睛泛红，一滴眼泪都没掉。可今天……

还没等他搞明白舅舅为何如此伤心，那边的赵媛也已经泪眼婆娑，抢上一步叫道："爹。"这悲伤的氛围立刻如传染一样，令孙广斌的心头涌上酸楚，他情不自禁地跪在赵北川的身边泪如雨下。

"爹！"他和赵媛异口同声，意思各有不同。

好久，赵北川率先止住悲声，他站起身来将孙广斌和赵媛搂在左右："孩子，你爹不容易啊！好好地记住他吧！"

"爹！"孙广斌又一次情不自禁。

赵北川看了他一眼，擦了一把老泪，拍拍孙广斌的肩膀："外甥，以后你就叫我爹吧！媛媛虽然不是我亲生的，但我和你舅母从来都是如亲生一样对待她。你们的年龄也都不小了，今天就算是订下来，找个好日子，我就给你们完婚。"

孙广斌急忙跪下，又一次叫道："爹！"

那边赵媛也急忙跪下，她牵着赵北川的另一只手叫道："爹！"

孙广斌忽然觉得应该有个信物，往身上一摸，干娘给他的银镯还在身上。他立刻掏出那对银镯，抓过赵媛的手，将银镯套在她的手腕上。

赵北川疼爱地看着二人，这才缓缓说道："行了，快去看看你们的娘吧！"

二人这才如梦初醒，孙广斌想起自己此行的任务，悄声言道："对了，爹，千年参王已经搞到，娘有救了。"

赵北川一动不动，怔怔地看了孙广斌许久，这让孙广斌心中发毛。但他迎着赵北川的目光，视线没有移动分毫："广斌，的确是千年参王？"

孙广斌不敢确定，他说："应该是！"

"难道是龙腾？"

"可能！"

赵北川回头看了一下墙上挂的老把头画像，轻声说："那可是你们老祖宗在老林子里追了七天七夜没有追到的，也罢，你把二掌柜的找来。"

赵北川吩咐赵媛。

二掌柜的就是杨怀仁，他在山货庄的前台主管收购，时间一长，对于人参颇有研究。特别是野生山参，他能根据人参的形态知道它的产地。在整个抚松城里，识参、辨参他算是一绝。

不一会儿，杨怀仁走进，他恭恭敬敬站在一旁："东家，什么吩咐？"

赵北川示意关上房门，然后说："让你来看一样东西，但记住，看完后不准向外面说。"

杨怀仁点头。

这时，孙广斌才掏出一个桦树皮编的背筐。那背筐里是满满一筐蘑菇，这都是孙善起平时采集的，放在棒槌谷内的小马架子屋里被广斌装了一筐。

孙广斌抓住那个背筐向上一掀，一地金黄，金黄的蘑菇之上有一个桦树皮包裹。杨怀仁立刻惊喜地说："怎么，少爷一进山就开眼了？姑老爷怎么没回来？"

他说的开眼是放山人的行话，是拿着棒槌的意思，他问姑老爷当然是问的孙善起。赵北川向他轻轻摇了一下手："你先看货!"

杨怀仁是绝对内行，他先举手掂了掂那个包裹，脸上是一片惊喜之情："哎呀，分量不轻啊! 七两为参，八两为宝，这里面就是一棵吗？"

他抬头将问询的目光投向孙广斌。

"杨叔，你打开看!"

杨怀仁熟练地抽开椴树做的腰子，打开桦树皮，里面是苔藓。这时，他变得小心翼翼，轻轻地揭开成片的苔藓。

突然，他一声惊叫："哎呀! 龙腾!"

情不自禁，赵北川在他一声喊中也"腾"地站起，两眼紧盯着显露出来的人参。

他不相信别人，但绝对相信杨怀仁。因此，当杨怀仁喊了一声"龙腾"，赵北川就明白了。多少年来，老孙家数代人苦苦追求的长白山人参王出现了。

这是宿命还是机缘？

赵北川这座山货庄也是祖传，从抚松建县时起，他们赵家世代就在这儿经营人参买卖。可以说，抚松县出的人参无不经过山货庄之手。龙腾是一个早就有的传说，放山人与经营人参的人都知道这个传说。

这传说今天却成了事实，外人不懂，赵北川岂能不懂？杨怀仁岂能不懂？两个人都激动得发抖。这激动也感染了孙广斌和赵媛，他们知道这棵参的贵重，但没有想到它就是传说中的龙腾宝参。

一时间，四个人都盯着苔藓中的龙腾，莫名的紧张让室内格外的静谧，四个人都能听到相互的喘息声。终于，还是赵北川打破沉寂，他上前拿起人参，果然，长须到地，与赵北川的身高几欲同齐。

杨怀仁眼睛里是贪馋的光泽，口中喃喃道："宝贝啊，宝贝! 长白山的镇山之宝。"

"善起!"突然间，赵北川的眼睛里滚下热泪，"知道吗？怀仁。善起因为这棵龙腾，人已经去了！"

"啊！"杨怀仁迅速扫了一眼孙广斌，广斌也是泪流两行。

"难怪！参王轻易不会出世的。姑老爷用他的性命唤出参王，大概这天下要出大事了。"杨怀仁莫名地嘀咕了一句，众人沉浸在悲伤中，没人理他。

还是赵媛："爹，还是用这棵参给娘治病吧！"

赵北川颤抖着手，将那棵参翻过来，覆过去，终于他两根手指在龙腾的肩膀部分掰下一根小手指般粗细的丁须。

"好，用他煎药，给你娘服下。"

赵媛拿着那根丁须去了，赵北川又重新包好那个桦树皮包裹，掀开老把头的画像。原来，那里面有一个小小的壁橱，赵北川掏出钥匙打开锁，将龙腾放进去。画像一复原，一切再无痕迹。

他回头对杨怀仁说道："怀仁，此事体大，暂时不要张扬。"

杨怀仁自然点头："东家，我懂。财不露白，何况，这不是一般的财。"

"明白就好，你在我们家多年，也算得上是我赵北川的心腹。将来方便时，将其卖掉，大家都少不了好处。"赵北川特意叮嘱。

"不敢，不敢！这棵龙腾是姑老爷用命换来的。我毕竟是个下人，岂敢妄想？不过，有用得着的地方，东家尽管吩咐。杨怀仁鞍前马后跑个腿什么的，绝不含糊。"说完这话，杨怀仁一哈腰，人已经退出堂屋。

"广斌，这棵宝参还有谁知道？"赵北川知道孙广斌耽误了不少时日，他害怕年轻人办事不牢，特意问道。

孙广斌轻轻摇头："没有，离开棒槌谷，我就叫赵媛将棒槌藏在蘑菇下面。下山后，我们在万良村耽误了一段时间。但棒槌始终没有离开媛媛，也没有告诉任何人。"

"你们到万良了？"赵北川问道。

直到这个时候，孙广斌才坐下，细细地将一路上的事向舅舅讲过。

听完他的讲述，赵北川叹了口气："广斌，你爹、你娘没白养你，你师父也没白教你。年纪轻轻如此义气，也算难得。不过，那个日本人不会善罢甘休。头几天县长来过，让我召集商会的人合计一下，如何应对日本人。

看来，这个日本人动作很快啊，竟然走到我们前头。"

孙广斌回道："没关系，日本人成不了气候。万良村那边，有飞豹他们兄弟在，断断不会将人参卖给日本人的。"

赵北川说："现在看来是这样，张县长也不想让日本人将人参收了去。有他支持我们，日本人暂时还办不成这事。"

孙广斌点头。

"不过，你不应该去雕窝岭。你可能不知道，那个于武当年是偷了寺里的香火钱被你师父赶出寺门的。他投了雕窝岭，被一点红看中，招了女婿。如今王老四已经死了，山寨大概就是他做主，他不会给你面子的。"

原来是这样，孙广斌这才找到答案。

"可惜的是飞豹他们，好不容易抬了一棵棒槌，只能是乖乖地送给雕窝岭。"

"身外之物，一家平安就好。"

爷两个坐在堂屋里正在闲聊，前面一个伙计走进："东家，警察局来了一个队长，还带着两个警察来找你。"

"找我？"赵北川愕然。

还没等他想好怎么接待，程清带着两个警察已经闯进堂屋。他一眼看到孙广斌，手一指："就这小子！"

后面的两个警察上前一步，不由分说，掏出手铐就给孙广斌铐住。

赵北川大惊失色，他厉声问道："你们这是干什么？谁叫你们到我家里来抓人？"

程清转身对赵北川双手一拱："真是对不起，赵会长。这是我们局长的命令，我只能是奉命行事。有什么想法，你可以去找我们徐局长。"

说完话，他一挥手："带走！"

赵北川也觉得自己的话过于强硬，对方毕竟是警察，他们既然来抓人，肯定就是公事。于是，他换了一番语气："慢，慢慢，程队长，我们抬头不见低头见，什么事总得给个说法吧？你让我找局长，也得给我透个信，我好知道怎么找啊！"

程清回头，看到赵北川已经满脸堆下笑来。于是他开口："你这个外甥，能耐大了，在万良村将日本人揍了。日本人动了外事，什么领事馆找了督军府，督军府传下电令，叫严查。你说，我们不得听上边的吗？"

原来是万良村的事，孙广斌不服，他大声说："那也是日本人先打的我，要抓，两个一起抓。凭什么单抓中国人？"

对呀！这孩子话说得有理。赵北川心中暗暗赞道。

程清向他后背一推："去，去，这理你跟我们局长讲去。我们就是当兵的听喝，叫我们来抓人，我们就抓人。只要别难为我们就行，难为我们大家都不好过。"

说着话，他还摇了一下手中的盒子枪，用枪管顶了一下大盖帽。

赵北川明白，眼下和这群黑狗子是没什么话说了。

他们前脚一走，赵北川立马吩咐："去，大街上给我堵辆马车，我要上县政府。"

他知道，这件事只能去找张自清，也只有张自清有办法摆平这件事。

2

其实，程清撒谎了。这件事没那么复杂，是中井和徐道成的私下交易。

上一次，徐道成是该吃的吃了，该玩的他也玩了，临终，就是没给中井办事。一句话搪塞了中井：他得听县长的！中井恼怒异常，这遇到的哪儿是什么警察局长？这遇到的纯粹是个流氓。

这也是中井的短视，他自以为在中国多年，是一个中国通，可他哪儿知道这个徐道成，他就是一个流氓出身呢？

这一次他吸取了教训，松山从万良村狼狈而归，中井给徐道成打了一个电话：简单地告诉他，抓起孙广斌他付一百大洋，事成付款。

中井学乖了，他想的是放线钓鱼。

徐道成扔下电话哈哈大笑："他妈的日本鬼子和老子来这套，老子哪儿有工夫尿你那壶。"

徐道成根本没拿中井的事当事，可他回到家中，向许春丽一学，许春丽的眼珠一转："慢！"

许春丽上次来到抚松就没动地方，白天，她一番乔装，扮成一个老太太踏察了抚松城，重点是观察了山货庄。她的行动十分谨慎，几乎是鬼鬼祟祟。徐道成不以为然："这里不是船厂（吉林），你在这里是局长夫人，大大方方地上街，大大方方地做事。"

徐道成的言外之意，是说她在这儿不是贼，用不着偷偷摸摸的。许春丽何人？她如何不懂？她翻着眼皮说道："这世上的人办事有三种，一种是没办，人家都知道了你的意图，这是庸才。一种是办了，人家也知道了，一般人。还有一种是办了，人家还不知道，这是高手。明白吗？"

"当然明白，我夫人肯定是高手了。"

"我有一种预感，千年参王会出现的，慧静师太六爻之卦，关东无双。虽然你是警察局长，掌管一方治安，可做这样的事，毕竟摆不上桌面，还是来无影去无踪的好。"许春丽一番高论，徐道成也是默然。

许春丽还反复叮咛：谁都不准告诉，包括她的老部下，现在徐道成的得力干将程清。因此，许春丽像一条潜在深水里的游鱼，在小小的抚松城里无人知晓一个省城的江洋大盗来到了这里。

听到徐道成说了中井找他逮捕孙广斌的事，许春丽想了一想说道："你这何乐而不为呢？你正可借题发挥。"

徐道成不解，他瞪着眼睛看着许春丽："何谓借题发挥？"

"现在的日本人是什么？是关东山的爹。他们在关东驻军，掌握关东的铁路，多次威逼大帅签下城下之盟。如今少帅对日本人也是步步退让，能忍则忍。在关东，涉及日本人的事没小事。一个日本浪人在这里的乡下挨了打，岂能无声无息？那个中井要是找到什么领事馆，还不是个外交事件。到了那时，你岂不被动？从职责上讲，你管一方治安，不能不管。从另一方面讲，这个孙广斌是城里放山王的儿子。据我所知，他这次进山是寻找他的父亲，因为赵北川的媳妇有病，急需千年参王。因此，我们的想法有可能就应在这小子身上。你说，应该怎么办？"

话说到这里，许春丽转动着她美丽的大眼珠子，给徐道成卖了一个小小的关子。

天哪！许春丽在这抚松城转了这么些天，敢情，知道了这么多事？徐道成佩服之余，回答道："借题发挥？顺水推舟？"

许春丽手指一戳徐道成的脑袋："死鬼，总算开窍！"

二人相视，又是一阵哈哈大笑。

"对对对，送上门来的买卖为什么不做？那个赵北川就是个土财主，借机也能敲他两个。"

"那都是小事，只要你抓住这个孙广斌，我们的棋就活了。想要怎么办，就看事情的发展，握住这个棋子，你就是常胜将军。"

许春丽一拍徐道成的肩，二人又是一阵得意至极的狂笑。

徐道成心领神会，他教导了一番程清。于是，程清也就什么日本领事馆的扯了一番。

赵北川将这话说给张自清，张自清停下手中的笔，愕然答道："这怎么可能，如此严重的外交事件，我这个县长怎么不知道？"

赵北川经商可以，官场的事他知道得少。张自清这一说，他也纳闷，心中忖道：是啊，县长不知道，警察局长怎么会知道？

"杨文青！"张自清向外喊道。

杨文青立刻出现，他问道："县长，找我？"

"是啊，赵会长来说，有个日本人在万良村被我们中国人打了，告到督军府？有这事吗？"

杨文青听了张县长问话，瞥了一眼赵北川："督军府那边倒没有什么消息，不过，万良村那边传过这件事。是中井派那个松山到下面去订货，想在人参还没下来之前，预订收购。结果，遇到了山货庄的人，双方口角，最后导致殴斗。那个日本浪人是吃了点亏，但说起来双方都有责任。"

听了杨文青的一番话，张自清立刻明白了。身为县长，关东的局势他心中自然有数。自从日本人占领旅顺，又在老毛子手中接手中东路，东北的主权有一半都被小鬼子收于囊中，而主政东北的督军府，许多事还在步步退让。在东北民间，日本人也已经到处都是，什么商人和浪人都像他们的一个个触角，在拨动中国人脆弱的神经。

张自清虽然手无缚鸡之力，但他对日本人在中国土地上的猖獗是恨之入骨。作为一介书生，他崇拜辛弃疾，崇拜陆游，崇拜平原县令颜真卿。特别是颜真卿，更是他的偶像，因此，他也练得一手颜体字——粗放、厚重、大气、圆润。抚松城门楼下的匾额就是他的手笔，让人叹为观止。

可他比不了辛弃疾、陆游，也比不了颜真卿。手下无兵无卒，真要是日本人来了，他也无可奈何。因此，他也非常想掌握一支武装，面对强横方能以强横制之。

"这么说，打了日本人的是你的外甥？"张自清回头问赵北川。

赵北川回答："正是我的外甥，可那个日本人也是狂得很。不是我外甥学过三拳两脚，受伤的就是他。如果是他受伤了，我们的警察能将日本人抓起来吗？"

赵北川说得有理，张自清却没有接茬，他顾自问道："你是说你的外甥会武术？他在哪儿学过？"

"实不相瞒，我外甥跟随如来寺普济和尚学了几年，武术方面有些功底。加之他性格直爽，见到日本人张牙舞爪，难免动了性情。还请县长援手，想想办法。如果那个日本人真是受了伤，医药费我付。"

张自清眼睛一亮："你是说你外甥是普济的徒弟？"

张自清当然知道普济，他还曾经亲自去拜访过。对于老和尚的文韬武略还是非常欣赏，也惋惜他早早退出东北的军界。

赵北川对张自清也不想隐瞒什么，他答道："是的，普济和尚一共教了三个徒弟。大徒弟李宏光，在奉军任连长，目前驻在梅河。二徒弟入山为匪，现在雕窝岭。我的外甥是他的小徒弟，功夫尚可。"

"好！杨文青，你立刻到警察局告诉徐道成，将那个孙什么……孙广斌的给我带到这儿来。"张自清问了一下赵北川，吩咐杨文青道。

"县长最好打个电话。"

"好的，我马上打！"张自清抓起桌上的电话机。

3

赵王氏喝下用人参须为引的中药，大概过了半个时辰，她活动一个手腕，又伸腿到炕下，慢慢地站了起来。然后，她又走了两步，手扶门框喊道："媛媛！"

正在院子里的赵媛听到声音大吃一惊，老太太自从中风之后，不仅是手脚迟缓，语言也含糊不清。今天的喊声清晰如昨，赵媛惊讶地跑过来："娘！"她双手拉住赵王氏的双臂，惊喜地一甩："娘，你好了？"

老太太自己也不相信，她一手挽住赵媛，试探着移动自己。原来，竟是手脚利落如初。真的好了！

老太太这个高兴啊！

"快，快找你爹。"

赵媛张口要说，突然想到，老娘这是大病初愈再也受不得刺激。于是她回答道："我爹是张县长有请，和他谈商会的事，一会儿就回来。"

"噢！好，那你和我到院子里溜达溜达。"赵王氏卧床多日，又遇到风清日朗的天气，心情特好。

两个人出了房门，走了几步，赵王氏一把推开赵媛坚实地走起来。这个赵王氏论年龄比赵北川还大三岁，可她的身体历来强健，无非是一场大病将她拿倒。而此刻，她的身体已恢复如初，如何还用赵媛来挽扶？果然，她越走，感觉越好。

院子里出现了杨怀仁，他一看也是大吃一惊："老夫人可要注意啊！"

赵王氏白他一眼："注什意，我现在好好的，没什么大惊小怪的。"

杨怀仁是这个山货庄的二掌柜，也是赵北川从小将他拉扯大，因此，这赵家有什么事他总是跑前跑后，一应事物都离不开他的张罗。赵王氏患病，就是他一力主张找的保和堂的刘郎中，刘郎中开方子，也是他去抓的药。

看到赵王氏恢复如初，他心中当然明白，一定是那棵千年参王用上了功力。

于是，他双手一拱："贺喜老夫人，恭喜老夫人。"

赵王氏一摆手："你去忙吧！我现在彻底好了，都是你们跑前跑后地忙活，我还得谢谢你们。"

杨怀仁的话似乎提醒了赵媛，她上前一步又挽住老夫人，两个人溜达到后面院子。赵媛脸色泛红，悄声说道："娘，我爹已经答应将我嫁给广斌哥了。还说，等着您一好，就给我们忙活着定亲呢！"

赵王氏一听，立刻乐了："好啊，你爹这个老东西真能办点好事。这样，我也就放心了，广斌那是多么好的一个孩子啊！他在哪儿啊？"

赵王氏这一问，赵媛突然觉得自己是多事了。孙广斌被警察局抓走，她如何敢说？

"好像，好像他和爹一起出去的。"

"唉，可惜他娘死得早，扔下他自己。也不知道他爹在棒槌谷怎么样？挖不挖到棒槌的，回来也罢，一家人聚在一起比什么都强。"

赵王氏说到这儿，赵媛想起孙善起的惨死，想起棒槌谷里的寒冷，她心头一紧。憋了半天，她还是强忍着自己没把孙善起的死讯说出。

两个人在后面的园子里转了一会儿，老太太意犹未尽，回到前院还要上街溜达溜达。

赵媛一时难以主张，大门开处，赵北川回来了。

推开门的赵北川一眼就看到站在阳光下的赵王氏，吃惊之余，大喜道："哎呀，老伴，你好了？"

赵王氏也是龇牙笑道："好了，你去干什么了？这么半天。"

"你猜！"赵北川乐得像个孩子，一反常态地回答她的老伴。

他的状态也让赵媛吃惊，她从来没看到赵北川这个样子。难道是他去了一趟县政府，广斌哥没事了？

"我知道！"在赵王氏身后，赵媛突然说道。

赵北川手一指："你说！"

"广斌哥回来了！"

"鬼丫头！比这个还好。"

还好？赵媛立刻哑了。

"来，来来，我们进屋说去。"赵北川兴高采烈地将母女二人拉回房间。

原来，张自清一个电话打给徐道成，他要亲自处理孙广斌。徐道成无奈，只能将孙广斌交给了杨文青。没想到，张自清当即安排孙广斌在县政府当了自己的卫士。

按照张自清的说法："北川兄，你的外甥不仅是有武功，而且有勇气。关东多事之秋，你得帮我，先叫他在我这儿当个卫士。一旦有机会，我准备报请专员公署，在抚松县成立国民卫队，建立一支地方武装。这样，也好一旦有事可保地方平安哪！"

"好啊！"赵北川是喜出望外，他没有想到张自清暗地里竟然是这种想法。他看着张自清频频点头，他没想到张自清一介书生，平素文质彬彬，有一手漂亮的大字，当此关东乱世，大是大非面前他竟然要投笔从戎了。

上一次张自清曾经因为中井的事，亲自拜访了赵北川，让他组织地方士绅对抗东烧锅酒厂，一定要防止日本人统购抚松县的人参。他说，人参是抚松县地方经济的命脉，无论如何不能让日本人控制。他还告诉赵北川，日本人到关东山来绝对不是简单地做生意，他们是醉翁之意不在酒。

赵北川深深赞同，两个人相谈甚欢，当日把酒而叙，一种友情渐趋浓烈。

自从张自清任职抚松县长，赵北川携一县士绅，二人多有交道，一向来往不错。但这一次，二人的感觉都与以往不同。面对中井收购人参这件事，二人的意见高度一致，日本人这是来动长白山的主意了。不管是县长还是商会领袖，责任所系，感情所系，二人都有一种风雨同舟的感觉。

就是那一次，二人心中的默契似乎达到了心有灵犀的高度。这一次，张自清率先谈出自己的想法，赵北川不甘落后："好，你要成立国民自卫队，我支持。要多少钱吧？我卖了铺子也给你筹款。"

张自清哈哈大笑："不急，北川兄。我看一时半会，日本人还不敢有大动作。我们还是按照规定走，先行文专署，批了再说。"

"好，那广斌这孩子我就交给你了。"

赵北川拽着赵媛母女进到室内，将这一情况一说，母女俩当然高兴。赵王氏又是大病初愈，心情一振奋，精神一矍铄，身体几乎是完全恢复。一个人就要张罗包饺子，赵北川当然同意。

正在忙忙活活之际，龚飞豹和耿锁一头闯进。二人见到赵北川就叫大舅，见到赵王氏就叫舅母。赵媛给纠正了一下，他们立刻改口，叫起爹娘来。

赵北川乐得嘴都合不上，一天之内因祸得福，而且好事连连。他急忙张罗给龚飞豹、耿锁包红包，这时孙广斌回来了。

他也喜上眉梢，抱住龚飞豹、耿锁好一阵亲热。

看到院子里欢蹦乱跳的一群年轻人，赵王氏两滴热泪流出。赵北川劝她道："老婆子，你不就是羡慕人家子孙满堂吗？你看，咱们这不是儿子连成片了吗？这叫人丁兴旺，你还有什么着恼的？"

"我在想咱们的曼子，曼子今年都二十六了，也不知道在哪儿？"

一句话，让赵北川再也无语。

4

赵曼，是赵王氏的心头肉。

难产的孩子从小就不太省心，长大了也像男孩子一样雄心勃勃。赵北川送她上了国高，那是抚松城的最高学府。

可有一天，她留下了一张纸条："爹，娘：你们见到这封信的时候，我已经离开这里了。我要去一个很远的地方，那里有我需要的一切。爹，娘，孩子已经大了，你们不要管我。该回来的时候我会回来的，放心！"

曼子就这样走了，再也无声无息，如一朵浪花扬起又落下。

当时的赵王氏几乎是疯了，找遍了所有的亲友，赵曼仍然无影无踪。岁月流逝遮不断母亲的思念，今天，她又想起了她的曼子。赵北川又能说啥呢？当年他也是找遍了所有的朋友，动用了自己所有的人脉，只是得到了一个消息：曼子求学去了。她求的什么学呢？

他们也是绝对没有想到，就在赵王氏思念她的曼子的时候，赵曼出现在梅河。

梅河，关东重镇，吉林东部的交通枢纽。三条铁路在此交叉，一条公路通向大山的深处，因此，也有人称其为长白山的门户。

梅河距长白山腹地的抚松城220公里，山高路远，道路崎岖。那时，交通以马车为主。因此，今日旦夕可达，当年足值数天的路程。

李宏光的边防团调防以后就驻扎在这里，其目的，当然是看住这五路总口，扼住关东山的咽喉。可实在令人不安的是，日本关东军的铁路守备队就在他们的左近。训练的号子，跑动的脚步，闪亮的刺刀让任何人都寝食难安，何况赋有守备之责的李宏光所在团队。

具有极大讽刺意味的是，这三条铁路一条也不归中国人管辖，日本的铁道守备队就以此为借口保持着强大的武力。中国的土地上，日本人的铁路，日本人的军队，这就是当年畸形的关东。

日本的铁路守备队完全是正规军编制，他们根本看不起"人傻枪破"的奉军边防团。有时，他们就在李宏光团队的大门外面演习，歪把子机枪的子弹会成串地飞过他们营房的上空。

日本的军官，穿着黄呢子大衣，蹬着黑色大皮靴，挂着一把锋利的东洋刀，常常是看着布衣麻鞋的奉军军官，口里狂叫："猪，猪，支那猪！"

晚间，梅河镇夜幕垂落，日本人会在中国的餐厅喝得烂醉。李宏光带上几个弟兄，换上便衣，守候在电线杆子底下，等那些日本军官摇晃着跨出餐厅，大摇大摆地逛上十里长街。李宏光会带着弟兄们突然出现，那些日本军官自称武士道，军事素质也实在是不错。看到中国人拦截，他们会哈哈大笑，抽出雪亮的日本军刀："猪，支那猪敢试试我们大日本的军刀吗？"

一场搏斗，李宏光的弟兄都是武术高手，辗转腾挪中有的日本军官就会屁滚尿流。这时，李宏光会长出一口胸中之闷气，带领弟兄们迅速隐藏到黑暗中。

当然，有时也会败在日本人的手下。李宏光一声口哨，他们就四散而逃，仗着熟悉地形迅速摆脱鬼子。一次，李宏光败在一个日本中佐手中，逃跑中那个日本中佐紧追不舍。李宏光跑进一条小巷，没想到竟是个死巷。慌急中李宏光掏出手枪就要来个鱼死网破，巷子深处却打开了一道门，李宏光鱼儿一样迅速地游进了门中。

意外却发生了，黑暗中传来那么熟悉的乡音："宏光哥！"

定睛看时，李宏光大感意外，竟然是一个留着齐耳短发的女子。

当年他在如来寺跟随普济学艺，曾经见过这个女子，她跟随她的母亲到寺里上香。据师父讲，她是恩人的女儿，名字叫赵曼。事过多年，这个女子神奇地出现在这里。屋子里当时还有几个人，赵曼大方地拉住他的手："来，来，我给你介绍一下。"

原来这几个人观察李宏光多时，今天也算是巧遇。

从那以后，李宏光与他们就建立了联系。他知道了中国共产党，知道了赵曼是中共南满省委东边道支部的成员。也知道了，当年赵曼离家出走，是跨越千山万水，到达当时中国大革命的圣地武汉，报考了中央军校。学成后，她接受了共产党的主张，成为了中共的一员。时值 1931 年，关东局势日危，她接受委派回到了东北，准备一旦东北有难，立刻成立抗日的武装。

从此，二人来往频繁。

她的声音很悦耳："宏光哥，你是一个爱国的青年，我们党已经注意你多时了。关东多事之秋，国家需要你，人民需要你，我们也需要你。"

齐耳短发的赵曼，面容秀丽，眼睛修长，里面沉静如水。她上身穿的是丹青色的衣衫，下着黑色裤子，脚上一双麻鞋。如此一个女子，已经脱去了当年见面时的稚气，岁月如河，带走风尘，洗净铅华，说起话来不仅落落大方而且头头是道。

李宏光也是颇有感慨，他立刻回答："师父早就教导我，国破山河碎，匹夫当有责。我当年来到奉军当兵，就是师父力荐的。他曾经告诉我，日本人早晚是要侵占关东的，退和让都喂不饱他们的贪欲。拿起这二尺半，就是要保家卫国。"

曼子歪过头来，沉静的眼光打量着他，这让李宏光一阵心跳。

"知道日本的田中奏折吗？"曼子问他。

李宏光摇头，他真的不知道。

"日本首相田中有一份给天皇的奏折，其中，他把中国的关东称之为'满洲'，说满洲是日本的生命线。你说，他们看作是生命线的东西，他们会采取什么样的方法？"

"日本人狼性，他们有什么办法？强抢豪夺呗！"

"是的，日本人已经具有了东北的铁路经营权，为此他们借口保护侨民在我们东北驻守了大量的关东军。一旦东北有战事，他们不但是有兵可用，也可从朝鲜和本土调兵，利用铁路长驱直入。从这种意义上说，关东已经是危如累卵。"

赵曼挥动着拳头，慷慨激昂地说道。

赵曼身材中等，皮肤白皙，说起话来滔滔不绝，沉静的眼睛里似乎有火焰冒出。

受其感染，李宏光也觉得血液中有一股力量，经常会有热血沸腾的感觉。

"宏光哥，以后，你袭击日本军官的事不要干了。"

"为什么？"

"没有任何作用，只会刺激日本人，于大局无补。"赵曼有时又很冷静，似乎很有预见性。李宏光有时也得佩服她的学问，从普济那儿学来的东西在赵曼面前有捉襟见肘之感。

"你的任务是在军队里寻找自己的同志，发展我们的人，以士兵联谊会的名义建立组织，掌握军队。一旦关东有警，你随时可以拉出一支部队。关键时刻，只能用枪说话，尤其是对于豺狼。"赵曼再一次挥起了拳头，眼睛里射出一股毫光。

李宏光默默点头，对她说："放心，曼子，我会做的。"

不知道为什么，他也学着赵曼的动作挥了一下拳头。

他还发现，被赵曼称之为同志的不在少数，他们经常聚会。上一次就是他闯进了他们聚会的场所，这些人来自山南海北，其中一个身材高大，颧骨高耸。赵曼介绍，他来自河南，名字叫马尚德。有时，他们又无影无踪，只有赵曼和他联系。

"宏光哥，你觉得抚松怎么样？"

这话说得有点无头无脑，李宏光疑惑地看着她："怎么样？很好啊！"

赵曼笑了，她说："我是说，一旦日本人大举进攻占领东北，抚松那儿建立一个根据地如何？"

"当然行了，它西面有老岭，南面有枫叶岭，均是天险。后退一步，是长白山的千里密林，千军万马藏于其中如鱼儿潜水。正是进可攻，退可守的兵家屯兵的好地方。"

"好，那你就在这秘密地积极地发展士兵联谊会，人是越多越好，这个联谊会就以反日抗日为宗旨。只要你不太张扬，现在的奉军上层估计也不会反对。一旦有警，你将部队拉到抚松去，我在那儿等你。"

"什么？你要去抚松。"

赵曼点点头，充满深情地说："是啊，我太对不起我的爹娘了。我也应该回去看看他们，提前做些准备。"

"也好，上一次我回家时，见到过你的爹娘，他们老多了。"

话说到这儿，赵曼眼中已经出现泪花。她突然上前一步，抱住李宏光。

"宏光哥，关东之大，安有我辈立锥之地？国要破，何有家？"

李宏光身体一颤，正在不知所措的时候，赵曼突然推开他："宏光哥，保重，老马他们会和你联系的，他主要负责军事。有什么事情，你要多听听他的意见。"

李宏光稍感失落，但他只能说："曼子，保重！"

第五章
螳螂捕蝉

1

赵北川三喜临门，一是赵王氏久病初愈，二是孙广斌因祸得福被张自清邀到县政府当了卫士，三是龚飞豹和耿锁来到山货庄，让他感觉子女满堂。于是，老爷子一声令下，山货庄放假。晚间下了两大锅饺子，带上伙计，后院就放了两大桌。可是，吃饭的时候，杨怀仁却不见了。

谁也不知道的是，他去了楼外楼——这座县城里最好的馆子。

有人说：酒好不怕巷子深。这个馆子就在顺城街的一条巷子里，每天食客川流不息。原因很简单：清炒鸡、川白肉是楼外楼的两大特色。

杨怀仁不是好吃，他虾米一样的身材，吃什么也不长肉，他也就失去了吃的兴趣。今天是一个特殊的邀请，程清脱了制服，青衣小帽来到山货庄的前厅。

他秘密地附耳杨怀仁："有一个天大的惊喜，你想要吗？"

杨怀仁惊讶地张大嘴巴，眼前的程清，他不是太熟。仅仅知道他是警察局的治安队长，他能送给他什么惊喜呢？

"真的，我发誓，我敢说这是你这辈子最大的惊喜。"

"能透露一下吗？"杨怀仁很沉静，他有点不相信眼前这个人。

"你有个大哥吧，多年离散，不想见吗？"

啊！杨怀仁脑袋都大了。这岂是惊喜？绝对是特大惊喜。当初他也是闯关东一族，半路上遇到土匪，无奈与大哥走散。一晃多年，他怎么不想见？于是，他特别激动地抓住程清的手说："在哪里？"

"跟我走！"程清扫了一下没有顾客的前厅，招了一下手。

杨怀仁能感到自己和程清之间有了一条线，他牵着线，杨怀仁就跟着他走到大街上。他突然觉得应该与东家打个招呼，正要回头，程清催促："抓紧，你大哥可能马上就要走！"

因此，杨怀仁也顾不得那么多了。自幼家贫，哥俩结伴闯关东，一晃十余年，此刻杨怀仁还能顾得什么呢？

果然，程清说话不虚，楼外楼雅间里站起的中年人和他一样有一个虾米般的身材，还有一副相同的刀条脸。两个人相视只有几秒钟，也许只有刹那间，两个人就扑在一起，眼泪如河水般流淌。

人生有很多一晃，这一晃就是十几年。杨怀仁流落到了抚松，赵北川收留了他，他成了山货庄的伙计，又成了二掌柜。那边一晃呢？杨怀忠仗着年纪稍大，脚力尚足，一阵荒草野岭的狂跑，最终他到了吉林。城市之大，让他眼花缭乱，如何生存呢？他先遇乞丐后遇贼，终于流落风尘。后来遇到了许春丽，许春丽看他识得几个字就让他协助帮里管点事务。然而这个杨怀忠不仅识字，而且绝顶聪明，一来二去，事情做得不错，许春丽干脆让他做了自己的师爷。帮里的一些事，道上的一些事，多有他来打理。

但他再聪明也比不上许春丽的聪明，她从当年杨怀忠和杨怀仁走散的事件调查，判断杨怀仁跑到长白山里的可能性大。意外的是，她在抚松城里的山货庄发现了杨怀仁，许春丽以手加额：天助我也！

今天，她就是这场兄弟会的总导演。

"这是大姐，没有她就没有我的今天。"杨怀忠松开杨怀仁，指着许春丽说道。

"啊，不必客气，都是过去的事，谁也不能见死不救。来来来，坐下，咱们边说边聊。"许春丽穿着一个黑绒披风，恢复原来的样子，真是容光照人，又有大姐风范。

杨怀仁拱了拱手："大姐，贵姓？"

"免贵姓许！"

杨怀忠立刻接茬说道："大姐是个买卖人，吉林有铺子，关内也有分号。我的事始终在大姐的心里，来到这儿打听到有个叫杨怀仁的，她就立刻叫我过来了。"

程清也说道："大姐在吉林那是大买卖人，我们想跑腿都不好用。没想到，在这儿能给大姐效力，我可乐坏了。"

许春丽随手扔出两块银元："大头，我替怀忠谢谢你。"

几个人的表演让杨怀仁心怀感激又带着几分敬畏。

不一会儿，小二就端上菜肴，全是本店特色，还有一瓶东烧锅。杨怀仁在这里多年，楼外楼的情况他知道。眼睛一扫，明白这些都是这个饭馆最好的拿手菜，也明白价格不菲。于是，他的脸色有点紧，坐下时心中忐忑。

杨怀忠好像是看出了他的心思："怀仁哪！这是大姐为了我们兄弟见面特意安排的。你不必客气，管吃管喝，不要装假。只有这样大姐才高兴。"

一番话立刻使杨怀仁的心放在了肚子里。

平常在杨怀仁眼里耀武扬威的程清十分的恭谨，他站起来，先是给许春丽倒上酒叫了一声："许老板。"然后，依次倒满。

许春丽马上举杯："来，祝贺你们兄弟重逢。"

几个人开始推杯换盏。酒过三巡，许春丽突然问道："杨掌柜的，听说你们家少爷在山上抬了一棵千年老参？想卖多少钱？我能不能收得？"

许春丽狡猾至极，这叫指定式问句。前提已经给了，就是山货庄有参，不过问问多少钱而已。

杨怀仁本不善酒，几杯下肚小脸已经发红。听许春丽突然一问，大脑概念中是对方已经知道人参下山，无非是打听价格。他立刻回答："不错，但这棵人参我也是从来没见过。根据老人讲和我这些年的经验，这可是长白山的镇山之宝。估计没有个一万两万的拿不走。"

杨怀仁实话实说，却引得许春丽心中一阵狂喜：真是皇天不负有心人！她千方百计，果然，人参出土。

刹那间，程清和杨怀忠也是一惊：果然！他们相互扫了一眼，暗暗地佩服他们的帮主。

许春丽在谁也不注意的时候给程清一个眼神，他立刻心领神会，站起来告个方便，人就消失了。她又给杨怀忠一个眼神说道："今天，你们兄弟相会，我就不打扰了。你们在这儿慢慢地喝，慢慢地聊，我先走一步。"

杨怀仁第一次见许春丽，他如何敢阻？抬眼看了一下杨怀忠，杨怀忠说道："东家还有很多事，她该忙忙，咱哥俩好好聊聊。"

小房间里只剩下了杨怀忠与杨怀仁哥俩，聊到伤心处，那酒就成了水。杨怀忠告诉他就在那次闹土匪时，父母都死于土匪的枪下，带的一点薄财也被土匪抢劫一空。他事后又回到原地，土匪已经远去，父母曝尸荒野，野狼已经咬掉了娘的脚、爹的手。杨怀忠找不到杨怀仁，只能是自己刨了个土坑将父母埋了。事过多年，他再去的时候，那里已经被夷为平地。

这些伤心事让杨怀仁哭个不停，再伤心不过，哥俩就抱头痛哭。

杨怀忠还告诉他，许春丽是个大商贾，手下能人众多。希望将来有一天，杨怀仁到吉林，跟上许春丽要啥有啥。

杨怀仁摇摇头："不行啊，哥！现在的东家待我不错。当初我也是要着饭来到这儿，人家收留了我，又将我从伙计提拔成二掌柜，我不能没有良心哪！"

杨怀忠："兄弟，良鸟择木而栖，抚松地处偏僻怎赶得上吉林省会？况且，许大掌柜的岂是赵北川可比？再者，兄长在吉林，我们又没了父母，岂可再度分手？"

杨怀忠这一连串的话，让杨怀仁自然气短。

杨怀忠又道："虽然他提拔你当了二掌柜的，其实你也就是个大伙计。那铺子里有一分钱是你的吗？谁有也赶不上自己有，自己有了才能找媳妇，成家立业，才能对得起我们死去的父母。"

听了这话，杨怀仁频频点头："那是！我要是有了钱，当然是自立门户。"

哥俩喝得差不多了，杨怀仁才想起："哎呀，哥，今天好像是东家要请伙计们吃饭，我还没打招呼呢！"

"唉，兄弟相会，谁还能管？"

杨怀忠站起："这账我们掌柜的已经结清，是不是你也得去看看她？"

这话说的，杨怀仁摇摇晃晃："好，我听哥的。"

杨怀忠领着他出了楼外楼来到了四海客栈，许春丽早有准备，她在这里开了个上房。他们一到，程清正在门口等候，由他引路杨怀仁进了许春丽的上房。

许春丽撬着二郎腿，坐在一个太师椅上抽烟。八仙桌上放着一个皮箱，她一手拿着烟袋，一手摆弄着皮箱里面的洋钱。

叮当作响的洋钱，让杨怀仁立刻直了眼睛。

"怎么样？谈得怎么样？"许春丽改了腔调，眼睛直逼杨怀忠。

杨怀忠回头看着杨怀仁："兄弟，怎么样？"

"什么怎么样？"杨怀仁一头雾水。

"跟着大姐啊，进吉林，吃香的喝辣的，住洋房找媳妇啊！"杨怀忠说道。

"这，这……"杨怀仁突然觉得怪怪的。

许春丽抛出一袋银元，用手一掂，又往桌子上一拍，银元四散。她手一指："看到没，这些是你的了。"

杨怀忠胳膊肘一杵杨怀仁："快，谢谢大姐。"

杨怀仁和他说的一样，虽然是山货庄的二掌柜，无非是个领班的伙计，他哪儿有过这么多钱？瞬时间，他的心理产生了倾斜。

杨怀忠帮助他把银元藏好，许春丽开始说话了："怀仁，你是怀忠的弟弟就是我的弟弟，我问你一件事。赵北川拿到的这棵棒槌，他放到了什么地方？"

杨怀仁心头一抖："这……"

杨怀忠："兄弟，哥在这儿呢，告诉哥！"

"我看着我们东家将它放到堂屋里的壁橱里，那个壁橱就在老把头画像的后面。"说出这话，杨怀仁感觉脊梁处汗都下来了。

"别怕，我们老板就是想知道事情是否是真的。如果是真的，我们老板要从关内的商号调出钱来，指定要。如果是假的，我们老板又何苦呢？"杨怀忠又是一番解释。

这解释让杨怀仁稍稍心安。

最后，杨怀忠送他的时候还是说道："兄弟，谁有也赶不上自己有。跟上我们许老板，这点钱小意思。记住，我们哥们见面的事谁也不要说，说出去，你可别惹出误会。"

杨怀仁摸摸钱袋，银元还在。不过，他隐约感觉：要出事！他如何敢讲？

2

残月，升腾如奔马的乌云。

群山怀抱下的抚松小城，纵横交错的街道，鳞次栉比的房屋……万籁俱寂，人踪皆无。只有巡夜的更夫不时敲响清脆的梆子，报告熟睡的人们悄悄流淌的时辰。

三更过后，远山突然飞起一块翻卷的黑云，那黑云直奔中天，刹那间残月躲进云后，大地一片阴暗。

山货庄三幢正房形成两个跨院，正前的一幢是门市，临街面道。穿堂门，过后是一进大院，中间就是赵北川的堂屋也算是客厅。向东一侧有一个带门楼的大门，靠围墙有一个过道，后面又是一进大院，有花圃、果树，算作一个小花园。如果居高临下，从上看，那就是一个长方形的房屋和院落的组合。

乌云罩顶之际，山货庄屋脊上出现了两个人影。两个人全是黑巾蒙面，一身夜行衣，身材虽然高大，脚步却是分外轻盈，明显是个练家。谈不上飞檐走壁，可那一身的轻功，明眼人一眼就会看出造诣不浅。

当时的抚松城有三种结构的房屋，一种为草房，房顶上苫着草。这是长白山特殊的草，防雨又防寒，唯一的缺点是不防火。另一种为板房，将木材锯成板，用木板来苫房。最好的一种当然就是瓦房，屋顶是用窑场烧制的瓦苫成的。那瓦比较小，很细致，苫在房顶上很像鱼儿身上的鳞片。

山货庄的三进房屋都是瓦房，两个人踩在瓦片上，过者无痕，薄薄的瓦片没有一个碎的。两个黑影直奔中间那进，到了堂屋上方，一个黑影跪在屋脊，另一个站在一边望风。

跪在屋脊的那个，四周看了一眼，又伏在屋脊上听了听，然后，她开始揭瓦。瓦片被她一片一片轻轻地揭开，瓦片的下面出现一层黄泥。

关东的房顶都是架上梁柁，挂上檩子，上面钉上木板，木板上面是一层薄薄的黄泥，黄泥上面才是均匀的瓦片。

那个人掏出一个特制的工具很快将黄泥除净，对于下面的木板，她又拿出一个线锯，就是像线一样的铁锯。这种锯只要找到缝隙就可以伸进，然后，自然可以拉断木板使这堂屋的屋顶出现一个窟窿。

话说到这里，这两个人是谁？他们为什么来到这里？大家应该都能猜个八九不离十。

可是，正当许春丽得意地掏出线锯，并且找到木板与木板之间的缝隙，将线锯伸进，正要在这堂屋的屋顶制作一个窟窿的时候，放哨的徐道成却感到眼前一道黑光，屋脊上已经出现了另外三个人。

那三个人看到屋顶上有人，似乎有点犹豫。但匆忙间手中已经出现了一把刀，三个人三把刀。月黑风高，又在人家的屋顶，徐道成岂敢大意？他向后一退，一个老龙退壳，人已经跃到许春丽身边，轻轻地伸手一拍："不好，有人！"

那边的三个人似乎也发现了什么，他们不退反进，上前一步抢刀砍来。

徐道成是有枪没拿，高来高走，谁也不敢弄出声响，有枪何用？但他还是有备无患地拎了一把柳叶刀，许春丽袖子里原本就藏有一对如意金钩。

情况紧急，二人再也无心作业，他们一左一右就在屋脊上与来者战在一起。

也是时有凑巧，此刻乌云散去，残月露出脸来，大地一片华光。没想到的是，对面三个人也是黑巾蒙面，一身夜行服。他们轻功一般，可刀法精熟，映着残月，寒光闪闪直逼二人。

许春丽本是江洋大盗，徐道成也是散匪出身，二人岂惧这事？徐道成挥动柳叶刀，许春丽似乎赤手空拳，但袖子里一对如意金钩暗藏杀机。只见她欺身上前，刀光中似乎要空手夺白刃。可那长刀竟然在她胳膊一动之际，被绑在小臂处的如意金钩"当"的一声隔开。也是那人感觉一惊之际，小腹处许春丽的金钩早到，只听"扑哧"一声，那人的衣服被钩开了一道口子，肚皮处渗出血迹。

三个人大惊失色，不知道许春丽用的什么兵器，仿佛她的胳膊是精钢打造。一时间，他们一声嗯哨，后退一步形成一个三角。三把刀转成一个桶形，无论从哪一个角度都可以形成以二打一之势。

也是事有凑巧，今天赵北川高兴，两大桌饺子也不能没有酒。他吩咐一声，赵媛在地窖中抱出一坛窖藏多年的老白干，那还是日本人没收购东烧锅之前所酿制的。

放到桌上，揭开用蜡封的纸，立刻，那股清纯浓郁的酒香扑鼻而来。伙计那桌不给酒，因为赵北川规矩极严，害怕影响了生意。只有赵北川和孙广斌哥们几个这桌放了一坛，酒香唤起了哥几个的情绪，他们一人喝了一大碗。因此，睡得有点沉，屋顶上如此打斗竟然无人知晓。可偏偏这个龚飞豹喝了很多水，一泡尿憋得他只好起床。来到院子里，解开裤带正要撒尿，突然，钢铁碰撞之声传来。他抬头一看，大吃一惊，明亮的月光下，屋脊上竟然有人。

龚飞豹情急之中大叫："广斌，房上有贼，快快起床抓贼！"

古有定律：做贼心虚！

你想想，大半夜的跑到人家屋顶上，本身就底气不足。此刻被人发现，一声大叫，屋顶上的两伙人都撑不住了。许春丽机灵，她哈腰抓起一块瓦片，"嗖"的一声飞出，那瓦片奔着对方脑门而来。对方三个人看无取胜之机，地上又有人发现，已经是无心恋战。看瓦片飞来，其中一人挥刀斩落瓦片，向后一跃，三个人一溜黑烟地不见了。

对方已经放开"大路"，徐道成与许春丽还等什么？两个人也是一溜烟地跑掉了。

刹那间，屋顶上空无一人。

龚飞豹的喊声惊动了所有人，孙广斌第一个蹿出。只见他双脚一用力，人已经飞到了房顶。他在上升的时候，一条钢鞭已经握在手中，等他站稳屋顶放眼四周时，哪儿还有人影？惨淡的光线下，各式房屋静卧在雾气之中，不知从什么地方偶尔传来几声犬吠。

孙广斌正要跳下房顶，脚下却是一绊，许春丽揭开的瓦片让他差一点摔了一跤。他急忙叫下面的人点好火把扔到屋顶，这才看清了屋顶已经被人扒了个窟窿。

赵北川也已经起来，他听到孙广斌讲述的情况，心中立刻想到，这是善者不来，很可能是冲着"龙腾"来的。

孙广斌手中的火把映着赵北川古铜色的脸膛，他抬头看了一下残月，一块云彩已经遮住了它的身影，大地一片黑暗。

"好了，大家都睡觉去吧，广斌和我待一会儿。"

赵北川把孙广斌拽到堂屋，点着了一盏煤油灯。赵北川举着那盏煤油灯前后照了照，没有发现异常。再看天棚，他这堂屋是只有屋顶没有天花板的那种，站在屋地上直接可以看到梁柁与棚板。

"广斌，你说这半夜来的贼是什么意思？还会来吗？"

"大舅，你看咱这堂屋，如果掀开棚顶，放下一条绳，一个人不是轻松可入吗？既然进到咱们的堂屋，肯定是奔着咱堂屋里的东西来的。至于，这贼还能不能来，我估计今天是不会了。一个是时辰不早，眼看着就要天亮。再者，贼也有贼的规矩，既然掉了，他就是避避晦气，今天也不会来。"孙广斌逐条说了自己的看法。

赵北川听得频频点头，他放下那盏煤油灯。

"广斌哪？我觉得事情有点不对，我们这山货庄多年也没发生这样的事。不说是你大舅人缘如何，而是我们山货庄在这抚松城里无人敢欺，今天这是怎么了？"

"是啊，我到屋顶看了，不是一般的贼。这抚松城里有几个人，都有哪路神仙，还不都在大舅你的心中。"孙广斌提示。

赵北川手扶下巴，思索道："难道是外来的？"

半天，爷两个谁也没有说话，室内室外沉寂如水。

3

东烧锅酒厂坐落于东关城外，出城的路在这儿有一个小小的上坡，坡上的一大片院落就成了东烧锅的烧酒之地。

残月之下，一片清冷，哪儿还有半个人影？

突然，一声犬吠，引起一片狗叫。城墙上垂下一绳，三个黑衣人依次坠下，然后，他们一溜黑烟奔向东烧锅。而在东烧锅的小楼里，一盏灯火从玻璃窗向外闪光。茫茫黑夜，也许这是唯一的一盏灯火。

中井有令，东烧锅酒厂的一台发电机在继续运转。他办公室里有抚松城唯一的一盏电灯，其原因就是他有发电机。这发电机主要是供应电台，捎带着让他的办公室里灯火辉煌。

可别觉得这是夸大其词，在当时，抚松城没有电灯。很多人家是用豆油放在盘里，用棉花做个捻，点上火。"一灯如豆"，说的就是那个意思。好一点的是煤油灯，也叫洋油灯，那感觉就是光芒四射。因此，一盏电灯称之为灯火辉煌，岂能为过？

中井坐在这一片灯火辉煌之中，尽管是深夜，他的头仍然是梳得一丝不苟，打上发蜡，使其在辉煌中闪光。四十多岁的人，头发渐稀，因此更得爱护。他的脸部扁平，几乎没有什么隆起，包括他的鼻子。在这近似平面的脸上，已经有了清晰的皱纹，这让他不怒而威。眼睛不大目光却十分锐利，谁看上一眼都有不寒而栗之感。可中井经常要掩饰他的目光，见了人先鞠躬，总是彬彬有礼。实则，他的内心和他的目光一样强悍。不知道谁说过，眼睛是心灵的窗口，大概这在中井身上是十分准确的。

他是来经商的，可也不仅仅是经商的。作为商人，他喜欢这关东山的富饶。走遍世界的山山水水，长白山特有的腐殖土让他叹为观止。不管这大山如何险峻，不管这山岭如何起伏，总是披有厚厚的腐殖土。走在上面有如松软的地毯，让人心头痒痒的。太肥了，肥得抓一把都流油。这样的土质，造就了长白山神奇而富饶的物产。世间万物都是从泥土中来，而长白山的泥土应该是最富有的泥土，它造就的万物肯定是世间最神奇的万物。在这泥土上面，各种植物，从高大的乔木，到低矮的灌木，再到漫山遍野的青草和野花茂盛而欢快地生长。于是，与此依附而相生的各种动物，从百兽之王，到飞舞的蜜蜂与爬行的蚂蚁生于期间，乐于期间，自由地享受造物主的恩赐。真是要什么有什么，别提什么关东三宝，仅仅是老林子中谁也不稀罕要的山槐，当地人叫"高丽明子"，如果弄几根到日本，立刻会让所有人倾倒，谁家房屋的装修有几根山槐做成的柱子，那就是最高级别的房屋装修。

有时，站在窗前，晴日可以看到长白山主峰巍峨的身影悬于东边天际，像一幅妙手丹青的水墨画。中井就会感受到口腔里涌出的涎水，他努力咽下，可很快又自然涌起。不可遏制啊！那种贪馋的感觉。

之所以说他不仅仅是经商的，那是因为他还有特殊的使命。他是关东军特务机关的一名特务，深入关东腹地，以经商为名，搜集各种情报。包括对中国人的分析，官府的分析，民间的分析。按照土肥原的说法："你就是触角，大日本帝国的触角。你要具备最敏感的神经，最锐利的观察力，最精确的判断力。将你看到的、得到的，分析研究后准确地发给我，以备我们采取最得力的措施来对付中国人，并在适当时期夺取满洲。"

土肥原贤二把关东称之为"满洲"，中井自诩为中国通，他却不知道这是为什么。

不过，这没关系，不妨碍他认真执行土肥原的指示。

收购了东烧锅酒厂，他就有了一个据点。他在这里安装了电台，运来了发电机，一切都是为了他不仅仅是经商的任务。

他研究抚松，觉得这里民风淳朴，物产丰饶，是长白山的门户。控制了这里，就控制了长白山，日本所需要的许多特产都会收入囊中。但使得他头痛的是这里的官场，张自清冥顽不化，对于大日本帝国一点儿也不友好，相反，他的心底深处仿佛有一种深深的敌意。中井提出的任何事情他都要反对，对于上级的指示他也是阳奉阴违，根本不给他中井的面子。在中井的心目中，早早就给他上了黑名单，多次通过奉天领事馆运动省府，意欲拿走张自清。没想到的是，这个迂腐强硬的县长也是朝中有人，他暂时还无可奈何。

至于那个徐道成，虽然是个流氓，但他有奶就是娘的性格或许可以一用。

至于这里的民间，大东亚共荣的口号没人理睬。他们不喜欢外人，祖祖辈辈在这里生活，他们视这里的一切为他们所有。如果日本人想统治这里，他们很可能会以死相拼。中井走到哪里，都会感受到这个氛围。因此，他通过土肥原将杀了人的松山弄到这儿来，山高皇帝远没人会追究松山，而他会有一个保镖和助手，这使他有了一定的安全感。

想到这里，外面有了响动。

中井抬起头来，手已经伸向桌子下面的抽屉，那里有一支盒子枪，他握住了那冰凉的枪柄。此刻，他那绿豆般的眼睛里射出令人生畏的绿光，百般警惕地注意着他面前的门。这才是他本来的面目，虽然是坐在一个黑色的写字台后面，可他的杀气似乎与生俱来。

门后面传来一声"报告"，松山一郎带着两个人走进。进屋以后，他们才摘掉脸上的黑巾，松山狠狠一摔："他妈的，遇到鬼了！"

中井一怔，松开手中的枪，脸上出现愕然的神色。

"我怀疑徐道成。"松山没头没尾的一句话更让中井不解，不过，中井不说话，他在等待，等待松山主动将事情说清楚。

看中井一动不动地盯着他，松山也感觉自己说话没有头绪。他抓过暖瓶，自己倒了一杯水，一气吞掉，抹了一把嘴巴说道："要不是徐道成那个王八蛋放了孙广斌，还用我们亲自动手吗？没想到，我们刚到就碰到了两个飞贼。这一场打，差一点掉了。"

中井抬起头观察了一下三个人，三个人全部灰头土脸，看来这是一场恶斗。中井一摆手："飞贼？慢慢地，慢慢地详细说。"

松山坐下来，慢慢地将整个过程和中井讲了一遍。中井听了也是吃惊不小，他在抚松城除了做生意就是研究，研究当地的一切。小小的抚松城怎么会有如此飞贼？另外，他们到山货庄干什么？

中井起身背着手在办公室中转了一圈，举手让那两个浪人回去休息。

那两个浪人像两个机器人，原来是笔直地站立在松山背后，中井让他们回去休息，他们的眼睛看向松山。松山也是一挥手，他们明白了，立刻鞠躬退后离开了办公室。

说话间，窗外已经爬上一丝亮色，可闹腾了一宿的两个人没有一点儿睡意。

"孙广斌被那个张自清要到县政府，听说还做了张自清的卫士。他妈的，张自清这都敢收留？总有一天，我不仅要宰了孙广斌，还要宰了这个张自清。"松山一郎自从在万良被孙广斌打倒，他就记恨在心。堂堂日本武士，他自认为这是耻辱，为了洗刷这个耻辱，在警察局放了孙广斌的夜晚，他要去山货庄寻找时机杀掉孙广斌。没想到，意外地撞了"南墙"。

中井想得要远一点，他没有局限于孙广斌的生死，他觉得这是一个奇怪的现象。

抚松县弹丸之地，民众安居乐业，何来如此飞贼？能够与松山一拼，绝非等闲之辈，如此江洋大盗只能来源外埠。可他为什么会盯上山货庄，所为何来？一时间，中井感觉到无数的问号跳动于脑海，哪一个也拉不直。

"松山，你和那个飞贼交过手，能不能找到他们的来路？"

松山已经冷静下来，中井的话似乎提醒了他。他思索了一下说道："屋顶上一共有两个人，一个人下手，一个人望风，全是黑道上的规矩。而且，他们全部穿着夜行服，蒙着黑巾。遇到我们一点儿也不惊慌，什么话也不说，抬手就打。"

"你是说，对方的胆量很大？"

"是的，对方肯定是久惯此道，江湖巨贼。"

"既然如此，你接触他们这方面的人多，顺着这条线你再想想？他们还有什么规矩，寻找他们的可能点。"中井老辣，他一点儿也不急，慢慢地启发松山的想象力。

松山被中井所启示，脑袋也在转圈：是的，是哪路神仙呢？

"按照道理讲，没有家鬼引不来外患。尤其是抚松城这个地形，交通闭塞，到此作案，没有当地人的配合是极容易掉的。像如此厉害的盗贼，肯定是当地有接应的，否则，他们不会来。"

"好一个没有家鬼引不来外患，说得好！可如此巨贼所为何来呢？山货庄的营业室是前厅，中间这趟应该是赵北川一家的住处和接待客人的地方，他们为什么要到这儿来？"中井心思缜密，他反复提出问题。他觉得今天的事不仅是巧合，其中透着蹊跷。

松山一郎被中井一连串的问题问得目瞪口呆，的确，他无非是一介武夫，哪儿有中井的心思？听中井的问话，他对山货庄几乎是了如指掌。

"知己知彼百战不殆，松山君，你想在中国生存，想占领关东，你必须了解他们。只有了解了对手，你才能找到战胜对手的方法。"中井趁机教训松山。

松山站起，双手垂立："社长说得是，兄弟一定想办法。那个山货庄里有个二掌柜，看样子就是一个胆小鬼。哪天有机会，抓住他，一问便知。"

松山说着话，手上还做了一个动作，意思是扭住对方。

中井却一伸手："不，用不着，这世间百态，向来是鼠有鼠道，蛇有蛇窝。贼是一种特殊的职业，从来做贼的都有他们特殊的嗅觉。既然他们到山货庄，就说明山货庄有吸引他们的东西，他们在赵北川的堂屋顶作案，那就说明堂屋里有他们喜欢的目标。你要是去抓那个杨怀仁，只能是打草惊蛇，得不偿失。"

几句话，又让松山目瞪口呆，他再也不敢提什么建议。

"罢了，我问你，你安排吉林方面做的，那个徐道成的女儿的事怎么样了？"中井突然话锋一转。

松山双腿一并："社长，这件事正在办。黑龙会的弟兄们已经摸到了她的住处，正在查找她的生活习惯，准备时机成熟立刻下手。"

中井慢悠悠地转了几个圈，缓缓说道："根据你说的情况，我倒是觉得一个人很可疑！"

"谁？"

"许春丽，你说的江城盗贼之首。想一想，她符合你说的所有条件。"中井停下脚步，双眼凝视着松山。

松山突然一拍桌子："对呀！社长真是英明，我怎么就没想到呢？她有这手段，也有这条件，徐道成坐地为王，她自是无所顾忌。因此，她根本没必要慌张。"

"那么，他们的目的是什么呢？"中井目光如剑。

"这……"松山又愕然了。

"山货庄……山货庄，它又能有什么呢？虽然有黄金、白银，不过首饰尔，江城巨盗岂能为了一两个首饰千里迢迢到这山沟小镇？"

"社长是说人参？"

"是的，山货庄是以经营人参为主。如果真是许春丽出动，那么，山货庄里肯定有特大人参。而且，这人参就藏在赵北川的堂屋。"中井斩钉截铁，一手握拳一挥。

天哪！松山一屁股坐到了椅子上。他一脸茫然："社长，你的判断力太强了，也许这就是真的。"

"得，弄清这件事有一个关键，你立刻起身去吉林。一是查清那个许春丽还在不在，二是调动你黑龙会的弟兄，立即动手。这个徐道成是我的一个筹码，必须把他掌握在我们手里。"

松山抬头看了一下墙上的挂钟，回头说道："社长，天马上就亮了。天亮之后有一班小火轮，我立即去码头，今天就能到吉林。"

中井微微点头："去吧！早去早回，还有很多事等着你。"

4

也许，这注定就是个不眠之夜。

徐道成在前，许春丽在后，二人一阵急跑，沿着警察局后面的那条胡同回到了他们的家。

两个人脱掉夜行衣，摘下蒙面的黑巾，许春丽叼起一根烟，徐道成划着火柴给她点上。她开始拼命地吸烟，屋子里也不掌灯，只有那烟头上的火星一明一灭如鬼火般在闪烁。

今天是设计得多么好的一个局！警察局长亲自望风，明道上的来人不管是巡夜的更夫，还是多事的警察，自然一律可以摆平。以她的身手，打开屋顶，坠下室内，一个小小的壁橱岂不是手到擒来？

偏偏冒出三个黑衣人，谁呢？难道还有一伙贼？

这也备不住啊！财帛动人心，何况这大千世界什么人都有，一个许春丽岂可包"偷"天下？

不，有此手段的道上人，许春丽心中有数。何况，那三个人不像是盗贼。那他们是谁呢？何方神圣惊扰了她许春丽的好事。是山货庄的保镖？更不对，他们保护自己的财产何用蒙面？许春丽也是推翻了一个又一个的假设，她在寻找准确的答案。

这关系到她下一步的行动，今天已然是打草惊蛇，下一步将会更加困难。必须摸清对方的来路，否则，如何成功？

徐道成不说话，他知道许春丽在思考。说起道上的事，什么强抢豪夺，流氓斗殴，他是行家里手。但这黑道上半夜三更入室拿货，他必须让位于许春丽，他不敢多言。

"老徐，你能弄明白这三个人的来路吗？"许春丽终于在找不到头绪的情况下，开口问徐道成。

"简单，但你弄清了也没有用。"徐道成轻描淡写地说。

"什么？"让许春丽头痛的事，徐道成竟然说简单？她脸露惊喜，烟一摔："告诉我，当家的。"

"你没看清他们用的刀吗？"

哎呀！许春丽一拍大腿，一句话点醒梦中人。那刀是典型的日本军刀，中国人上哪儿淘换去啊？

"想一想，孙广斌被我抓来，又被张自清要走。听说，张自清还让他当了县府的卫士。你想，这样的事谁最上火？那个中井手下有个松山一郎，我一看就知道他是日本黑龙会的，会刀术会柔道，武功也算了得。当初在万良村，就是他与孙广斌对打吃了亏。这个时候，他能不报复吗？"徐道成的理由十分充分，许春丽长长地舒了一口气：原来如此，是个误会！

她放心了，只要与她的行动无关就好办。

"明白了，那是老娘倒霉了。"

"这事还需从长计议，那个赵北川不是等闲之辈，一击不中，咱们得慎重。"徐道成表现出少有的谨慎，他也感到事情的棘手。

"是啊！这叫打草惊蛇，在我们道上最怕的就是这个。以赵北川之奸诈，他必定要有所防备。怎么办好呢？"许春丽有点犯愁。

"你不是在山货庄安了内线了吗？静观其变吧！只要能有准确的情报，早一天晚一天而已。"徐道成安慰她。

"怀忠我已经打发他回吉林了，帮里有些事我不在还得他去打理。他的弟弟应该不会出问题，但这联系就得小心。这样吧，我还是装扮成老太太，适当找个什么理由作掩护。找机会，再进山货庄。

许春丽下了决心，不拿"龙腾"誓不还乡。

说话间，天已经亮了。那边的赵北川不仅是没睡觉，反而已经是洗漱完毕，一个人在后花园里走起了八卦掌。赵北川身高体大，却是异常灵活，脚步移动方寸之间，腰肢游动如长蛇，手掌推收开合有度，一看就不是一年两年的功夫。

他的拳掌在这移动中是越来越快，一会儿的工夫已经只能见人影，难以分辨眉眼。说话间，他飞身跃起，身体在空中成了个一字形。忽然之间，他的手腕一动，一粒钢球"嗖"地飞出。那钢球在空中运行带出"嘶嘶"风声，发出一种怪叫飞向二进院门。只听"哎呀"一声，原来是杨怀仁正巧走进，那钢球正从他耳边飞过。吓得杨怀仁惊叫一声，一屁股坐到地上。地上潮湿而冰凉，杨怀仁爬了一下，又一次跌倒。好容易再次爬起，带着一脸的惊慌问道："东家，吓死我了，你找我？"

赵北川不理他，慢慢地走完最后几式，然后，面向朝阳深深地吸气收拳回步。

这一套完事之后，赵北川从树杈上拿起一条白毛巾，擦着脖子上的汗对杨怀仁说："昨天晚上，咱们山货庄闹贼了，你知道吗？"

昨天晚上一阵喧嚣，所有的伙计几乎全部起床出来询问出了什么事，唯独这个杨怀仁却没有出现，这引起了赵北川的注意。今天，他就是想在这特殊的场合试探一下。

"这……这，我昨天多喝了几杯，没有听到。"

这倒是实话，赵北川已经从伙计处得到消息，二掌柜的昨天晚上喝得酩酊大醉，倒在炕上爬不起来。

"昨天晚上，咱们山货庄的人在一起吃顿饭，唯独找不到你，你上哪儿去了，和谁一起喝的酒，为什么不和我说？"赵北川的问话一句比一句急，一句比一句有力，眼睛如两把刀直视杨怀仁。

其实，杨怀仁这是托辞，他喝得虽然很多，但心中清醒着呢！尤其是他收了许春丽的钱，又告诉了她"龙腾"收藏的地方，他心中也觉得不妥。因此，在龚飞豹叫唤的第一声起，他就醒了。外边的声音告诉他事情不妙，堂屋上有贼。

别人不知，杨怀仁心知肚明。哪儿有那么巧的事？白天他告诉了许春丽"龙腾"就在山货庄堂屋，晚间，堂屋上就出现了贼。这件事，肯定是与哥哥的朋友有关。

"回东家，昨天是我失散多年的一个哥哥寻找到我，兄弟相见一时激动，多喝了几杯。"杨怀仁想了很多，已经有了准备，因此对答如流。而且他说的也是实话。因为他觉得实话才能经得住考验，经得住东家那目光如炬的眼睛。

果然，赵北川有些相信，因为他多少知道杨怀仁的身世。

"那好啊，那是好事，你为什么不请来家中坐？你现在就是我赵家的人，你的哥哥来，理所当然我们应该好好招待啊！"赵北川豪爽地说道。

"我哥是有事到此，不知道怎么打听到我在这儿，于是就找到了我。他现在船厂给一个老板做事，事情紧急，一大早就坐小火轮回吉林了。"杨怀仁避开赵北川的眼睛，低头回答。

噢！杨怀仁回答得没有什么毛病，赵北川也没看出什么破绽。

"你说这贼是什么来路？为什么要到我的堂屋顶上？"赵北川又问一句，可这问话已经是强弩之末了。

杨怀仁仍然是低头答道："小人一天在前台，收购人参。至于这盗贼来路实在是不知，他到咱家的堂屋上面莫非是为了……"杨怀仁说到这儿，手向天一指。

赵北川再次看向他，他的眼睛迎向赵北川，里面没有丝毫波澜。

赵北川只好点点头："谁知道呢，这件事让我非常气恼。也罢，你还是干你的活去吧！事情我自有处置。"

杨怀仁转身告辞，再看他的脚步，竟然是一点儿不慌。

赵北川一番试探，竟然是不得要领。但他心中对于杨怀仁的怀疑不会消散，毕竟知道堂屋里有棒槌的只有他。"没有家鬼引不来外患"，这话赵北川牢记着呢！

杨怀仁走了，赵北川心中的疑惑得不到解决，他收拾一下来到前面。堂屋一侧的佛堂里已经传来木鱼声，这是赵王氏专设的吃斋念佛之地。里面有不断的香火和观音菩萨的彩色泥塑。身体恢复的赵王氏跪在一个蒲团上，手中敲着木鱼，口中念念有词。

自从赵曼离家出走，这就成了赵王氏的一个必修课。虽然赶不上如来寺中的晨钟暮鼓，可早晨一遍、晚间一遍那可是雷打不动。女儿离家出走带走了母亲的心，她要为女儿祈福，让菩萨保佑她在外面一切平安。

这个赵王氏，年轻时与赵北川一同经营山货庄，从收购到加工，都是她专门管理。因此，她对于人参有自己特殊的理解。

赵北川循着木鱼声走进佛堂，佛堂不大，除了观世音和赵王氏，留给赵北川的空间不多。赵北川看到赵王氏头不抬、眼不睁专心理佛，一时不好打扰，他只能静静地看着赵王氏。

耐心的等待中，闻着升腾的香火气，听着有节奏的木鱼声，加上赵王氏念动的经文，赵北川的脑海似乎平静下来。他还在想着昨天晚上的事情，很明显，对方是冲着龙腾而来。不管杨怀仁承认与否，赵北川心中的怀疑是不会消除的。他必须提前设防，否则，这龙腾如果出现差错，他如何对得起为此而死的妹夫？

害人之心不可有，防人之心不可无。赵北川记着这古训呢！

终于，赵王氏的木鱼敲响了最后一下，口中的经文也戛然而止。赵王氏抬起头来，看到赵北川，她说道："有事？"

"昨天晚上的事你知道了？"

"听媛媛说了，财不露白，是不是谁将咱家这棵棒槌的事说出去了？咱们家已经是树大招风了，何必还要惹出事端。"赵王氏说话不留情，颇有指责之意。

赵北川有些不高兴，但他忍在心中，还是和颜悦色地说道："这样的事，我和广斌、媛媛，谁还能不知厉害？谁也不会说的，我心中就是怀疑一个人，但找不到证据也不能瞎说啊，是不？"

"我知道你说的是谁，但他跟我们多年，不会如此没有良心吧？"

"财帛动人心，谁知道呢！"

"那还是赶紧卖掉算了，早晚还不是得卖！"

"是啊，棒槌再好，也得换钱才有用不是。但现在家植人参这块马上就下山了，咱们的生意离不开我。等着消停一点，我带着广斌去跑营口，只有那里才有老客能接得了。"

"也是，这棵棒槌一般的老客是拿不起的。但这提心吊胆地防贼也不是个办法啊？家植人参从收购到加工怎么还不得两个月？"

赵北川脸上现出笑容："这不就因为这事来找你商量吗！"

"商量啥？你是当家的，你拿主意我听着就是。"赵王氏倒是爽快。实则，这么些年也的确如此，家里家外赵北川都是一言九鼎。赵王氏只是操持家务，替他管理人参的加工，再就是将媛媛从小带大。

赵北川欲言又止，他回头打开佛堂的门，看了一眼，又将脸贴近赵王氏的耳朵。

赵王氏有些不适应，她无力地推了赵北川一把："老不正经的，有事就说，干吗鬼鬼祟祟？"

"不行，吃一亏长一智，事情要保密……"他的声音越来越小，从他嘴出入赵王氏之耳，距他三步也无法听到。

反而是赵王氏听得频频点头，终于开口道："好吧！这点事你放心。没想到当年学的一门手艺竟在这里派上了用场，我来办。"

老两口子商定了什么事，一起走出佛堂。

孙广斌已经穿戴整齐走出门来："爹，今天张县要下乡，我得早一点去。"

赵北川一点头，突然说了一句："跟着他多学人品。"

第六章
东北松花江上

1

张自清的办公室里悬着一张条幅，那是他自己挥毫泼墨的八个工整厚重的颜体字："为官一任　造福一方"。

站在条幅下面的张自清已经收拾好了，他穿着一套中山装，头上戴了一顶太阳帽。有意思的是，他还拎了一根手杖。看到孙广斌走进，他一招手："好，召唤杨秘书，我们马上出发。"

三个人三匹马，放缓缰绳出了东城门，上了那个缓坡正是东烧锅酒厂。大门前背着手正站着中井，他也是一夜无眠，可仍然是精神抖擞。刚刚送走松山一郎，他在门口站一会，一回头发现了张自清一行。他立刻举起一只手，满脸堆起笑容。可张自清恰到好处地就是一鞭，马儿吃疼，扬开四蹄跑了起来。县长在前，秘书和卫士岂敢怠慢。他们二人也是猛抽一鞭，三匹马一前一后飞奔而去。

中井吃了个没趣，脸上现出愤怒的颜色，袖子一甩，鼻子里"哼"了一声。

其实，张自清早就从眼睛的余光中发现了这个日本人，他是特意快马加鞭甩掉中井的，因为他太厌恶他了。孙广斌加鞭随后赶上，张自清仿佛是自言自语："广斌，你能打败日本武士，也算得上我们关东山里的一个英雄了。"

什么？孙广斌头一次听到有人这么说他，而且，说他的这个人还是县长。

"我哪里是什么英雄？就是那个松山咄咄逼人，不让乡亲们将人参卖给山货庄，我就是替我大舅争口气也不能让。"孙广斌实事求是。

张自清哈哈大笑："好一个替你大舅争口气，山里的后生实在啊！"

杨文青从后追上，他看张自清兴致如此之高，也随声附和："一看广斌就是实在人，打败日本人也不居功。"

孙广斌进入县政府也算是初来乍到，杨秘书的话他不敢接茬。但他心中有些奇怪，打日本人怎么是功呢？警察局怎么说是犯法呢？自从进入警察局起，那个程清就没给他好脸，还给他戴上手铐，狠狠地踢他两脚。如果不是杨文青去得早，估计一顿暴打是少不了的。

杨文青看孙广斌没回答，他知道这人还没理解，便又说道："咱们县长不喜欢日本人，特别是他们假冒省府名义，擅自下乡搞宣传，县长想治理他们还没有办法，你替县长解决了问题，怎么不是英雄呢？"

孙广斌明白了，这世间许多事，人的出发点不同得出的结论也不同。看来那个程清和什么徐道成局长不恨日本人，因此要问他的罪。

孙广斌不敢多说，他在马上向杨文青点了点头说道："我还是应该谢谢杨秘书，没有你去警察局救我，我哪儿有今天？"

"不必客气，都是替县长办事，我们以后就是同事，齐心协力办好政府的事就是了。"杨文青也很喜欢这个年轻人。

张县长不说话，一门的飞马扬鞭。跨过一座木桥，过了头道松花江就是万良村的地界了。

时近中秋，两侧山岭已经出现了稍许红叶。这里山势起伏连绵向前，就在那倾斜的山坡上有用茅草苫好的人参串。这人参串宽约近丈，茅草顶形成弓状。下面就是人工梳理细如粉面的腐殖土，家植人参就种植在这样的土壤里。这腐殖土的要求是非常高的，不能有一粒石块，也不能有一条树根，更重要的必须是刚刚开垦的处女地。也就是老林子采伐之后的新鲜黑土，这土经过人工细致的梳理，几乎和面粉一般松软，撒上人参籽，六年一轮作。收获人参之后，这样肥沃的黑土就不能再种植人参了，因为里面的养分已经被百草之王吸纳已尽，只能是另作他用。种植玉米、大豆什么的，仍然是绝佳的土地。

张自清在一片人参种植地勒住了坐骑，一个人跳下马来。孙广斌急忙下马接过缰绳，那边杨文青也下了马，一个人牵马跟上了张自清。

人参串里突然蹿出一只大黑狗，对着张自清就是一阵狂叫。随后出来一个老者，须发苍然，手中一把利斧。孙广斌在万良村待过一段，好像见过这个人，他上前开口叫道："大爷，这是我们张县长，我们下来看看人参的情况。马上就要到收参的季节了，不知道这人参有预订的没有？"

那个老者看到三匹马，走在前面的人气度不凡，又听到孙广斌说话，立刻有点战战兢兢。

"哎呀，县……县长大人，有何吩咐？"

说话间，那个老者竟然是扔下斧头，一下子跪在地上，重重地磕了一个头。

"唉，唉，起来，起来，我张某人就是来看一下人参的情况，不要这样。"张自清很有一点新思想，他坐在县政府，总有一些乡民进门就磕头，他能制止的一律制止。他会说："这已经是民国了，大清那套现在不兴。"

老者磕了头，好像觉得如释重负般的轻松，他站起来脸上溢出笑意："张县长，我就是一个看参的。至于东家是不是将人参订出去我也不知道，反正这人参往年都是卖给山货庄。"

"钱给得快吗？"张自清问道。

"行，挺好的，赵大掌柜的人挺厚道，从来不欠钱。"老者的回答，孙广斌听了挺高兴。

张自清又亲自到参串里扒了扒土，查看了一下人参的长势。他起来拍拍手："人参的浆已经是足了，等再打一场露就可以起了。"

张自清也是行家，这人参的家植栽培，他的功劳不小。他说的打一场露，实则是向着参农们说话。掀开参串上苫的草棚，让露水灌进参土，然后起出的人参体圆、浆足，更加饱满，也更加有分量。

"这些种参的不容易，能多卖一两是一两的收入。"张自清拍打着手上的土，向杨文青和孙广斌说道。

二人也是频频点头称是，他们离开参地继续向万良驰去。

三个人将近万良村，后面却有两骑飞驰而来。到了近前，那马上人大喊："大哥，既然来到俺们村，今天中午怎么也得在我们家吃饭。"

孙广斌再看，马上之人正是龚飞豹和耿锁。他们在山货庄一夜折腾，睡得沉。醒来后，听说孙广斌已经到县里去上班了。二人商量一下，告辞赵北川到了县府，打听到孙广斌和县长到万良村查看人参的情况去了。于是，二人飞骑追来。

本来，张自清是准备到村子里的保长家去的。听说二人是孙广斌的哥们，张自清来了兴致："那好，就到你家讨扰。"

说话间，五人五骑就来到万良村前的三岔路口。突然，一阵急如骤雨的马蹄声震动大地。一队肩背大刀、斜挎快枪身着便衣的人策马而来。

本来，在三岔路交叉而过，那队人也没想到与何人相遇。可两队人马相错的刹那，有人喊："那不是山货庄的孙少爷吗？"

立刻，那队人马停在对面，当先一个正是雕窝岭现任大当家的于武。这群土匪到前村打粮正要回山，竟然在这儿与张自清他们不期而遇。

于武看清果是孙广斌，他在马上双手一抱拳："对不起师弟，当初二哥眼拙，多有得罪，以后有什么事，尽可以到山寨找我。"

上次，耿锁将好不容易抬到的棒槌送上山寨，于武才放了孙广斌的干娘，又打发闯破天送走龚飞豹和孙广斌，而他自己始终没有露面。今天路遇，于武是心感惭愧说了几句场面话。

孙广斌当然知道"秀才遇见兵有理说不清"的道理，何况今天身边有张县长，他也不想旧事重提。于是，他也一抱拳："二师哥，你这样说我就心领了。既然棒槌能够救二嫂的命，只要二哥早说，我兄弟自然奉上。"

身边的龚飞豹和耿锁心领神会，事情已经过去，谁也不想得罪土匪。他们也是一抱拳："是的，大当家的，只要嫂子需要，大哥一句话。"

一场偶遇，曾经敌对的双方竟是握手言和。

于武一扬鞭抽了胯下马，声音留下："兄弟，走了！"

别人没说什么，杨文青上前一步，贴近孙广斌："这个于武可是于富通的儿子？"

于富通是原来东烧锅酒厂的股东，就是他经营不善酒厂才落入日本人手中。孙广斌点点头："就是他！"

再看张自清，已经脸现不悦之色。

"广斌，你怎么能和雕窝岭土匪有勾结？"

没想到，平素和蔼的张自清怒气一来，一脸冰霜，真是令人有点望而生畏。立刻，孙广斌张口结舌似乎有口难辩。

2

那一天，万里无云秋高而气爽，太阳如一个明亮的轮盘悬在中天。

一切都似乎有征兆在先，一切又似乎突如其来。刹那间，人们停止了呼吸，时间与空间也似乎戛然而止。然而，没有！生活之河永远不会停息，就如松花江的汩汩长流，不管是山崩还是地裂，它仍然要流淌。

一架大鸟突然地飞临抚松小城的上空，那是一只钢铁的大鸟。铁鸟飞得很低，几乎在人们头上盘旋。对于小城而言，这是一个新鲜事物，很多人涌上街头指手画脚，还有那些不懂事的孩子跟在后面奔跑追逐。

突然有一个人大叫："日本飞机！"

这时人们才突然清醒，看到飞机上涂的红红的太阳，个别人惊惶失措，钻进了胡同。可是，那架飞机在抚松城上空盘旋，有时高有时低并没有做出什么让人恐惧的动作。人们不害怕了，都在仰头看，似乎在看飞行表演。

不久，当飞机再一次低空飞行的时候，人们几乎可以看到驾驶员的脸。只见那个驾驶员手一扬，满天飞起了纸片。那纸片红红绿绿五颜六色，就像是天女散花，从空中纷纷扬扬缓缓落下。

飞机不停地在上空盘旋，那个日本飞行员不停地扬手，于是，天空中就不停地充满飘落的纸片。

终于，有一个孩子叫道："撒报了，飞机撒报了！"

人们开始疯抢，疯抢的人群中有孩子也有妇女，还有老人。可这抢纸片的人中识字的不多，他们无非是觉得纸片很鲜艳，也有的想放到厕所里方便时好用。

有几张从空中飘落到了县政府的院子里，杨文青捡到，定睛一看，脸色骤变。

他以百米运动员的速度闯进张自清的办公室，他上气不接下气，一脸的苍白。

"张县，不好了，日本关东军攻占了北大营，占领了奉天城。现在，正向东北全境进军。"

"什么？"张自清脸色冷峻，举目看向杨文青。他一只手撑住写字台，身体斜坐在椅子上。看杨文青的神色，他的脸色仿佛受到了感染也逐渐的苍白起来。

两个人四只眼，目光纠缠在一起就再也没有分开。

张自清的办公室里一切都板结了一样，两个人变成了两尊塑像。生命与灵魂刹那间都似乎离开了他们的躯壳，因为，他们的大脑已经是一片空白，找不到任何思维的存在。

大概，也许，过了一段时间。杨文青终于敲了敲桌子上的传单："这上面都写着呢，9月18号，日本军队击败北大营的挑衅，占领奉天城。晓谕东北全境百姓，安守本分，准备为大东亚共荣，建立王道乐土积蓄力量。告诉各地官员忠于职守，准备大日本皇军的接管。"

张自清缓缓地蠕动了一下，抓过传单，嘴里喃喃地："终于来了！"

可他对传单只是简单地浏览了一下，立刻，仿佛灵魂附体般，"腾"的一声站起，拳头砸向写字台："我们的军队呢？我们的少帅呢？北大营，那是奉军的主力啊！顷刻间就完了？"

张自清脸色无比狰狞，怒气冲冲，仿佛在质问杨文青。

跟随张自清很长时间了，杨文青第一次看到张自清如此激动。因此，他率先冷静下来。

"县长，还是想想我们怎么办吧？"

杨文青的话提醒了张自清，他一屁股坐回椅子上，第一件事，他开始挂电话。县长的长途还是有点优先的，迅速地就接通了专员公署。让他万万想不到的是接电话的是个日本人，日本人的口气非常大："这里是大日本驻通化铁路守备队，中国人的专员公署已经被我们接管，你们也要维持好地方秩序，等待皇军接管。"

大概是接线员通知对方是抚松县政府电话，对方竟是坦诚相告。张自清当然听得懂日语，他颓然扔下电话，一脸的失望之色。

"看来是真的了，不必怀疑。"

"张县，覆巢之下安有完卵。日本人拿下奉天，肯定要长驱直入。抚松无非弹丸之地，我们必须未雨绸缪，早做打算呢！"杨文青很年轻，他从北平大学毕业来到东北，是张自清一眼看中将他要到抚松。本想跟上县长，前程远大。可此刻，他明白一切都成过眼云烟。因此，他脸色青灰向张自清建议道。

"如何绸缪，当初我让孙广斌来到县府就是想成立一支国民警卫队，一旦地方有警也有一支武装可以应付，哪儿想到……事情变化如此之快。"张自清摊开两手。

杨文青也感到这已经是不可能完成的任务了，他两手搓在一起说："要不然，将雕窝岭土匪招安，那可是一支现成的武装，定可保卫县城。"

那天在万良村头，张自清发现孙广斌与于武称兄道弟，曾经非常不满。后来，是孙广斌一番解释，张自清知道了原委，反而赞赏他的义气。今天杨文青旧事重提，张自清认为是他想利用孙广斌的关系。

"你是说让孙广斌去招安雕窝岭？"

谁知杨文青一摇头："不，于武的父亲叫于富通，他曾经娶了一个后老伴叫杨玲玉，那是我的一个表姐。说起来，于武还是我的表外甥。当然，如果孙广斌一起出头，此事应该更有把握。"

杨文青的话触动了张自清的心思，雕窝岭百多人的武装，一旦招安，那就是现成的国民警卫队。大敌当前，国破家亡，也许可以一试。

张自清一挥手："你去把孙广斌叫来。"

杨文青答应一声，出去不一会儿，进来的不仅是孙广斌还有赵北川。

赵北川是看到传单，一时无主，急忙雇了一辆马车来到县政府，想找张县长咨询一下。进了二门，正巧碰到孙广斌，爷俩刚刚说了几句话，杨文青来找孙广斌，赵北川也就跟随进了张自清的办公室。

看到是赵北川到来，张自清立刻站起："北川兄，正要找你，你来得太好了。大家坐下，一起合计合计。"

北川也是急如星火，他没坐之前双手一拱："张县，谣言四起，日本人正在吞并关东，此事可真？"

张自清先叹了一口气："我和杨秘书正在商量这事，日本人已经占领了奉天城，必会长驱直入，关东危矣！"

"那如何是好啊？我辈岂不成了亡国奴吗？"

"现在奉军败退，省府和专员公署都联系不上，我们只能设法自保。我和杨秘书商议，能否招安雕窝岭，这是一支现成的武装，让他们来保卫县城，或许可挡日本人的兵锋。"张自清和盘托出自己的想法。

听到张县说出这样的想法，孙广斌心中感觉不妥，不过，急切中他也想不出什么更好的办法。因此，他只好将疑问的目光投向赵北川。

其实，这赵北川比谁都急。毕竟他是守家在地，一旦日本人接管了政权，他的山货庄能不能开得下去，谁知道呢？可张自清的建议，他明显感到是急来抱佛脚的书生之议。他想反对，可又一想，此时此刻，哪儿还会有比这再好的建议呢？

当此乱世，只能是枪杆子说话。没有枪，面对日本人的军刀只能是低头认戮。

可这雕窝岭土匪高据山岭之上，借山高路险或许可以生存。如果来到这县城之内，虽有城墙为阻，四面通达，日本人枪快炮利，百十个土匪岂能挡住精锐的日本军队？

赵北川看到传单，一时心慌。但他经验老到，见多识广，他知道张自清已经是乱了心神。刹那间，他心灰意冷，知道劫数到了。

好半天，屋子里的人都看着他，都等着他说话。

杨文青憋不住，他说："赵会长，你的意思？"

赵北川知道他不能不说话，便开口说道："也许，可以一议。只是谁能去做这样的事呢?"

话音刚落,孙广斌和杨文青异口同声:"我们愿去!"

说完话,孙广斌和杨文青互相看了一眼,杨文青补充道:"我去就可以,一定不辱使命!"

关键时刻,杨文青的表现让张自清大为感动。看来自己当初在那么多的青年中挑选了杨文青还是对了,患难见真情啊!

张自清站起来,转过他的写字台,用手拍了拍杨文青的肩膀,又拍了拍孙广斌,一挥手说道:"还是你们一起去,兄弟齐心,其利断金。你们两个人一文一武,都是本县长的心腹爱将。你们联手也显得本县长的诚意,进入匪巢,二人同去相互之间也会有个照应。"

看到张自清决心已定,赵北川说道:"也罢,既然张县此意已决,我就给山上写个信。他们原来的老寨主和我有点交情,虽然人已经不在,但他的女儿还在,估计会给点面子。"

张自清看着赵北川说:"也好,值此国难当头,我们就得有钱出钱,有力出力,总是要使地方免遭涂炭为好。"

说完话,张自清回到写字台后,挥毫泼墨,一份招安文书顷刻而就。盖上县政府的大印,他双手递给孙广斌:"广斌,你身体强健又会武功,这份文书就由你来保管。进入匪巢要机灵一点,既不能损了县府的威严,还要争取他们早日开进县城。他们进入县城后,名号就叫抚松县国民警卫队,你……"说到这里,张自清思索了一下,接着说道,"你就当这支警卫队的参谋长,让于武来当队长吧!"

也许是张自清觉得给雕窝岭的武力换个头,对方不好接受,因此这样任命。

赵北川摇手:"张县,职务的事不急。这样的时刻,雕窝岭能否接受招安还不一定呢!县政府应该考虑怎么多给他们一点儿好处,如果好处到位或许可行。"

赵北川的话让急得乱了方寸的张自清有点清醒,他默默点头,开口说道:"这样,杨秘书,你到财政局去调一百大洋,就算县政府给雕窝岭的开拔费用。"

一切似乎都商议妥了，屋子里的人也都松了一口气。潜意识都觉得于事无补，但毕竟还是一个希望。有希望总比没希望要好得多，孙广斌出去准备，杨文青要到财政局，赵北川也要起身告辞。

突然，外面的门房大声喊道："别跑，别跑，我去给你找。"

声音刚落，张自清的门被撞开，气喘吁吁的赵媛出现在门口。她瞪大着眼睛，一眼就看到了赵北川，于是，她大叫道："爹，我姐回来了！"

赵北川一时震惊，脑袋无法反应："姐？你哪个姐？"

"我还有哪个姐？曼子，赵曼，你的大女儿回来了！"

"啊！"赵北川腿脚极其利落，没等所有人看清他的动作，快五十的人了已经到了门外，孙广斌在后紧追而去。

扔下张自清在内发愣："曼子？"

但他仍然下令："去，赶紧去调款，这是唯一的办法了。"

3

东烧锅酒厂，院子里站了一排黑衣人，排头是松山一郎，对面是中井国夫。

黑衣人头顶圆髻，身着长衫，腰间一律日本军刀。他们背手叉腿，目露凶光，脸含杀气。松山手中牵着一根皮带，皮带另一端拴着一只张着大嘴吐着舌头的狼狗。

偌大的院子里空空荡荡只有这十个黑衣人，酒厂似乎成了一个驯兽场，或者是武打场，总之，没有生产的紧张，只有腾腾而起的逼人杀气。

吉林的黑龙会已经控制了徐道成的女儿，松山将这个消息汇报给中井，中井却用无比欣喜的语调告诉他："大日本就要接手整个东北，你多找几个同道武士立即返回抚松。"

中井的电台经常会传来特高课的指示，而哪一个指示也没有这一个指示让他欣欣鼓舞。电报中说：日本关东军已经攻占北大营，即日接手奉天。

但他强压住这份狂喜，关上东烧锅酒厂的大门，将自己封闭在办公室里。他明白，这个时刻更要冷静，千万不要惹恼了中国人。他毕竟是孤军作战，这里的中国人一人一口唾沫就能淹死他。他像一只乌龟，将自己的脑袋和四肢全部收缩在甲壳中，他静静地等待着可以伸开这一切的时刻。

现在，似乎就到了这一时刻。

中井迈着无比得意的方步，皮鞋和头发一样的亮，一套西装和往常一样笔挺。但他脸上的皱纹全部绽开，嘴角上翘，脚后跟一蹦一蹦。

终于，他一挺肚子站立在队伍的前面。曾经绿豆般的眼睛，此刻变得细长起来。

"英勇的大日本武士，知道吗？你们站在哪儿？"

"长白山下的抚松城！"松山立正答道。

"不，你们站在历史的节点上，你们在创造大日本帝国的历史。你们的存在，你们的军刀将书写大日本统治关东山的辉煌历史。你们是我们日本帝国的尖兵、先锋、开拓者，你们为东瀛三岛的疆界扩向遥远的长白山将立下汗马功劳。帝国会铭记你们，天皇会铭记你们。"

中井个头不高，可声音洪亮而清晰，而且极具鼓动性，一番语言让这些曾经流浪于中国关东的日本浪人热血沸腾。

松山带头抽出雪亮的军刀："为天皇陛下而战，为大日本帝国而战，是我们武士的光荣。"

松山又跨前一步："社长，下令吧！我们现在就去占领县政府，生劈了那个张自清。"

中井不慌不忙，他摇了摇食指："不，不，现在还不是时候。我已经致电会社总部，通化铁路守备队已经派出一支骑兵中队先赴抚松。在这支部队到来之前，我们的任务就是保护这座工厂。你们要将这个工厂建成一座堡垒，防备中国人闹事。大家一定要记住，胜利到来之前是最难熬的。大家只要保护好这座工厂，等待我们的援军。"

中井一挥手喝道："拿来！"

立刻，一个看门的老头和另一个黑衣人扛来两个麻包，打开后，是十支步枪。松山和那些黑衣人眼睛放光，一起盯向那些步枪。

"松山，发给他们。"

每个人手上有了步枪，他们似乎更来了精神，枪栓拉得哗啦哗啦直响。

"大家记住了，从现在起，你们谁也不许走出酒厂半步。你们要轮流上岗，24 小时密切注意，随时准备应战。同时，也要加强对厂区的巡逻，发现可疑人立即抓起来。有反抗的可以开枪，但要记住，一枪毙命，绝对不准留下活口。"

中井挥了一下手，结束了他的训话。

然后，他单独召唤松山，二人进了他的办公室。

"松山，徐道成的女儿已经控制起来了？"中井问道。

"是的，社长，我们的弟兄已经将她绑架到一个秘密地点，我们黑龙会的弟兄是值得骄傲的。"松山答道。他刚进入吉林市，那边就已经完成了任务。

"很好，你辛苦了。事实证明我们的任务完成得很好，很出色。不仅是摸清了这里的情况，甚至还掌握了这里未来的走向。"

"走向？"松山有些不解。

"我们到这里来是要征服这个民族的，只有征服这个民族才能掌握这里的资源。而征服这个民族，需要很多手段。其中之一就是寻找中国人中的代理人，让他们代理我们来统治这个民族，而我们就可以通过代理人征服这个民族。中国人有一句话叫做'以夷制夷'，我们反过来以华制华。"中井说得很兴奋，嘴里喷着唾沫星子。

松山抹了一把脸，擦掉那些喷到脸上的唾沫星子说道："社长说得是，卑职受教。"

中井说得高兴，似乎停不下来："下一步，我们要成立维持会，让维持会冲在前头来维持地方治安。让中国人来管理中国人，我们只管理那些管理中国人的人。看过皮影戏吧，我们拴它几条线，牵动那些线，皮影不管是将军还是宰相都得听牵线人的，我们就做牵线人。"

"社长的意思是想叫徐道成做皮影？"

中井哈哈大笑，看来他的兴致颇高。

"说得对，你看抚松城除了他还有谁可以当这个维持会长？"

"他是个流氓，社长不要忘了，他耍过你。"

"不不不，政治不能小肚鸡肠。那都是过去，现在我们日本人掌握了这里的政权，你又控制了他的女儿，他不做皮影谁来做皮影？"中井说完话，又一次捧腹大笑。

松山稍怔，随即也大笑起来。

两个人在这里议论徐道成，徐道成早成了热锅上的蚂蚁。日本飞机上撒下的传单弄得人心惶惶，徐道成在警察局里也坐不住了。这个时刻，他只能求助于许春丽，在他的心目中许春丽比他看得远。

回到家中，许春丽却不在。徐道成急得团团转，这样的关键时刻她能上哪儿去呢？日本飞机一走，大街上冷冷清清，许多商店已经关门打烊，似乎日本人马上就能打进来似的。

正在焦急，一个佝偻着腰的白发老太走进，她的胳膊上还挎着一个拐筐。徐道成知道这就是乔装打扮的媳妇许春丽，他上前一步夺下她的拐筐，大声说道："哎呀，我的夫人。日本人占领奉天城了，我们可怎么办哪？"

许春丽瞥了他一眼，手一指："你看你个苦瓜脸，亏得当年还在河南街打天下，能不能稳当点？"

说着话，许春丽摘下头上的发套，露出她的一头青丝。腰板一挺，个头足有1.70米。她将发套向炕上一扔，腿一伸："来吧，先给老娘捶捶腿，夫人累坏了。"

徐道成上前，两只大手抓着她的腿狠狠地一揉："夫人，现在不是揉腿的时候，是不是我们收拾一下，赶紧跑啊？"

许春丽眼皮一翻："跑？往哪儿跑？我说的事办成了吗？"

天哪，原来此时此刻，她还挂念着那棵棒槌！徐道成摇头："命要是没了，你要棒槌有什么用？都说日本人杀人不眨眼，我是警察局长，他们来了不得先杀我啊？"

许春丽轻松一笑："错，除非你反对他们，否则，他们为什么杀你？笼络你还来不及呢！他们到抚松来是为了什么？他们和我们一样，为了这里的钱，这里的东西。懂吗？因此，我们越在这个时候越得沉得住气。你猜我去干什么去了？"

徐道成听得心里有点稳当，也许许春丽说得对。听许春丽让他猜，他只能摇头。

许春丽哈哈大笑，下巴颏一点："去，把那个拐筐给我捡回来。"

那个拐筐是当地妇女出门经常用的东西，是用当地生产的一种叫杏条的灌木条编织而成。那时的妇女胳膊弯上挎个拐筐既实用又时尚。当然，这时尚是因时因地的。

许春丽挎的拐筐上面蒙着破布，看样子也不会有什么好东西。

徐道成再次抓过，却感觉沉甸甸的。他一把掀开上面的破包袱，里面竟然是一个桦树皮包裹。

天哪！难道……

徐道成惊惶失措之后，又一次心跳如麻。他看了一眼许春丽得意的神色，相信了自己的判断。可是……终于，他小心翼翼地去解那个椴树腰子。

"不用了，笨蛋，这是我从赵北川堂屋的壁橱里弄来的。咱们现在的任务就是你说的，三十六计走为上了。"

"不行，你得告诉我，你是怎么弄到手的？"徐道成简直不敢相信这是真的，许春丽的本事虽然他是知道，可这也太神了。大白天的，徐道成无论如何解不开这个谜，他必须知道。

"告诉你，我看到那个撒报的日本飞机在天上转，我就知道机会来了。我立刻化好装，扮成一个要饭的去到山货庄，山货庄的后大门开着，我正遇着他们家的老太太。那老太太好说话，将我引到里面厨房让我在那里好好吃一顿。我就慢慢地吃着，机会就慢慢地吃出来了。"说到这里，许春丽卖个关子，让他端杯水。

徐道成急忙倒水，双手端过。

"哈哈，他们家里来了一个人，好像是老太太的姑娘。这个姑娘一来，全家都抱在一起，哭成了个泪人。说是多少年没回来的女儿，又打发人去找赵北川。你说，这机会不就在这儿吗？趁着谁也不注意，我就溜进了堂屋。掀开老把头的画像，果然有个壁橱，上面一个破锁。剩下的事还用说吗？"

听到这里，徐道成不仅没有高兴，反而是怀疑地说道："那倒是，几把锁对于你来讲都是没用。可是，我们上次打草惊蛇，赵北川的棒槌竟然是没换地方？"

他的这话让许春丽些许不高兴，毕竟她亲手盗来的货，徐道成的怀疑刺伤了她的自尊心。

"你是不是觉得事情太容易了，其实，很多事就是这样，机会来了，一点儿也不费功夫。"许春丽瞪着眼睛。

徐道成不想和她犟，温和地商议道："咱们还是打开看看，别叫人家蒙了。"

"也好，打开吧！"

徐道成一层层打开那个桦树皮包裹，再揭开鲜嫩的苔藓。果然，一个白白胖胖的人参娃娃出现在二人的眼前。

"怎么样，老徐，我许春丽跟着师父学艺多年，岂能失手？"

徐道成也咧开了大嘴："好，媳妇，这样我们到哪儿也不怕了。卖了它，我们要什么有什么，还他妈的在乎个什么警察局长。"

"对呀！这日本人一来，督军府也他妈的得完蛋。咱们也不指望什么五姨太了，带着它东北不行就关内。卖了它，我也金盆洗手，接过女儿过我们的日子。"许春丽兴奋不已。

徐道成重新将人参包好，两个人相视一笑，徐道成抱过许春丽亲了一口："他娘的，你说，谁有我们两口子配合得这么好。你去偷东西，我来做后盾，他娘的天下无敌呀。"

许春丽却是推了他一把说道："记着，老徐！老娘可不是一般的贼。老娘是关东贼王，贼中之王，你就是个一般的警察。"

许春丽这言外之意，徐道成当然听得懂。不过，今天他还有什么说的呢？他只能连连称是。

"别傻了，是非之地不可久留，三十六计走为上。无论从哪个方面讲，我们都必须马上离开抚松县。"许春丽斩钉截铁地说道。

"这个时候，谁会答应出门呢？"

抚松城交通不便，山路崎岖，要想离开这儿，只能是坐马车。可这马车有敢走的吗？徐道成的担忧不是没有道理。

"重赏之下必有勇夫，这么一个简单的道理你都不懂？"

许春丽双手掐腰，双目圆瞪！

4

"昨夜西风过园林，吹落黄花满地金。"

面对后花园里盛开的九月菊，张自清意外地想起了这个诗句。县衙大堂的后面就是一个小花园，就在张自清办公室的后面。

张自清接手抚松县的时候，正是大清完结，民国初建之际。地处偏远的抚松小城感受不到中原大地的风云变幻，快二十年了，这里没有战火，没有枪炮声。人口不多，大都是山东的移民。他们吃苦耐劳，伏在这块黑土地上辛勤耕耘，一粒下地，万粒归仓。到老林子里去搞副业，放山挖参，争取一夜暴富。他们与世无争，只想在大自然中淘生活。他们的理想：三间房子一头牛，老婆孩子热炕头。他们中的很多人根本不知道还有一个东瀛三岛，根本不知道什么田中奏折，根本没想到什么关东与日本国的生存有什么联系。

可现在，空前的灾难就要强加于他们的身上。狼要吃羊还有什么商量？强权还要什么道理？日本人的枪炮还管你什么老婆孩子热炕头？

张自清将手中的一杯东烧锅酒浇在盛开的菊花上，他的心情低沉到了极点。

他搬了一张桌子，桌子上放了一壶酒，厨房的老王给他做了两个菜，他在自饮。

多年来，他单身赴任就是这样的生活。孙广斌和杨文青临上雕窝岭那天，杨文青曾经偷偷和他说："万一不行，你就走吧！反正你的家也不在这儿。"

张自清默然，但他不能走！他觉得既为县长就应该与该县共存亡。县不存了，县长如何存在？好比一艘军舰，军舰沉了舰长岂能生还？他的任所在这儿，他的职责在这儿，离开这儿他还是什么县长！尤其在这国破山河碎的时刻，一县之长偷生苟安，世人怎么看？一县百姓如何看？千秋万代如何评价？张自清是读书人，他知道气节是什么，他也知道操守是什么。

没想到的是，杨文青和他说的是心里话，这个年轻人在去雕窝岭回程的路上跑了。孙广斌回来禀报："雕窝岭大当家的于武回复张自清县长，雕窝岭兵微将寡，守护雕窝岭唯恐不足，县城重任实在难当。如果自清县长不弃，可到雕窝岭暂避。"

孙广斌如实回话，张自清愣在当场。

孙广斌又说："张县长，我与杨秘书到了雕窝岭。于武算是以礼相待，说的也是实话，一群土匪毕竟是乌合之众，如何守得了县城？"

张自清捶了一下头，自叹道："唉，真是乱了方寸！这个主意还是杨文青出的，文青误我！"

孙广斌又说："杨秘书算是机灵，看于武不想下山，那笔开拨费如数捎回。可他让我向张县告假，他到关内去了。"

张自清只好点头，也罢！此时此刻，也许杨文青应该有他的选择。

他给孙广斌放了假，现在的县政府已经是无公可办。各局各办十室九空，只有厨房老王还在坚守岗位，政府前后三进大院空空荡荡。给警察局打电话，电话也是没人接，有人说，徐道成已经跑了。

张自清冷笑了一声，什么也没说。面对后花园盛开的菊花，张自清自斟自饮，从容不迫。所有的措施都想过了，所有的办法都用尽了。张自清觉得心灵格外的安定，心底深处格外的平静。天池水酿制的东烧锅酒甘醇厚重，入口柔和，入喉醇厚，入肚浓烈。慢慢地，肚腹深处涌上热量，四周的寒意他已经感觉不到了。

突然，前面门房的老张跑过来，他有些稍许的慌张："张……张县长，有个日本人要见你。"

估计偌大一个县政府衙门，至今也就这么几个人——前门的老张，后面的老王。

张自清慢慢抬起头来，看了老张一眼，微微一笑说道："好啊！你叫他到这儿来！"

"是！"老张答应着去了。

张自清心里明白，肯定是中井国夫。

果实，不一会儿，腋下挟着皮包的中井出现在后花园。他仍然是那样彬彬有礼，先鞠躬，后握手，然后，坐到张自清的对面。

原来这个中井，用十条快枪将东烧锅酒厂建成了一个堡垒后，并没有发现中国人对他们有任何攻击的态势。相反，松井骑兵中队的马蹄声已经越来越近地响在中井国夫的心头。按照时间计算，日本人统治抚松县的时刻已经进入倒计时了。是的，松井骑兵中队冲进抚松城门时，他中井将登上政治舞台，成为统治抚松县的实权人物。土肥原贤二已经通过关东军总部，秘密任命先遣特务中井为抚松县顾问。

可是，这个维持会长呢？中井给警察局要了一个电话，警察局里没人接。他的心里"咯噔"一下，难道徐道成潜逃了？根据他的观察，这个人绝对是有可能的。为了预防万一，他出现在了县政府。

"张县长，你喝的是我们东烧锅酒吧？"中井发现张自清在饮酒，于是，他借题发挥开口问道。

"不然，东烧锅酒厂现在是日企不假。可粮食是我们中国人产的，水是我们中国的水，酿酒的当然也是我们中国人。因此，我要说，这酒是我们的酒。"张自清仿佛没看到中井的到来，自顾给自己倒了一杯，一口喝掉的同时回答他。

中井一点儿也不尴尬，他哈哈大笑："张县长有意思，孤芳自赏，文人之清高。本人佩服！但天下之土，何有姓乎？唯有德者居之。中国人在中国的土地上，连年内斗。一会儿是晋军、西北军打中央军，一会儿又是奉军打西北军。弄得生灵涂炭，民不聊生。我大日本帝国明治维新，富国强兵，称雄东亚。天皇陛下英明圣武，早早提出建立大东亚共荣的思想。想一想，在大日本的领导下，东亚共存共荣，建立新的王道乐土，何必分什么中国、日本呢？一个崭新的东亚，将会让世界刮目相看。"

中井说得慷慨激昂，非常有鼓动性，语音刚落，他绿豆般的眼睛就向张自清扫了一下。他失望地发现，张自清对他这番类似演说的语言反应并不强烈，甚至说根本没有反应。

张自清两手放在膝上，双目微闭，仿佛在品尝刚刚咽下喉咙的东烧锅。等中井话音平息，他才缓缓睁开眼睛，也许是酒意上顶，他的眼睛充满红丝。

"中井先生，听到你的高论，我怎么感到有点强加于人之感？想我中华大地，的确是战火频仍，民众饱受战争之苦。因此，中国人更爱和平，我关东山三千万同胞在自己的土地上耕耘，在白山黑水间劳作，我们招谁了？惹谁了？你建你的大东亚也罢，你搞你的王道乐土也罢，你在你的东瀛三岛搞不行吗？为什么要到中国来呢？中国人有中国人的生活方式，不需要你们日本人来指手画脚。"

"不不不，太顽固了，你的思想太顽固了。中国人管理不好这片土地，日本先进的科技与文明将会彻底改变这里落后的面貌。你们只要听从我们日本人的指导，中国就会进步。我们要在一起建设一个强大的东亚，这是大趋势，你不能故步自封。"

张自清火红的眼睛盯着中井，他说道："是的，你们是有科技，可你们还有子弹和军刀。1894 年，你们在威海卫杀了多少人？1905 年，你们在旅顺口杀了多少人？今天在奉天，在吉林，在通化，你们又杀了多少中国人？这就是你们的文明？"

看张自清怒火中烧，中井竟然站起来鞠了一个躬："对不起！那都是过去了，是野蛮的日本军人所为，我们一定引以为戒。我们更应该向前看，只要抚松县的人不反对日本，我们就有机会携手建立一个新的抚松城。"

"什么意思？"张自清已经感受到中井的意图。这是他没想到的，他认为中井是来发泄他的得意的，认为中井是来逼宫的，可原来他竟然是来诱降的。张自清浑身颤抖了，他中井把自己当成什么人了？

中井似乎没有意识到张自清的愤怒，他认为自己胜利在握，以兵临城下之势，招降一个失去权柄的县长，那是恩赐。因此，他情不自禁地露出了骄横的一面。

"张县长，那我就实话实说。我们的松井骑兵中队已经越过枫叶岭，抚松城的陷落已经是分分秒秒。大日本帝国就要成为关东山的主宰，我们看中张县长的人品，希望能够与你合作，在抚松城建设一个大东亚共荣的模范县城。"

"你是想让我投降？"

"不，张县长言重了。是合作，我们双方合作，共利共赢。我还可以告诉你，就是在整个关东——啊，不，满洲，我们都会找人合作，会找中国高层来与我们合作。我们会尊重你们支那人的利益，保护你们。"

"中井国夫！好一个合作。我是堂堂的中华民国的县长，我执行的是中华民国政府委派的任务。我怎么能与你日本特务合作？那我成了什么？我又如何对我国政府交代？"

"哈哈，张县长是读书人，你的书看得多了。你们的政府已经不存在了，起码在东北是不存在了。我们的任务就是帮助你们建立一个新的政府，在这新的政府没成立之前，地方上的事情需要维持。因此，我们要在抚松县成立维持会，你来当这个会长，我只能做你的顾问。等到新的政府成立之后，你还是新政府的抚松县长。"

"放屁！"张自清实在是忍无可忍，他站起来，"在日本人的屠刀下，我能当一个什么样的县长？还不是按照你顾问的指示办事，还不是日本人的傀儡！孙广斌，给我将这个小日本拿下。"

中井哪儿知道县政府的深浅？在他的日本军队未来之前，他不想丢掉性命。因此，他急忙摇手："张县长息怒，我是好意，两国交兵不斩来使。这个，你懂的。既然张县不同意，那你就自便，自便。"

中井说话间，人已经溜出后花园。还没等张自清说话，他人已经无影无踪。

张自清怒气不息，他一口喝干酒壶中的酒，然后将酒壶一扔叫道："拿笔来！"

后花园无人，倒是那个老王听到，他急忙跑来双手一张："张大人，什么？什么东西？"

张自清这才清醒，一个后厨的老王他哪儿懂得笔墨砚台。于是，他一挥手："什么事也没有，你去吧！"

老王这才离开，退回他的厨房去了。

张自清自己回到了办公室，铺开宣纸，自己研好墨，稍一思索，大笔一挥写下了一副对联。那对联，上联是：三寸气断，不在人间做鬼雄。下联是：一方游魂，宁向地狱为人杰。

写完后，他仔细地端详一番，那几个厚重雄浑的颜体字写得属实不错。

"好字啊，好字！"

然后，他将那支笔向墙上一扔，雪白的粉墙上溅得全是漆黑的墨汁。他两臂上扬哈哈大笑。笑毕，他火红的双眼流下泪来，开始是泪滴，后来是泪河，终于，他泣不成声号啕大哭。

哭完，他整个人似乎都萎缩下来。他蹒跚着，走到书柜的后面拿出了一根绳。绳很细也很长，他一只手拿着甩到梁柁上。然后，他又在绳子上挽了一个套，轻轻地拽了拽，绳子很结实。于是，他回身搬过他坐了多年的那把太师椅，慢慢地爬到椅子上，缓缓地将脑袋套在绳套里。最后，他看了一眼屋子里的摆设，看了一眼他亲手写的那个"为官一任造福一方"的条幅。

"咕咚"一声，他双脚一用力，太师椅翻倒在地，他整个人悬在了梁上。

与此同时，城南炮台山上响起三声大炮。那时，钟表缺乏，张自清在炮台山上安了两尊铁炮，正晌午时就会发炮，向城内的居民报告时辰。此刻，这炮声仿佛在为他壮行，可惜他已经听不到了。

而县府大门，孙广斌和他的姐姐——刚刚回到故乡的赵曼急如星火地踏进了县政府。

前面门房的老张看到是孙广斌，他没有拦截而是扬了一下手，意思是说：县长在后面呢！

第七章
人杰与鬼雄

1

所谓道，只不过是崇山峻岭荒草老林中开辟的一条畜力车道，宽不过丈余。

从梅河至抚松二百余公里的路途就是这样的一条道：蜿蜒起伏，左盘右旋。路上很少有行人，主要的交通工具就是马车。一匹马的、两匹马的一直到四匹马拉的各种车辆。其中，还要路过辉南、濛江等县城，要经过警察的盘问，路人的骚扰。赵曼即使化装成一个男人，也少不了许多麻烦。一路行来，足足半个多月，她才登上抚松县城西面的牤牛岗。

据说当初这牤牛岗原是叫牤牛岭来着，是美丽善良的人参姑娘看其陡峭难行，抬手间削平了峰岭，使山顶变得平坦，因此"岭"就成了"岗"。

踏上山冈，两条大江扬波逐浪，一座小城威严端坐。赵曼摘下瓜皮小帽，随风扔去。一头秀发飞舞起来，红红的脸庞，鼻尖渗出晶莹的汗珠。她双手张开："我回来了，你的女儿回来了！"

情不自禁间，两行热泪已经滚滚而下。

当年，她受老师影响，单身南下。一介妙龄女子梦想找到富国强民之真理，历经波折，终于在成年之际回到了她的故乡。

想起老娘和老爹，一双疲惫至极的腿重又充满了力量。她几乎是小跑着冲下山冈，快步跑过江桥，直奔城南山货庄。

山货庄已经不一样了，正面的营业室是明亮的玻璃窗，门楣上悬着一块烫金黑底的匾，上面写着"山货庄"三字。奇怪的是，青天白日的已经关门打烊。赵曼知道自己家人走的是侧门，她到了侧面的胡同里，那花岗岩的台阶还在，门楼已经翻新。一股熟悉的气味扑鼻而来，她深深地吸了一口，上前推开大门。

猛然从里面出来一个人，差一点二人撞个满怀。那人抬头看到赵曼，立刻后退一步，问道："你找谁？"

赵曼定睛看时，一个刚刚成年的大姑娘如出水芙蓉般立在她的面前。她启齿一笑说道："我找我娘！"

"你娘？"赵媛惊讶了，她瞪大双眼问道，"哪一个是你娘呢？"

"赵北川是我爹，赵王氏是我娘。"

"啊！"赵媛刹那间张大了嘴巴，好半天难以合拢。终于，还是怯怯地问道："你是？"

"我叫赵曼，这家里人都叫我曼子。"赵曼说话间拢了一下头发，她笑盈盈地看着眼前的姑娘，心里也在猜测：这是谁呢？

突然，赵媛上前一扑抱住她："姐，你是我姐。哎呀，你可想死咱娘了！"

什么？赵曼是惊喜掺半，小的时候就听娘讲，生她的时候难产，娘失去了生育能力。因此，她天天吃斋念佛就想天老爷给她个儿子，好接手这抚松城里的第一产业。

难道天老爷真的开眼，送给她一个妹妹？这些年在外投身革命，受共产主义熏陶，她倒不相信什么天老爷。可怀里的妹子是真的，她在管她叫姐，称呼"咱娘"。

这可是意外的惊喜，爹和娘有了女儿，她有了妹妹，刹那间，赵曼高兴极了。

外头这一阵喊叫，已经惊动了赵王氏，她开门问道："谁呀？"

老太太经过一场大病，虽然是好了，可痕迹仍然留下。阳光下，一绺白发就在额前飘舞。从心底深处升起的一股酸楚让赵曼的泪水夺眶而出，她疾步上前，一下子跪在赵王氏的面前。

"娘，我是曼子！"

听到如此熟悉的声音，看到已经长熟了的脸庞，赵王氏呆立原地，少顷，她身体如一根面条般软软地倒下。

赵曼和赵媛疾步上前，一边一个搀起赵王氏。赵王氏却在短暂的晕眩之后清醒过来，她一把抓住赵曼叫道："曼子，我的曼子！"立刻，老泪纵横。母女抱头痛哭，赵媛双手张开抱住二人，三个人哭在一起。

赵媛突然一跳而起："哎呀，娘，我得告诉广斌哥和爹去。姐，你们等着。"

年轻人的动作像流星，还没等赵曼和赵王氏说什么，赵媛已经消失。

关上门，屋子里剩下了母女俩。赵曼这才知道，小妹是赵王氏抱养的孤儿，大姑和姑父都死了，她的表弟孙广斌在县政府给县长当卫士。经过爹和娘做主，决定招孙广斌为女婿，也就是说赵曼不仅是有妹妹还有了妹夫，这妹夫还是她的表弟。

母女正聊时，孙广斌先一步进了屋。他早就听赵媛说清了怎么一回事，因此，一进屋他就叫道："大姐！"

赵曼一抬头，看到了一个年轻英武的小伙子。孙广斌今天穿了一套中山装，脚下圆口布鞋。身材早就长高了，足有 1.75 米，赵曼曾经熟悉的国字脸上多了很多棱角，目光显得更成熟。

赵曼上前抓住他的手："兄弟！"

小的时候，赵曼就带过孙广斌，姐弟俩曾经是两小无猜的关系。在一握手的刹那，孙广斌突然找到了童年的感觉。他一张臂膀就把赵曼抱住："姐，这些年你上哪儿了？爹和娘想你都得病了。"

赵北川没有孙广斌的腿脚利落，但他也是大步流星闯进屋来。

"曼子！"

他的声音很大，身材也很高大，走进屋里声音很慌。

赵曼推开孙广斌，急忙就跪在地上给赵北川磕了一个头。

赵北川眼含泪花上前扶起赵曼，拍拍她的背："好了，你回来就好，啥也别说了。媛媛，去，告诉厨房包饺子。广斌怎么办？吃完饺子再说吧！"

赵北川之所以用问询的口气，原因很简单，毕竟事关重大，赵北川一改往常遇事决断的脾气，想看孙广斌的意见。

孙广斌答道："爹，不行啊！你没看张县长急成什么样了？他已经安排杨秘书去提款了。这要不是大姐回来，张县长都不能让我走。反正姐在家，我回来再聚，好不？爹！"

赵北川只能是长叹一口气："行吧！国家事大，那你就去吧！多加小心，招安不成也好言抚慰。那个于武毕竟是你的师兄，原来的王老四和我关系也不错。"

爷俩这一对话，赵曼已经听出是什么意思。渡江进入县城她已经知道飞机来撒报的事，日本人占领奉天，这是早一天晚一天的事。上级有清醒的判断，派她到山里来就是让她发动群众，积蓄抗日力量。一旦有警，争取武装抗日。

如果说关东山原来尚算平静，此刻已经听到炮弹引信燃烧的声音了。

赵曼立刻说道："这种临时抱佛脚的打算不一定好用，况且，土匪也不是佛。他们即使是进入县城恐怕也抵挡不了日本人的打击，张县长的想法有误啊！"

"县城本来就无兵可调，警察局有那么几支破枪，听说徐道成还跑了。张县长又能怎么办？既然他有这个想法，我们就努力照办就是。广斌你是县长招聘的卫士，他的命令你必须听。公事当先，我支持你，你去吧！"赵北川说道。

听赵北川这么说，赵曼也就不说什么了，当天晚上这顿饺子就少了孙广斌。不过，一家人吃得还是津津有味。国难当头，这也是难得的一顿团圆饭。吃饺子的人谁也不知道，要不是日本人制造事端，赵曼还不知道什么时候能回家呢！

吃完饺子，赵北川想起一件事，他踱到堂屋掀开老把头的画像看了一眼。那把铜锁好好地挂在上面，他放下了画像，一颗心似乎放进了肚子里。他哪儿想到，许春丽偷走人参之后，又重新将那把铜锁锁好，这也是她的狡猾之处。

也是日本飞机闹的，弄得城里人心惶惶，许多商家关门打烊。身为一县商会会长，赵北川也不知道如何是好。

赵曼一连几天都是她娘拽着她，生怕她再跑了似的，不让她离开这个地方。赵王氏又特别地迷信，以为赵曼之所以体肤未伤完整归来，全是菩萨保佑。于是，拽着她又是烧香又是诵经，赵曼也是无可奈何。

终于，两天后，赵王氏的那股劲消停了不少。赵曼才抽出工夫和赵北川聊了起来："爹，这日本人就要来了，你老有什么打算呢？"

"能有什么打算？生逢乱世就是百姓的命。咱家又是这么大的铺子，搬又搬不走，我也不知道怎么办！"赵北川很低沉。

"我记得，读书时老师讲过一句话，叫做'天下兴亡匹夫有责'。国破山河碎，爹爹是抚松县的士绅领袖，振臂一呼，自然会有应者。况且，我们的身家性命在这儿，怎么能轻易送给日本人？这里是我们的家园，保家就是卫国。毁家纾难，组织民众，建立义勇军，将日本人赶出去。也许，这就是历史给我们的责任，爹，当此时机你老绝对不能退后啊！"

赵曼闪亮的眸子里燃烧着火焰，声音撞击在赵北川的胸腔引起"咚咚"的回响。

其实这一点，赵北川不是没想过，可他一辈子经商，全部身心都在那棒槌上面。你要说开厂加工、鲜参做成白参，或者红货，或者……赵北川是行家里手。可要是带兵打仗？赵北川从来没想过。

赵曼好像看透了老爹的心思，她接着说："当然，带兵打仗是年轻人的事。但是，爹你有威望，这威望千金难买。在抚松县只要你老扛一杆大旗，我们肯定可以拉起一支队伍。爹，对于豺狼只能用猎枪，我们没有任何其他的办法。"

赵北川眼睛一亮，似乎想起了什么："这件事你应该去找张县长，张县长当初将你兄弟要到县政府就是想建立一支国民警卫队，掌握一支武装。一旦这里有事，手中有枪总可以保护地方。"

赵曼摇头："一个官僚，旧政府的人能有什么作为？他怎么能与民众打成一片？没有民众的支持，我们是无法和日本人斗的。"

"你错了，曼子。张县长不仅人品出众，他为官一任也为地方上做了不少好事。你知道吗？正是在他的张罗下，我们抚松县才开始了人参家植。仅这一项，他就造福了这一方百姓。人参引为家植之后，咱们这儿的乡下都增加了收入，他的威信你爹我可不如。"

"真的？"赵曼瞪大了眼睛。在她的心目中，这旧政府的官吏难得有几个好的。像爹爹说的这样的，算是凤毛麟角了。

"听爹的，没错！张县长是好人，也有骨气，他又掌握一县财政。他要是挺身而出，将是最合适的人选。"

"那爹爹也不能后退啊！"赵曼紧盯着老爹。

赵北川一笑，可他心中觉得他的曼子已经绝对的不一样了。多年在外，她都干什么了呢？听她说是求学，可眼见得她雄心难泯，竟然要真刀实枪地与日本人干了。一时间，赵北川心中是五味杂陈，说不清是高兴还是担心。

爷俩正聊着，孙广斌回来了，他有些沮丧："雕窝岭的事不成，张县长受的打击不小。我看他灰心丧气，真替他难过。"

赵曼一把拽住孙广斌："兄弟，你能不能让我见见张县长？"

"那有什么？张县长人不错，你要是说你是我大舅的女儿，他肯定还会高看你一眼呢！"孙广斌回答她。

"那好，我们去。"赵曼的性格是说走就走，两个人直奔县政府。

进入县政府的大门，立刻发现冷冷清清。青砖铺成的地面上飘舞着落叶，四周鸦雀无声。他们顾不上这些，孙广斌拽着赵曼直奔后堂。那后堂原来就是县大堂，首任七品县令曾经在那里耀武扬威，审案判案，现在改成了张自清的办公室。

孙广斌上前一步，喊了声："报告！"

没有回音。然后，他拉开了房门，看到了梁上悬着的张自清的尸体！于是，他大叫一声："张县长！"泪水已经是夺眶而出。

2

宽大的写字台上，摆放着两张条幅："三寸气断，不在人间做鬼雄。一方游魂，宁向地狱为人杰。"砚台里还有未干的墨。赵曼猜得出，这肯定是张县长的绝笔。看那笔画之平稳，运笔之遒劲，是标准的颜体楷书。可以看出写字的人心情十分平静，赵曼也明白，张县已经抱了必死的决心。这个时刻，她承认了老爹对张自清的评价。

她也想起了曾经与组织负责人马尚德的谈话：民族矛盾已经上升为主要矛盾，在这一矛盾之下，中国的官吏与民众、地主与贫民、资本家与工人都可能携手并肩组成一个抗日的民族统一战线。她在心中暗暗后悔，如果自己早来一步，这样的县长是否会成为未来民众抗日的核心人物呢？

张自清为什么要死呢？也许，这是一个手无寸铁的官吏面对守土之责，做出的最佳选择。可他的死同样有另一种含义，什么含义呢？

面对那副张自清亲笔留下的对联，赵曼迅速地理解了。她明白，张自清想用他的死来唤醒更多的民众，他充满悲壮的死亡，恰恰是抚松地区反抗日本侵略最响亮的悲歌。赵曼突然觉得，她有责任让这曲悲歌唱响于更多抚松人的心中。

那边，孙广斌和老王、老张已经找了几块木板将张自清的遗体放好。老王在张自清的遗体前放好供品，点着了香火。

赵曼与孙广斌道："你就在这儿，与这两位老人给张县长操办后事，布置灵堂。我立即去找咱爹，让他老人家主事，一定把张县的葬礼办好。"

孙广斌非常悲伤，他的眼角滚动着泪花："姐，你不说我还想说呢！马上去找爹，让他组织人，一定给张县办个风光的葬礼，他是为了抚松县死的。"

说到后来，孙广斌竟然抽泣起来。

自从他来到县政府，张自清无时无刻不在影响着他。即使是他在万良村头和于武一会，受到张自清的误会，他也仍然敬重这位师长般的长辈。从普济到张自清，这一武一文，让孙广斌受益匪浅。他们之间好像有一种东西是贯通的，什么呢？看不到也抓不到，但他能感觉到。孙广斌仔细想来：应该是气，对，就是一种气。

赵曼大概是跑着回家的，赵北川也是上气不接下气地闯进县政府。他的后面是一群抚松当地的百姓，赵北川一路走，一路吆喝。许多人听到县长死了，都涌进了县政府。人们的心中是悲凉的，均有大难临头之感。

县长之死一传十，十传百，已经有更多的人涌进了政府大院。一时间，原本冷冷清清的县府大院竟然人流如潮。

赵北川告诉孙广斌：将原来的县衙门大堂设做灵堂，敞开县政府大门，让所有人进来。

突然，一个高昂的声音响起："张县长死了，他为什么死去？人的生命都是宝贵的，张县长才五十岁，他却自杀殉国了。大家都知道，日本人已经占领了奉天城，东北即将沦亡。张县长身为一县之长，他死在自己的任所，他在用自己的死告诉大家，他的职责所在。天下兴亡，匹夫有责。同胞们，乡亲们，日本人就要来了。中国面临亡国之危险，国破山河碎，我们的家园就要受到日本铁蹄的蹂躏。今天，我们要将张县长好好地送走。记住他，宁死不当亡国奴！"

孙广斌抬头一看，原来是赵曼，她站在一个凳子上，齐耳短发随着她激昂的声音在一甩一甩。

来的人很多，走的人也很多。大家的脸色都很凝重，许多人仰头听着赵曼的演讲，私下里议论着。

赵北川也看到了张自清留下的对联，他找人用两块深蓝色的布裱好，一左一右悬挂在灵堂的两侧。许多人自发送来线香、烧纸，还有纸人、纸马等，有一个快到八十的老者还捐出了自己的寿材。各种挽幛，不知道从什么时候开始越来越多地悬在县政府院内。

有两块挽幛让孙广斌拿到了灵堂一侧，一块上面写道：长白风骨 关东汉 自清县长千古。另一块上写：身可去 人可无 魂魄必留 自清县长走好。

赵北川找了几个人聚在一起商量了一下，决定事急从权，张自清的遗体停留一天，第二天出殡。

匆忙间，西边已经日落。孙广斌猛然想起一事，他拽住赵北川："爹，张县长生前和普济师父有交，是不是应该告诉普济师父一声？"

赵北川一怔："对呀，我怎么把这事忘了！亏得你的提醒。怎么办？让媛媛跑一趟？"

孙广斌却说："还是我去吧。"

赵北川想了想："这里离不开你。"

他的话，孙广斌一时不解。其实赵北川是害怕中井来闹事，他知道中井手下的松山是个什么东西，此时此刻也不能不防。

爷俩正在争执，外面却有诵经之声："南无阿弥陀佛。"

人群闪开了一条路，普济当先，后面几名僧人。他们一路诵佛，步行而来。

见到赵北川，普济稽首："北川兄，好久不见，没想到在这里见面。世事难料，自清离去真让人唏嘘。"

赵北川单手立于胸前："我正和广斌商议如何通知你，没想到大师就来了。"

孙广斌立马过来给普济磕头："师父是怎么知道的？"

普济没有回答他，拽起他的同时对赵北川说："无论如何，我与自清相交一场算是老相识，他的见识也足以让老衲佩服。让我们来给他做场法事，算做超度灵魂早奔西方极乐世界。"

然后，普济再施礼，口中念道："阿弥陀佛！"

普济的僧众，物品齐全，不一会儿，院子里就响起哀乐。几个僧人坐在灵前，敲响木鱼，一片梵音响起。赵北川在心里说：自清，一路走好！

第二天，天色放亮，县府大院里响起一阵鞭炮声。十六个人抬起了一具红漆大棺材，孙广斌在头，打起了一个纸幡，后面是如林的挽幛。

棺材后面是跟了几里地的送葬人群，那人群从县政府一直排到东关城。赵北川亲自挎着一个拐筐，里面是女人们连夜剪好的纸钱。纸钱撒到空中，仿佛是惨白的雪花，人们在这雪花中默默前行。

人死为大，况且张自清曾经有言，他希望自己死后能葬在城东的高粱

129

山。那山在抚松城周围的山岭中最为高峻，巍峨耸立，山顶处却有一块平台，窝风向阳，脚踏两江相聚之处。而且，站在这块平台上，抚松城的全貌尽收眼底。

赵北川力主，大家一致同意，张自清的灵柩就抬向此处。

出了东关城，不远处就是东烧锅酒厂。抬灵的人又换了十六个年轻力壮的小伙子，人们沉默而愤怒的目光都投向了这座酒厂高大的门楼。不知道什么时候，门楼一侧多了一个木制岗亭。此刻，上面一个日本浪人，手持快枪瞄向出殡的队伍。

他隐身在后面，只有一个黑洞洞的枪管伸出。孙广斌眼尖，一眼就看到了那个有点闪光的枪管。但他没说话，伸手在腰间摸了一把，那里有他百发百中的弓弩。

东烧锅酒厂里气氛更加紧张，松山一郎挥舞军刀，要出去杀几个支那人。中井站在大门口，阴冷如豆的眼睛盯着他："放下你的刀，愚蠢。再过几个小时，抚松城就是我们的了。到了那个时候，你想杀谁你再杀。可现在不行，你必须忍耐。"

突然，有风吹来，一个纸钱落到中井梳得一丝不苟的头发上。他一把抓下，气愤地向地上一摔。可那纸钱没有重量，挥手之间仍然是粘在他的手上。

中井将其揉成了一个团，扔向远方。

长蛇般的队伍终于攀上了高粱山，在那块平台上，赵北川已经派人挖好了下葬的地坑。人们喘息着，面对地坑放好棺材。年轻人擦着汗，抓起衣襟扇风。

女人不让上山，赵曼头天晚上就和赵北川商量："爹，你得借着这个机会说两句。小日本已经欺到我们头上了，我们只有一条路，反抗！"

看姑娘挥动小拳头，赵北川爱怜掺半。他已经完全明白姑娘是干什么的了，可他不想说，不知道为什么。因此，他摇摇头。

赵曼瞪起眼睛："爹，张县长不能白死。他为什么自杀，他是想用这种方式唤醒更多的国人，让抚松的老百姓记住他，宁死不给日本人做事。"

现在，赵北川站在土堆上，放眼脚下。抚松城紫霭升腾，东方明亮的朝阳正从他的身后升起。两条大江玉带一样围城而去，城内炊烟缭绕，山脚下送殡的人还在陆续上山。赵北川突然感到，姑娘是正确的，他应该在这样的时刻说上几句。

"乡亲们，大家看到没有？东烧锅酒厂岗楼上的枪，那枪就是对着我们的。日本人马上就要来了，他们就是要用这个来对付我们。张县长为什么自杀？他就是要用自己的死来告诉我们，宁死不做亡国奴。

我们都是乡里乡亲，多少年来在这里生活，可日本人不但是来了，而且要管理我们。有点骨气的中国人是不能听日本人的，几个朋友昨天晚上商量罢市，我同意。所有的商家即日起关门打烊，有我们的同胞需要什么，后门进。

这样的时刻，我们一定要抱团，中国人必须抱团。我们只要是抱团，日本人就奈何不了我们。"

"对，我们听赵会长的，以后有什么大事小情，多找赵会长商量。"有人在下边应道。

"现在，我们就给张县长下葬。大家一定要记住他，他是抚松县人。"

赵北川说完指挥身强力壮的几个后生在前，用两根大绳缓缓地往那个长方形的地坑里放棺材。很快，棺材放好，许多人七手八脚，一座新坟耸立于这个平台之上。

只有在这个时候，赵北川才感到心里已经空了。孙广斌拿了一块牌子，上写"抚松县长张自清之墓"。

看到这块牌子，赵北川情不自禁，再也无法忍耐，只见他号啕大哭。他的哭声具有极强的感染力，一传十，十传百，高粱山上山下一片哭声。

就在这时，抚松城南的转山子却是尘埃飞扬，马蹄声震动大地。

一群日本骑兵绕山而来，那黄色的军装上带着如血的肩章。带队的一匹东洋马，马上就是这支队伍的中队长松井中佐。

这抚松城有三条大道，分别向东、向南、向西。而所谓的大道，一样的崎岖不平，如此多的马匹铁蹄踩动，自然是卷起了滚滚黄尘。

站在高粱山上，正谓站得高，看得远。孙广斌眼尖，他发现了那黄尘中的鬼子兵。他的心一沉，贴近赵北川："爹，鬼子来了！"

其实，赵北川已经看到那滚滚的黄尘，凭判断，他就知道这是何物。

他喃喃地说道："广斌，灾难，中国人的灾难哪！"

再看，奇怪的是松花江上起雾了，那雾气升腾，江水已经不见。

赵北川深吸一口气，微微地闭上眼睛，山风的呼啸似乎格外猛烈。

3

枫叶岭正是枫叶渐红的时刻，漫山遍野火红的色泽成了主色调。

放下车帘，徐道成和许春丽相视而坐。许春丽脚下一个背筐，里面是她从山货庄盗来的桦树皮包裹，上面盖着破衣烂衫。她还是一副老太太的打扮，佝偻着身子。不知道为什么，她始终有一种不安全的感觉，双手紧紧按着背筐，生怕有某种力量将其拿走。

抚松城里徐道成置办的一些物品，许春丽一声令下，全部扔掉。的确，有千年参王在，那些物品都是毛毛雨。况且，千里迢迢，那些笨重的东西如何带走？

他们已经计划好了，先奔营口，销掉人参再回吉林。然后，带着姑娘去关内，找个山清水秀的地方再不出山。

徐道成悬出十块大洋，果然，许春丽说得对：重赏之下必有勇夫。一个五十多岁的车老板，赶着一辆两挂马车应声而至。两匹马皮毛不错，脚力也不错，二十多度的坡道仍然是速度不减。加上车老板，一共三个人，充其量也就五百多斤，重量又全在车轮上，两匹马踏动四蹄真是轻飘飘。

但是，徐道成还是感觉有些慢。在山河巨变的时刻，有老婆助力，探囊取物般拿到一棵价值连城的宝物。他急如漏网之鱼，恨不得马上远离此地。因此，他一再掀开车帘催促老板："再快一点！"

那车老板心疼自己的马，一个鞭子甩得"啪啪"直响就是不往马儿的身上落。他的心里在说：已经够快的了，还他妈的快，再快到沟里了。

想到这儿，突然，拐弯处外辕的马一挣，有一面的车轱辘陷进了沟里。

枫叶岭是道长长的大岭，翻越这道岭全是盘山道，道路又窄，两旁有流水沟，车轮陷进就要费些力气。

老板召唤两人下车，他甩动鞭子狠抽驾辕那头骡子的耳朵，一声号子才从沟里拽出车来。徐道成连呼倒霉！他和许春丽刚刚爬上车去。尘埃起处，一队鬼子骑兵就围了上来。

这队骑兵正是奉命向抚松进发的松井中队，松井中佐骑着一匹枣红马，身着日本军装，眉清目秀宛如一个白面郎君。他勒住坐骑，简单地说了一个字："搜。"

鬼子骑兵一律使用骑步枪，枪刺稍短，但一样闪着寒光。两个日本兵下了马，一前一后，两柄刺刀对着徐道成的前心和后背，他根本动不了。徐道成当流氓时，经常自己扎一刀，流点血什么的，吓唬别人。现在，这一前一后的刀锋让他失魂落魄，他举着双手一动不敢动。

倒是许春丽厉声喝道："你们干什么？我们家老爷顺道回家，碍着你们什么了？"

这队日本骑兵没带翻译，他们也都听不懂中国话。骑在马上的松井发现一个老太太愤怒的眼神，他竟然是哈哈大笑。他手指徐道成用日语说道："你的是个怂包，看看这老太太，有性格，有性格。"

还有几个日本兵上到车里一阵乱翻，终于翻出那个背筐，在背筐下面发现了那个桦树皮包裹。中井进入中国时间不长，还不明白这是个什么东西。

他突然抽出军刀，往车老板的脖子上一放："说，他们是什么人？"

车老板腿一软："他……他是局长！"

松井稍懂一点中国话，虽然没听明白，但从车老板的神态上感觉这两个人不一般。于是，他一挥手，早有两个日本兵将徐道成夫妇捆成了个粽子扔到车上。然后，松井挥舞军刀告诉车老板立刻回程。车老板懂了，他在两个日本兵的押解下，掉过车头，重回抚松。

因此，当松井的骑兵中队踏进县政府，当旗杆上升起太阳旗的时候，前来迎接的中井国夫喜出望外地发现了徐道成。

这让他欣喜异常，于是，他第一件事就是将徐道成要到自己手中，并且将那辆大车和许春丽一起带回东烧锅酒厂。

徐道成见到中井立刻一反常态，他点头哈腰地对中井说道："中井先生快给说句好话，告诉他，我们原来就是朋友。"

"朋友？"中井背着手，围着徐道成转了两圈，"你算什么朋友？喝了我的酒，吃了我的饭，还玩了我的女人。结果，你却耍我，还他妈的朋友？"

话音一落，中井以前所未有的迅捷动作，打了徐道成数个耳光。只听连续的"啪啪啪"声之后，徐道成宽大的肥脸上立刻起了数道红色血条。

徐道成被打懵了，他目瞪口呆，似乎还没缓过劲来。

"他妈的，这纯粹是支那人中的败类。来人，将他扔到酒厂地窖里。"

松山一郎带着两个浪人，将已经捆住手脚的徐道成架起，他两只脚悬空着被三个日本人拖到院子里。然后，松山用脚蹬开一个铁盖，两个浪人一用力，徐道成便被抛到一个漆黑的地窖里。原来，这是东烧锅酒厂存酒的地窖，里面有成缸的白酒，还有一些茅草、棍棒什么的。人扔在里面，叫天天不灵，叫地地不应。徐道成又被捆住手脚，他能奈何？

徐道成到了这里，他明白了，自己已经落入了中井的手中。他的二杆子脾气来了，突然间他发作起来："老中井，你娘的有本事枪毙我，别折磨老子。"

声音在地窖里引来"嗡嗡"的回响，根本没有人理他。

上面的许春丽弯着腰，不时地咳嗽一声。中井先是踢了车老板一脚，然后问道："她是谁？"

车老板哪儿知道，他如实说："可能是徐局长的佣人吧！上车时，她替他搬东西。"车老板一指车上。

"什么东西？"中井道，"你去！"

车老板上去拿下背筐，往地上一倒，倒出了那个桦树皮包裹。中井大喜过望，立刻捡起包裹，收入怀中。

随之他一摆手："滚，都给我滚，越远越好。"

中井也是过于奸诈，唯恐松井他们知道这是个什么东西，赶紧打发许春丽和车老板滚蛋。许春丽心那个痛啊！可眼前的形势她如何不知？宝参再好，也还是性命要紧。老鬼子一发话，她立刻转身就走。等松山回来，她已经是无影无踪。

松井也随着中井来到东烧锅，他要向上级发报：大日本皇军兵不血刃已经占领抚松县城。

参谋本部回电：命令你部在中井大佐的领导下，迅速建立维持会，保证抚松县地方治安。同时，拨一个班成立抚松宪兵队，交由中井大佐领导。

一个电报，中井成了大佐。有了这样明确的隶属关系，松井也如释重负，一切均听从中井安排好了。中井对抚松县了如指掌，他布置一个小队的兵驻在城楼，居高临下巡视全城。给他的一个班他放到东烧锅，挂起了宪兵队的牌子。其余的全部让松井率领，驻扎在县政府。

他要办两件事。第一件，夜深人静他关起门来，与松山一郎共同研究那个桦树皮包裹。打开层层苔藓，看到里边肥肥大大的人参娃娃，中井双手直搓，他不敢相信这是真的。因为，这来得太容易了。

松山在旁边提议："社长，不，顾问！我认为应该把山货庄的杨怀仁找来，所有的疑点我们就清楚了。"

中井："你是说……"

"我们上次到山货庄碰到两个飞贼，今天在徐道成这儿又发现了棒槌。没有内部人如何解答？上一次社长害怕打草惊蛇，现在，应该是没什么了吧？"

"说得对，皇军到来，抚松城里却没有一家商家开门，这是在向皇军示威。我们抓个山货庄的人，也是对赵北川的警告。好，你立马就去，带上咱们的宪兵。"中井大加赞同，挥手命令道。

松山带着两个日本宪兵和两个日本浪人，不一会儿就将杨怀仁抓到东烧锅酒厂。这里有的是房间，松山将杨怀仁扔到一间空房子里，手中军刀一阵乱舞，寒光闪闪，就在杨怀仁眼前飞来飞去。"嗖"的一声，那刀就停在杨怀仁的脖子上。

夜半三更，日本人的刺刀闪烁，杨怀仁早就吓得三魂丢了六魄。此刻，松山的军刀冰凉通体，他立刻软了。双膝一松，人就跪在松山面前："太……太君，我欢迎皇军，我愿意王道乐土。"

杨怀仁还记得日本飞机传单上的几句话，此刻，他一点儿也不浪费全部用上。

松山稍感意外，没想到，这个杨怀仁还懂得不少。也好，既然如此也许就用不着费更多的手脚。

"我问你，山货庄里有棵什么样的棒槌？"

松山外表粗鲁，其心可细。他害怕杨怀仁撒谎，一句话已经堵上了他后退的路。

其实，这环境的变化，使杨怀仁已经吓坏了。别看他对老东家赵北川可以信誓旦旦地去撒谎，因为他心中有数，老东家不会将他如何。可此刻面对凶狠的日本人，他心中无底。他知道松山手中那把东洋刀随时可以从他肩膀上划过，一颗脑袋说没也就在顷刻之间。杨怀仁已经没了灵魂，他哪儿还敢撒谎？

"是长白山的镇山之宝，棒槌谷里出土的龙腾宝参。"

杨怀仁声音刚落，门外转进中井，他向杨怀仁抛过那个桦树皮包裹，阴冷地一笑："看看这个！"

杨怀仁打开一看，不由得倒抽一口冷气，半天说不出话来。

看他神色骤变，松山岂容他从容思索，一把军刀又如毒蛇般爬上他的脖颈："说！"

"这……这是个假货，不是真的。"

这杨怀仁一眼就看出这棒槌是假的，而且，出于何人之手，他也看得出来。可这一刻，他将要说的话费了很大的劲强咽了回去。

中井于心不甘，他瞪圆毒蛇般的眼睛："为什么是假的？怎么能是假的？你的撒谎，死了死了的。"

杨怀仁战战兢兢："太君，我真不敢撒谎，这个棒槌是用家植人参做的。"

杨怀仁上前掰下一根顶须，递给中井："你看！"

断裂之处，露出一根粉丝。

果然，中井这才想起，这里的民间有一种手艺可以做假货。他狠狠地一摔，大声说："告诉我，真的在哪儿？"

"孙广斌的确从山上拿回一棵特大的棒槌，至于放在哪儿，我就真不知道了。"杨怀仁心底还尚存一丝良心，说到这儿，他咽了口唾沫再也没说。

中井嘴里吐出了一个字："滚！"

杨怀仁简直不相信自己的耳朵，犹豫之间，松山又喊了一声："滚！"

看着杨怀仁惊慌而狼狈的背影，中井低声说道："这事还需从长计议，赵北川是老狐狸，我们不能强来。只要抚松县掌握在我们手中，早一天，晚一天，什么龙腾，还是什么宝贝，都是我们的。"

松山道："虽然这样，但还是应该将那个孙广斌抓起来。旧事重提，我们抓他也是名正言顺。同时，也可震慑这些支那人。还有那棵宝参既然是他从山上带下的，他能不知道放在哪儿吗？"

松山的话有些道理，中井暗暗点头，于是他说道："行，这件事就你来办。我们马上成立警察大队，你去做顾问。但现在，我们有更重要的事。"

松山接口："成立维持会！"

"对，这千头万绪的事就得从头抓起，维持会是第一要务。只要成立了维持会，乱七八糟的事都交给维持会。我们就可以脱身，抓些大事。"

中井说完这话，低沉地命令道："带徐道成！"

4

许春丽急急如漏网之鱼，中井一声："滚！"她立刻消失得无影无踪。

她知道是自己的化装术救了她，如果中井知道她就是许春丽，她万万是走不了的。不过，离开了令人恐惧的东烧锅，她又稍许后悔，毕竟徐道成还在里面，毕竟那棵价值连城的宝参也在里面，许春丽千辛万苦弄来的东西她不想付之东流。

于是，她逃进了面临东江的龙王庙休息了一段，又偷吃了几个供果，体力才得到恢复。夜幕降临，她出现于东烧锅酒厂附近。

东烧锅酒厂占地面积很大，中井购买之后，建成了抚松县唯一的一幢小楼。从那个小楼上望去，高高的围墙都变成了低矮的篱笆。著名的千尺井破烂不堪地畏缩在东北角，从大门跑过去，差不多也得五百米。

现在，中井的发电机已经发出最大的电量，整座小楼灯火通明，许多人进进出出。这支日军骑兵队，还有两辆摩托全部交给了中井。暂时来看，抚松县的中心已经转移到了这个地方。

突然，许春丽发现两个浪人骑着摩托抓来了杨怀仁。虾米一样的杨怀仁，被他们按在摩托的挎斗里像只可怜的鸡。

许春丽心中"咯噔"一下，坏了！那棵棒槌很可能已经落入中井之手，否则，他们拉杨怀仁来干什么？

好个许春丽，也是艺高人胆大，她收身隐入墙角，伸长耳朵听得没人注意。于是，她双脚一用力，整个人升起于空中，在围墙处轻轻落下。再看，除了大门处有日本兵站岗，院子里没有一个人。倒是那幢小楼里，有人出出进进显得格外忙碌。

于是，许春丽再展轻功，人已经到了小楼的楼顶。然后，她从腰间解下了一条绳索，那绳索的一头系着一个形状如船锚一样的东西，伸出三个爪带着尖尖的倒刺。这东西扔到任意一个地方，它都能牢牢地抓住，这是夜行人必备的工具。

有了这个东西，许春丽将它卡在楼顶，一个人顺着绳索沿着窗子寻找，终于发现了杨怀仁。中井和松山哪儿料到窗外有人？他们在杨怀仁面前抖开了那个桦树皮包裹，这让窗外的许春丽眼睛里差点伸出巴掌。可惜，他的面前是坚硬的玻璃窗。

回到楼顶，她犯疑心。虽然她只能看到表情，听不到他们说话，但凭借那表情足够许春丽疑惑，杨怀仁为什么要掰开人参呢？她呆在楼顶的暗夜里苦思冥想。突然，酒厂大门开处，杨怀仁被推出大门。

大门外，空荡的大街上人迹皆无。自从日本兵进了抚松县，所有的人几乎早早地就闭门不出，大街上哪儿还有人影？偶尔有只野猫，划过一道黑光，心胆俱裂的杨怀仁都是一哆嗦。

许春丽几乎是自天而降，面对杨怀仁，她就叫了一声："二掌柜的！"

许春丽还化着装，杨怀仁见到是一个白发老太自天而降，他原本极度紧张的神经顷刻坍塌，整个人晕了过去。许春丽乘势哈腰背起了杨怀仁，迅速地在暗夜里消失。

龙王庙里只有一个哑道士看着香火。许春丽高来高走，哑道士根本没有发现。这一次，许春丽也不惊动哑道士，她将杨怀仁直接背到龙王大殿。

一般的庙宇，不管是关帝还是三清，不管是土地还是城隍，大都是坐北面南。这座龙王庙不同，因为大江在北，龙王的塑像就坐南面北。什么意思？说是江水暴涨之机，打开庙门，让龙王注视那翻滚的水势，自然江水会消，作恶的孽龙则退。

当然这是迷信！许春丽不管那些，她将杨怀仁放在龙王像前，自己躲于龙王像之后。

少顷，杨怀仁醒来，抬头一看，简直是屋漏偏逢连夜雨，杨怀仁感觉已经是灵魂出窍，剩下的只是躯壳。他努力移动跪在龙王面前："龙王爷，我没得罪你，你把我抓到这里何干？"

"杨怀仁，日本人抓你干吗？"许春丽变着音问道。

啊！杨怀仁感觉自己的头发每一根都已经竖立起来。左右一看，又有声音传来："快快回答！"

"啊，啊，是是，日本人弄了一根棒槌，让我看看。"此刻的杨怀仁说任何话都不会经过大脑的过滤，因为脑袋似乎都不存在了。

"怎么样？"

"我看了，应该是棵假货。是用家植人参做的。"

听到这里，许春丽也是大吃一惊。可她不能停，她继续问道："你怎么知道？"

"这是赵北川媳妇的手艺，我见过，因此，我一眼就看出来了。"

"如此说来，这长白山的镇山之宝是落到赵北川手里了？"

"是的，是他的妹夫在棒槌谷抬的，赵北川肯定是为了防备出事，特意提前做了手脚。"

"那么说，那棵真的棒槌还在山货庄？"

"应该是！"

"杨怀仁，赵北川抬了长白山的镇山之宝，动了长白山的地气。最近，山神已经派人来收回，这几天就会有人找你，你要协助她让宝参回归山林。"许春丽灵机一动，留下了一招棋。

杨怀仁却说："哎呀，我的东家心机非凡。上一次就怀疑我，被我咬牙躲过，我恐怕也是无能为力啊！"

"不行，赵北川惹怒了山神。你不要怕，只要协助来人找到人参，你就可以代理山货庄。行了，你赶紧走吧！记住了，有人找你，你必须协助。"

杨怀仁哪儿还敢待在这里？一夜之间，数渡鬼门关，杨怀仁哆哆嗦嗦，连滚带爬四肢着地，好歹出了庙门，后背上已经是大汗淋漓。风儿一吹，浑身透凉，可怜的杨怀仁回到山货庄，竟然是一病不起。

杨怀仁走了，转出龙王爷身后的许春丽可是恨得咬牙切齿。

原来赵北川来了个狸猫换太子！名扬关东的"千手贼王"许春丽感到脸上一阵无光。按照道上的规矩，这算是栽了！纵横中东路，从哈尔滨到满洲里，一趟车上就掏了八千奉票的贼王，她如何栽得起？此事传出去，她许春丽燕子帮的帮主能否坐稳还两说呢！但凡做贼的，窃技是他们生存的本能，尽管她窃技出神入化，波澜不惊，几乎是在赵北川的眼皮底下盗取的桦树皮包裹，可她一时大意，竟然没有仔细查验。

想起来，她有些迁怒于赵北川。可又一想，他为什么提前设局，移花接木？难道他有了警惕？对了，她和徐道成曾经打草惊蛇。想到这儿，她变成了自责，是自己不小心了。

不管风云如何变幻，不管日本人如何，许春丽一门心思就在"龙腾"上。贼者爱财，盗得"龙腾"，将会是她的最得意之作。

怎么办呢？

一连数天，她昼伏夜行，住在龙王爷的条案之下，寻找门路，准备再次作案。

可突然之间，一则消息传来，让她不相信自己的耳朵。县政府门前挂起了横幅"庆祝抚松县维持会成立"，而长袍马褂走向讲台的竟然是徐道成。

佝偻着身子，藏在人群里的许春丽大吃一惊。她揉了揉眼睛，瓜皮小帽下果然是徐道成的大胖脸。

"夫妻本是同林鸟，大难来时各自飞。"许春丽脱离日本人的羁绊，跑出东烧锅酒厂，要不是心里挂念着她的"龙腾"，也许此刻她已经远遁吉林或者是什么地方了。对于许春丽而言，这都不算个事。

看到徐道成人模狗样地在讲台上一番讲话，许春丽的脑袋里竟然是有了主意。偷也罢，盗也罢，都是暗夜里的勾当。可现在，她的老公是维持会长，实际上就是抚松县的县长。大权在握，何必鸡鸣狗盗？

强抢豪夺，岂不比什么都来得痛快？

想到这儿，她并没注意周围的人对徐道成的骂声。相反，她有些得意。

既然老公被日本人释放，而且还让他做了维持会长，这说明危险已经过去。于是，夜静之时，她回到了自己的家。跳进院子，房门上有个铜锁，许春丽摸出一柄万能钥匙开了门，自己进了屋，然后摸索着点上了煤油灯。打量一下，有人生活的样子，她有了底，徐道成肯定是回来过。于是，她卸了装，恢复原来的样子，静静地坐下等待。

灯光下，她大大的眼睛，长长的睫毛，高高的鼻梁，大大的嘴巴。皮肤很白，手指很长。不知底细的，谁会想到她是个贼，而且是著名的贼呢？

不久，院子里传来脚步声。人还没进屋就传来徐道成的声音："老婆，你可想死我了。"

真是心有灵犀啊！看到室内的灯火徐道成就知道，肯定是许春丽。别人进不了屋，别人也没有那么胆大。

徐道成在中井的软硬兼施下，彻底崩溃。特别是中井甩给他一张照片，那是他女儿被绑的照片。

"道成君，你应该明白，你要是不听话，你的女儿会是什么下场！"

徐道成立刻跪下，指天发誓："徐某人跟随中井君，为建立王道乐土，大东亚共荣，一定竭尽全力。稍有二心，天诛地灭！"

"这就对了！"中井拽起徐道成，"中国有句老话，叫做'识时务者为俊杰'，现在皇军已经占领了东北全境，只有马占山还在苟延残喘，解决他只是时间问题。强大的关东军所向披靡，一个马占山只是螳臂当车。我还可以告诉你一个秘密，未来的东北是要成立'满洲国'的，这个'满洲国'的总统吗，我们正考虑找个中国人。你要好好努力啊！"

中井老奸巨猾，目前抚松城局势不稳，他中井必须有个中国人在台前。

因此，他抛出了好大一个饼来引诱徐道成。言外之意，好像徐道成有这个可能似的。但仔细品味，你会发现中井什么也没说。

也别说，徐道成虽然也知道自己难成那块料，不过中井的推心置腹让他感动。一时间，他倒是觉得为中井出力也是值得的。抚松县这么大的地方，这么多的人，他将维持会长给了他，也是中井对他的重视，毕竟这里已经是日本人的天下。

其实，他哪儿知道，中井除了他再也找不到维持会长了。

进到屋子里，见到许春丽，他上前紧紧抱住。二人闭上灯火，先是一阵缠绵，然后才来得及述说分手之后的情况。

徐道成告诉她："中井那个老鬼子已经答应，等过一段局势稳定，就正式任命我为县长。警察局改组成警察大队，一方面管治安，另一方面还要守护城池。因此，还要再招一些人，形成一支县政府可以掌握的武力。我已经推荐程清了，让他来当这个大队长。"

"好，大头是自己人。你当上县长，又有一支自己的武装，我们在抚松县还不是愿意干什么就干什么。好！"许春丽赞道。

看许春丽高兴的样子，徐道成为自己的决定叫好。当初他也犹豫过，没想到许春丽比他还想得开。于是，他想将女儿在中井手里的事告诉许春丽，可话到嘴边他又觉得不合适。因此，他努力地咽了回去。

许春丽却开口了："老徐，咱们叫赵北川那个老儿给耍了！"

"怎么？"徐道成瞪圆眼睛，大有马上就找他的意思。

"咱们弄的那根棒槌是假货，是赵北川为了防备我们，特意做的假货。"

"唉，真的假的，反正是中井的了，我们何必再管。"徐道成竟是不以为然。

"笨蛋，我所为何来？赵北川既然做假，那他的真货肯定还在手。我们为什么不趁你当县长之机，收拾赵老鬼，强占他的棒槌？"

许春丽把这一切说得理所当然。

第八章
封家之灾

1

山货庄里，杨怀仁病了，赵北川也病了。

赵曼走了，形势变化太快，始料不及。上级有令，大敌当前先抓武装。

"爹，抚松已经陷落，民众一时又组织不起来。上级让我到别的地区去，那里的工作更需要我，你老要多多保重。"

赵北川眼睛里滚出泪花，好半天说道："曼子，我已经看出来了，你是加入了什么组织吧？你们要抗日，要打日本？"

曼子点头："是的，我早在武汉就加入了中国共产党，这次是受组织派遣，本想在抚松建立一块根据地。没想到，让鬼子占了先机。我们的当务之急，是建立一支武装，因此，我必须去执行新的任务。"

赵北川点头："儿大不由娘，况且你又是什么组织的人，我不拦你。遇事多加小心，如果有什么不顺，赶紧回来，这里是你的家。"

说到这里，赵曼忍不住扑上来抱住赵北川："爹，你也是五十岁的人了。买卖能做则做，不能做就收了吧！日本人来了，我们不会有好日子过。"

"我知道，不过，正因为我已经是五十岁的人了，我也没什么好怕的。

张自清一县之长都能以死殉国，我辈又算得了什么？放心！老爹经的多了。"赵北川看曼子担心自己，竟反过来安慰赵曼。

赵曼又说："广斌弟弟性格刚强，与日本人素有龃龉。我已经和他谈了，让他到乡下去，一方面躲一躲日本人的淫威。另一方面，隐于乡下，有更多周旋的余地。一旦有了机会，还是要拉起一支队伍，不打走日本鬼子，我们没好日子过。"

"广斌和我说了，正巧他在乡下有一群很好的哥们。这样也好，避免都窝在这山货庄，被日本人一下子端了。"赵北川有一种预感，虽然日本人占领了抚松县，中井又在东烧锅酒厂成立了宪兵队，但他们还没有动他赵北川。这是中井还没有腾出手来，一旦腾出手来，他第一个要对付的就是他赵北川。

赵曼又一次抱住了赵北川："爹，谢谢你的理解。我就不告诉娘了，你们多多保重，女儿不孝了。"

说完，赵曼跪在地上给赵北川磕了三个头，起身后，头也不回地离开了山货庄。

赵北川原地没动，他像被板结了一样。他害怕，他害怕一旦心软会上前阻止曼子。

曼子走了，广斌到了乡下他干娘那儿去了，山货庄里就剩下了媛媛和赵王氏，赵北川却病倒了。以他的身体原本铜打铁铸一般，别看五十岁，可打起拳来仍然是虎虎生风，二百斤的石锁他单手就可以举起。可现在，他病倒在床，媛媛给他敷上个热毛巾。

"爹，找保和堂刘大夫给看看吧？"

赵北川摇手："用不着，我自己就是半拉郎中。我的毛病我知道，躺几天就好。"

赵王氏已经知道曼子又走了的消息，她没哭没闹，只是钻进佛堂一天的木鱼声不绝，其他的事似乎再也不管。

赵媛终是不放心，她还是想去找大夫，看赵北川合上了眼睛，她蹑手蹑脚地去开大门，正要往外走，却被一个人撞了回来。那人横眉立目大声喝道："眼瞎啊？多大眼睛看不着人。"

赵媛定睛一看，原来那人正是程清——程大头。他的脑袋还是那么大，眼睛还是那么小，只不过，身上的黑狗皮加了一个袖章，上写两个字"维持"。

日本人进城，程清无处可去，在一个私娼家里藏了起来。没想到，徐道成当了维持会长，他又像雨后的蘑菇露出头来。徐道成任命他为警察大队长，日本人又给了几条枪。于是，他颇有兵精粮足之感。没有了张自清的约束，有了徐道成的怂恿，他更是感到今非昔比，腰杆更硬起来。特别是他这个警察大队，不仅是在原有的警察局基础上建立，除了原有的功能，他又多了一项守城之任。兵员要扩大，武器要更新，他这个感觉就上来了。因此，从踏进山货庄起，他的神态就格外嚣张。

他叉开腿，背着手，腰带上那个盒子炮晃晃悠悠格外的显眼。肩膀一晃，后面冲进十几个警察，他们手执大枪如临大敌。

"赵北川呢?"

程清的声音也与往不同，格外的豁亮。

赵北川已经听到了外面的喧哗声，他扔掉敷在头上的毛巾，手中拄着一根藤木手杖来到院子里。

"我在这儿!"

程清上前一步，肩膀一摇。来之前，他已经知道了面前这位老头的命运。但他今天偏偏不急，他要抖抖威风。想他在吉林无非是许春丽手下的一个流氓，或者说是一个贼，现在却成了执掌一方牛耳的警察大队长，他总得炫耀一下吧?

"赵老头，知道今天我来干什么吗? 知道本人现在是干什么的吗?"

连续的两个问题，赵北川还真是不知道。但是他能猜到，如此的小人得志肯定不是升官就是发财。因此，他很可能是跟着徐道成混了个一官半职。至于来干什么? 看这一群荷枪实弹的黑狗子，赵北川心中明白。自从张自清走了，他亲自为其操办葬礼，他就明白:中井只要倒出手来，肯定会报复他。可他没想到来者竟然是程清，没想到他会用什么样的方式。

"看你人模狗样的，大概是日本人给了你一块骨头吧!"赵北川鄙视地说。

"哦，你敢骂我？赵老头，你是活得不耐烦了吧？告诉你，本人现在是抚松县警察大队长，今天是奉命来抓你。你煽动抗日，反对东亚共荣，罪责难逃。"程清脑袋一歪，"给我抓起来。"

立刻，两个如狼似虎的警察，上前掏出手铐给赵北川戴上。其中一个认得赵北川，低声说道："对不起，赵老爷子，我们也是奉命行事。"

该来的终于来了，赵北川知道躲不过，因此，他也不躲。胸一挺，腰一直，刹那间，似乎什么病也没有了。他对程清说道："程清，给日本人干事可是汉奸，你小心连你祖宗都不会饶你！"

程清根本不在乎，他向地上吐了口痰："赵北川，实话告诉你，不是日本人要抓你，是我们徐会长的命令。本人奉命行事，你最好不要啰嗦，小心皮肉受苦。"

只有这时，佛堂里的木鱼声方戛然而止。赵王氏疯了一样扑上："你们干什么？我们当家的有什么罪，你们要抓他？"

"什么罪？要什么罪就有什么罪！我奉劝你老太婆识点时务。徐会长还算得上是法外开恩，没让我抓你们。不过，山货庄即日查封，你们被扫地出门。所有物品，等待赵北川案情查明一并处理。"程清手指赵王氏如此宣布。

这可是许春丽的主意了，她向徐道成献计："当家的，你现在不说是县长也差不多，你要有所作为。赵北川给张自清出殡已经得罪了日本人，中井虽然没有发话，可他心中对赵北川是恨之入骨。特别目前，商人罢市，抚松县还有几家开门的买卖？因此，你在这个时候抓起赵北川，一者可解中井心头之恨，二者杀鸡儆猴，给那些罢市制造麻烦者当头一棒。这一来，你一可以取得中井的信任，二也可以给自己立威，为你将来正式当县长开个好头。"

一番话说得徐道成频频点头："说得是，说得是，还是夫人有见识。"

"另外，那棵宝参既然是假货，那么真货肯定还在山货庄。因此，你的动作要迅雷不及掩耳，在赵北川还来不及防备之前查封山货庄，然后我们就可以从容地查找那棵什么龙腾。一旦得到龙腾，我们进可以攻，退可以守。愿意干你就在这县长的位置上干两年，不愿意干，我们随时可以走人。

手中有宝，换得钱财，上哪儿不是逍遥自在？"

"哈哈哈哈……"徐道成开心地大笑。

于是，程清奉命而来。其实这全是徐道成的指使，后面自然是许春丽的点子。

"什么？"赵北川始料不及，他怒不可遏地责问程清，"这可是我们祖上留下的产业，你们说封就封，太不讲道理了吧？"

程清双手掐腰："道理，你赵北川闯荡一生是不是懂了？哪儿来的道理？老子的枪就是道理。"说完话，他拔出盒子枪，向天就是两枪。

赵王氏再也没了力气，她眼睛翻白，一下子晕倒在地。

程清根本不管，他一方面命令两个警察将赵北川押往看守所，又命令剩下的警察将赵王氏抬到大门外，赵媛一并赶出。所有的住宅全部贴上封条，只留下一间，那是杨怀仁住宿的地方。这自然也是许春丽的意思。

然后，他又留下两个警察，一左一右，手持大枪，站在山货庄大门两侧。

顷刻间，赵北川祖上遗留数辈的山货庄，已经被连面也没露的徐道成控制在自己的手里。更为高明的是许春丽，暗藏在徐道成身后，完成了她想盗取"龙腾"的前期准备。

赵北川被押走，赵王氏才慢慢地苏醒过来。苏醒过来的赵王氏发现自己在赵媛的怀里，她挣扎着站起。她的对面是山货庄侧面的大门，大门上交叉贴着两个封条，上面盖着抚松县警察大队的红印。

站在门前的两个警察看到老太太醒来，本能地举起大枪形成了另一个交叉。

赵王氏明白了——有家难归。上百年的奋斗，祖宗的留传都被这两个红红的大印所剥夺。她气愤难忍又无可奈何。

赵媛在侧贴耳说道："娘，咱们走吧！"

"走，上哪儿？"赵王氏一时间没了主意，低头一看，手上还有一串捻珠。于是，她又低声念了起来，"阿弥陀佛，阿弥陀佛。"

赵媛扶起赵王氏，两人来到大街上。正巧一辆马车驶过，赵媛拦下马车，将赵王氏搀扶上车，然后自己也跳上车，对车老板说道："西门里，三道街。"

西门里，三道街，是孙广斌的老宅。当初，孙善起和赵秀英就在这儿结婚。三间茅屋，院落很大。现在，孙善起和赵秀英先后去世，孙广斌因为和赵媛的关系，他基本上住在山货庄赵北川那儿。但也正因为这关系，赵媛有这三间茅屋的钥匙。

打开门，进入室内，有股轻轻的霉味。可能时间有点久，屋子里难免阴暗潮湿。赵媛将赵王氏安排坐到椅子上，她立刻到院子里抱了一捆柴禾。大锅里添了点水，赵媛就在灶下点着了火。火一点着，水在锅里嗞嗞响，屋子里立刻有了生气。

"娘，这里啥都有，我们就在这儿住一阵再说吧。"

赵王氏又能说啥，只是一门地唉声叹气："你爹这个老倔驴，到了那个地方还不得吃亏啊！"

还是老伴，此刻的赵王氏心思都在赵北川身上。

赵媛安慰她："娘，你别急。你一急，我就不知道怎么办了。你在这儿好好休息，我出去找个人，打听一下爹的消息。"

"你找谁？你有人？"赵王氏眼睛一亮。

赵媛点头道："是啊，我认识一个看守所的小警察，人都叫他小狐狸，他曾经跟广斌哥学过拳。我去找找他，让他照顾照顾爹。"

"那你快去啊，别看你爹硬撑着，其实，他晚上也是大憋气，千万让他睡得舒适点。"赵王氏是一门的叮嘱。

赵媛答应着出了门。

2

夜晚，秋凉如水。街道上空无一人，只有不时刮起的旋风卷起漫天垃圾。

城门口、政府门前，显眼的地方都贴着一张白色的布告，就像一块附在白布上的膏药。上面写道：查赵北川鼓动商人罢市，破坏中日亲善，即口实施逮捕，为对抗大日本帝国者戒。结尾盖着大印，抚松县维持会，还有一个签名：徐道成。

赵北川家世代经商，是抚松城的首户，他突然被抓，事情震动城乡。当然，也传到了万良村。

政府门前张贴的广告前出现了几个黑影，他们借着朦胧的月光看了一下布告，立刻向城南走去。

大街上出现了一队巡逻的警察，脚步声传出很远。

那几个黑影脚步极轻，动作极快，只是一闪就进了胡同里。等到巡逻的警察走过，他们重新上道，刚近山货庄侧门，走在前面的孙广斌突然做出手势，三个人伏在了墙角。

这个侧门是一个很大的门楼，还有三级台阶。此刻，两个警察背着大枪分立左右，而后面的大门上竟然交叉贴着两张封条。

"大哥，不好，看样子山货庄被查封了。"

龚飞豹眼尖，他拽了一下孙广斌。

孙广斌也看到了两个持枪的警察，他的心情十分沉重！一切都和曼姐预料的一样，日本人在短暂的调整之后，开始了对占领地的疯狂镇压。

他也没想到，多年没见的表姐竟然能口若悬河地在众人面前讲出了那么多道理。在张自清的死亡现场，赵曼的一番讲话引起了言论纷纷。而对孙广斌触动极大的是，表姐的身上有一股劲头，甚至可以说是有一种魅力。她会让人感觉她说得对，她会不知不觉地让人们受到她的感染。沉闷的山城，也许特别需要这样的人，孙广斌潜意识中感觉她是可以给小城带来变化的人。而且，这变化是惊人的，包括人们对事物的认识和生存方式的改变。

赵曼可能看出了广斌对她的某种信服和崇敬，因此在安葬张自清的当晚，赵曼和他做了一番长谈。

"表弟，咱们以后更亲了，大姐有话和你说。"

"说吧，我愿意听。"孙广斌真诚地说。

"你知道有这么一个组织吗，叫'中国共产党'。它现在已经有了自己的苏维埃政权，是工农阶级的代表，它要领导中国人民内抗强权，外战强敌。面对日本帝国主义的侵略，它派遣了许多优秀的党员来到东北，目的就是组织抗日义勇军，让抗日的烽火燃遍关东大地。"赵曼每说一句话，都似乎充满激情，一只小手攥紧拳头挥舞着。

情不自禁，孙广斌也感受到心脏的狂跳，他盯着赵曼："大姐，你就应该是这个组织的人吧？"

赵曼笑了："我兄弟果然聪明，大姐就是接受组织的派遣，本想在这个地方建立一块抗日根据地。没想到，日本人的动作这么快。而且，他们也盯上了抚松城，早早就派遣了特务潜伏于此。看起来，我们的计划要有变动了。"

"特务？你是说东烧锅的人？"

"对，那个中井就是关东军特务机关的人，他们先期进入这大山深处，就是看中了这里的资源。抢先一步，早早掌握情况，只要他们一占领这里，大规模的掠夺会马上开始。兄弟，听赵媛说，姑父在棒槌谷拿到了一棵千年参王？"

广斌点头。

"这是国宝，我曾经叮嘱赵媛，一定要护好。好在有爹在，爹肯定会找一个万全的地儿放好。现在我要和你说的是，姐要走了。我们的当务之急是要建立一支武装的义勇军，最好的办法，是在旧军队里搞兵运。奉军里还是有正直的官兵，他们对日本人的专横跋扈恨之入骨。一旦得到他们的支持，我们的义勇军就会大有希望。我听说你以前打过日本人，日本人肯定会怀恨在心，何况这次张县长的出殡全仗着你和爹，日本人不会不知道。因此，我走以后，你要躲一躲。将来有机会，姐一定会回来。只要我们拉起队伍就好办，以枪对枪，以血对血，我们肯定有赶走日本人的一天……"

所以赵曼走后，孙广斌就隐到了乡下。这次是听到消息才与龚飞豹、耿锁潜进县城，亲眼看到了山货庄的形势，孙广斌心如刀绞。

"怎么办？"龚飞豹问道。

"咱们先找个地方站住脚，慢慢设法。"耿锁总有主意。

山货庄既然被封，那还有赵媛，还有赵媛娘，她们会上哪儿去呢？孙广斌一摆手："跟我来。"

孙广斌带着二人熟门熟路，沿着顺城街到了三道街。

果然，尽管没有灯火，孙广斌仍然感觉自己的家里有了生气。

进到院子里，他在窗子上敲了一下。

"谁？"赵媛的声音，这让孙广斌苦涩的心头滚过一丝热流。

"媛媛，是我，你的广斌哥。"

赵媛像鸟儿一样，从屋子里张开翅膀扑来，紧紧地抱住孙广斌，眼泪唰唰地流。一个女孩子，带着老娘，住进这所老宅，心中空落落的。终于盼到自己的心上人，那眼泪无论如何也止不住。

"媛媛，娘呢？"孙广斌拍拍她的背。

赵王氏已经听到了，她在屋子里叫道："广斌快来，我就等着你呢。"

所有的人都进了屋子，赵媛点起了一盏豆油灯。那一豆摇曳的灯火，立刻照亮了所有的人。赵王氏老泪纵横，她抚摸着孙广斌的脸："广斌哪，我们赵、孙两家就剩下你一条根了，你可不能出什么闪失啊！"

孙广斌安慰她："娘，我好着呢！你看这是我的两个把兄弟。我们像亲哥们一样，我干娘待我像你待我一样。"

赵王氏看到龚飞豹和耿锁，急忙招呼二人坐。

赵王氏拍着炕沿，又对孙广斌说："广斌哪，有件事娘就等着你，娘也只能跟你说。"

听赵王氏这么说，耿锁第一个站起："大哥，娘有事和你说，我们哥们到外面等一会儿。"

龚飞豹也同时站起，孙广斌拦阻道："都是自己家弟兄，娘有事你就说。"

赵王氏还是欲言又止，耿锁和龚飞豹躲到院子里，赵王氏才开口道："广斌哪，这件事娘只能跟你说。当然，你要告诉谁那是你的事。"

看赵王氏这么严肃，孙广斌有点预感，他靠近赵王氏，尽量用温柔的声音说："娘，你说好了，我听着。"

赵王氏拉起他的手，说道："你爹被黑狗子抓走了，他那个犟脾气肯定没个好。媛媛今天找人给打听了，他被关在一个单人牢房，凶多吉少。一旦你爹有个好歹，我可就要跟他去了。因此，有件事我必须给你交代。"

第八章 封家之灾

151

老人眼里含着泪花，孙广斌也被感染，他揉着赵王氏的手："娘，你可千万别这么想。只要我和媛媛在，我们会想办法的。"

赵王氏却是果决地一挥手："不提这个，菩萨那儿什么都告诉我了。我现在要和你说的，就是你爹拿的那棵宝参。那棵宝参，你爹叫我做了个假的，放在堂屋的老把头画像后面。那个真的，在我的佛堂里……"

说到这里，赵王氏更是压低了声音，直接吹进了孙广斌的耳朵。

最后，赵王氏又说："这件事，我连赵媛都没告诉。现在看来，你爹要是出不来，我们回山货庄的日子就不知道哪天了。你要早拿主意，夜长梦多啊！"

孙广斌点头："知道了，娘！我一定想办法。"

听了赵王氏的交代，孙广斌是百感交集。老人家为了这棵宝参费尽了心机，现在，他们已经是无能为力了。责任理所当然地落到了自己的肩上，他应该怎么办呢？

想一想龚飞豹和耿锁对他的情意，这么些天，他住在龚飞豹家，干娘对他和龚飞豹一样，遇到事总是让豹子听斌哥的。他个人觉得，没有必要对他们保密，这有悖于他们的情感。

那天晚间，等老人家入睡之后，他将龚飞豹、耿锁、赵媛叫到另一间屋，将老人家的一番话讲给了大家。耿锁有主意，他眨巴下眼睛："大哥，要我说，咱老爹虽然是给张县长出殡，那也算是人之常情。至于县城里商铺不开门，那也不是罢市，实则是乡亲们对于日本人的本能反应，也赖不到老爹头上。因此，我倒是觉得老爹遭此大难，与这棵人参有关。"

耿锁一番话，大家都觉得有理。

孙广斌也深思了一会儿，在咀嚼耿锁这番话的时候，他觉得脊背是阵阵发冷。果然如此，龙腾危矣！

是啊，抓起老爹为什么要封家？封上家，为什么还派人站岗？

想到这里，孙广斌仿佛看到一只黑手正伸向龙腾宝参。想起父亲死于棒槌谷，想起赵曼的叮嘱，他腾地一下子站起。

"赵媛在家侍候好娘，飞豹和锁子，跟我去山货庄。"

赵媛稍有怨言，可看孙广斌主意已定，又考虑老娘确实得有人照顾，于是她将三个人送到门口，一再叮嘱孙广斌小心。

孙广斌抱了她一下："放心，山货庄的地形我比他们熟悉多了，没事。"

孙广斌说得不差，地形的熟悉让他的胆量无形中增加了不少。特别是他们再次来到山货庄时，已经三更已过，天空只剩下星星在闪烁，几乎是伸手不见五指。万籁俱寂中，门口的两个警察已经蹲到台阶上，半睡半醒的模样让孙广斌更加放心。

孙广斌让龚飞豹和耿锁留在山货庄后面的胡同里，等待接应。龚飞豹还想争，孙广斌一句话："你没有轻功，进去你怎么出来？"

于是，孙广斌双脚一蹲，两足发力，人就已经上了围墙。

山货庄三进房屋，两个跨院。后面的跨院里种有果树和花草，算作一个后花园。孙广斌两臂一张，如鸟儿般轻轻地落在后花园的草丛里。

草丛里有虫鸣，孙广斌熟悉这虫鸣，他童年和少年时期经常在这里听这虫儿的合唱。可现在不行，他沿着自己熟悉得不能再熟悉的小路摸向中间那趟房屋的一间。

真是奇怪了，自己的家却在这时没有了家的感觉。他紧张地张开耳朵，听着周围的声响，尽量轻提脚步，悄无声息地靠近了一个后窗。这后窗是赵王氏佛堂的后窗，紧挨着赵北川接待客人的堂屋。

他靠上去摸了一下，这关东山有三大怪，其中一怪就是"窗户纸糊在外"。孙广斌上前，用舌头将唾液顶在窗纸上，不一会儿阴湿了一大块。他的手伸进去，拨开里面的一个开关。窗户自然就开了，他轻轻地如猫儿一样跳进室内。

然后，他将整扇窗户端下。那窗户本身分上下两部分，两个伸长的木轴卡在两个木托里，轻轻地一端自然下来。他为什么要将整扇窗户端下，这是他的细密处。一旦有什么意外，他可以在瞬间从没有窗户的地方跳出。

然后，他滑步摸向那尊观世音菩萨的塑像。塑像七十公分左右，是个坐像，菩萨的坐下是一个莲花宝座。赵王氏小声告诉他的就是：龙腾就在宝座的下面。

终于，孙广斌摸到了观世音光滑的塑像，他架着塑像的两边，轻轻地移开。果然，莲花宝座上有个小小的钥匙孔。他从腰间掏出钥匙，正要开锁。

突然，黑暗中一个声音响起："广斌，快逃，你中了徐道成的计了！"

话音刚落，紧接着就是一声凄厉的惨叫："啊！"

山货庄里突然亮起许多火把，耀眼的火光中，当先一个身强体壮的老太太开门闯入，她拼指如剑："站住！"

说时迟，那时快。孙广斌从腰间掇下弓弩，"啪"的就是一箭。那个老太太机灵异常，凌空一翻，弩箭挂着风声从她身下穿过。"啪"的一声，弩箭射中门楣。

老太太落地后，抬头一看，大叫："注意他的暗器！"同时，她一手护脸，脚打盘旋，谨慎地扑向前来。可这样一来，她的速度减慢了许多。

借此机会，孙广斌哪儿还敢停留？他"嗖"的一声，从预留的窗户处蹿出。

3

老爷岭，炮火连天。

李宏光伏在战壕里，等炮火声远去，他站起来举起望远镜。

他在这里已经打了两天两夜，一个边防团的士兵，只剩下了一个营。日本人的火力太猛，单兵素质特强，三八大盖射出的子弹像长了眼睛，绝对地压制了他们团的七九步枪。

自从梅河撤出，他们就守在了老爷岭。当地的百姓和官员像迎接菩萨一样，送来银元和粮食，希望他们能够保护一方平安。全团官兵也是怒火中烧，没有人想再退，况且也不知道退向何地。于是，团长下令，坚守老爷岭。

这是一场什么仗啊！没有后勤，没有补给，没有上级，甚至也没有明天。但弟兄们仍然杀得天昏地暗，阵地前边堆了一片日军尸体。

这老爷岭是长白山的第一道天然屏障，它的后面有辉南、濛江、抚松数个县城。本来，守住这里就保障了后面一大片山地和丛林的安全，可是团长接到了情报，日本人从通化经湾沟已经偷袭了抚松和濛江。一旦日本人从后袭来，老爷岭必然失守。

情况十分危急，要说撤，撤到哪儿呢？从团长以下，谁也没有数。

这个时候，李宏光想起了赵曼。赵曼在哪儿呢？如果她在，或许能有点办法。李宏光举着望远镜看着他面前起伏不尽的山岭，日本人停止了进攻，据说，团长正在和日本人谈判。

他偶然回头，望远镜里却出现了一个人，那人让李宏光精神一振。天哪！难道是赵曼？

那人像赵曼一样留着齐耳短发，身材窈窕，脚步扎实。上面是月白色的夹袄，下面是一条黑色裤子，从森林里闪出就加快脚步奔这儿走来。

战场上的硝烟还没有散尽，她走得急如星火。望远镜的镜头里，人物的身影已经是越来越清楚了，果然是赵曼。李宏光高兴地命令他的士兵："注意掩护我！"

然后，他跑出战壕向山下奔去。

两个人在半山腰见面了，赵曼看着一身烟尘的李宏光叫道："宏光哥！"

李宏光竟然不顾身后多少战士在注视着他，抢前一步抱住赵曼："可好了，可把你盼来了。你再晚来一步，我就不知道怎么办了！"

赵曼被李宏光抱在怀里，心里也是滚上一股热流。

李宏光是个标准的军人，也是一个热血青年。他能与日本人斗智斗勇，为中国人争气，又掌握一连军队，组织上把他定为争取的目标。赵曼接受了这个任务，在接触中她也在心里暗暗喜欢上了这个青年。

"宏光，情况紧急，咱们长话短说。"

李宏光立刻推开赵曼，正色道："你说！"

"日本人和你们团长的谈判已经取得成功，你们团即将改编成梅河守备团，重新开回梅河。你准备怎么办？"

"不能吧！我们在这里已经和日本人打了两天两夜，许多弟兄的尸骨未寒，团长，他不能啊！"李宏光大吃一惊，双手一摊。

"我没必要骗你，这是组织上给我的情报，并且让我来通知你。"

话说到这里，山上号兵吹起号来，李宏光一听正是召唤他们连撤出阵地，团部集结。

"宏光，你们团长感觉无处可去，日本人又给他梅河守备司令的职位，他决定投敌了。你不要抱幻想，你的连队和团部一靠近，你想走都来不及了。"

李宏光焦急地转了几步，回头责怪地问赵曼："你就是来告诉我这些的?"

"不，马尚德同志已经联络了部分军队和警察，成立了抗日义勇军。他希望你拉出部队，联合作战。第一步，脱离战场立刻向东。长白山山高林密，暂时隐蔽，随时发展部队，等待时机在长白山区建立抗日根据地。"

"好，那里也是我的老家，师父、兄弟都在那儿!"

李宏光说做就做，他跑步回到阵地，命令通讯员集合队伍。

一个连队站成一排，残破的军旗在头上飞舞，连同轻伤员这支连队只剩下三十多个人了。李宏光简单地用口令整理了一下队伍，立即下令："脱离阵地，向东转移。"

他们刚刚下了山，一个参谋骑马赶来。见到李宏光，他跳下马来，递给李宏光一个不大的口袋。然后，他敬了个礼："团长说，没有办法，他只能暂时接受改编。李连长心中有志，他绝不强求。团部就剩这点经费，团长让我交给你，祝李连长早日拉起队伍。再见!"

那个参谋说完，回身跳上马背，打马而去。

李宏光目送参谋远去，手中的口袋里硬硬的，他知道那是银元。

看参谋走远，他回头大踏步地走到队伍的前头。

他记着赵曼告诉他，第一站，抚民村。

果然，赵曼带着一群老乡在村头等待。

村中，老乡们支起大锅，已经给队伍准备好了伙食。队伍在这里总算是得到了短暂的休息，李宏光也放好岗哨，自己找个地方进入梦乡。

抚民是山坳里的一个小村庄，与公路有一段距离，加上丛林环绕，显得十分肃静。赵曼看到队伍已经休息，她有些放心不下，一个人到村头监视着公路。李宏光的这几十个人已经脱离了他原来的建制，他们即将独立地走向抗日的战场。赵曼将其视为宝贵的财富，她不敢有丝毫大意。

所谓公路，只是在丛林中显出一条长蛇般的开阔地。由于车少，上面也是长满了低矮的青草。不过，时值深秋，青草已经枯黄。道路上压有两道车辙，车辙中有浑黄的水。此刻，苍凉中充满了寂静。

突然，一阵动人心魄的马蹄声传来。赵曼急忙隐身树后，视野中出现了一面太阳旗。那太阳旗由一个鬼子兵举在马背上，前面是三个日本尖兵，后面是大队的日本骑兵。这是驻守抚松的松井骑兵中队，他们奉命支援老爷岭战斗，企图使李宏光的团队腹背受敌。他们还不知道李宏光团已经受降的消息，松井催促队伍快马加鞭。

很快，一个中队的骑兵席卷而过。

赵曼不知道这队骑兵从何而来。不过，这条公路是进入长白山腹地的唯一一条道路。联结的是辉南、濛江、抚松三座县城。根据以前掌握的情报，以及这条公路的走向，赵曼很容易地就判断出，这应该是攻占抚松的松井骑兵中队。

那么，这就说明，抚松城防空虚。一想到这一点，赵曼高兴了。原来的计划就是占领抚松城，依靠地势与天险建立一块根据地。那样，即将成立的抗日联军就进可以攻，退可以守。

赵曼反身跑回村子里，她摇醒了李宏光："宏光哥，有一个消息。鬼子的骑兵离开了抚松城，刚刚开向了老爷岭前线。"

"真的?"

赵曼点头。可是，李宏光看了一下自己的队伍，叹了一口气："我们就这几十个人，又没有重武器。鬼子只要在城头放上一挺机枪，我们想攻下抚松城，那比登天还难。"

赵曼安慰他道："宏光哥，你说得对，我们这个样子是打不下抚松城的。我的意见，咱们要找个地方休整，同时对队伍进行改编，吸收更多的青年加入我们。只要有战斗，有胜利，乡亲们就会支援我们，兵力就会源源而来。"

两个人正在商讨着这几十个人的未来大计，村子里来了一个走村串户的郎中。

那郎中是地下党的交通员，他负有重大使命。找到赵曼后，两个人对上了暗语，这让赵曼非常兴奋。她始终在等待，就是等待上级答应她的，派人来联系她和这支队伍。对于李宏光的这支武装，组织上寄予很大的希望，赵曼立刻兴高采烈地将交通员介绍给了李宏光。她向李宏光说："马尚德已经更名为杨靖宇，他就在前面的板石村等候我们。宏光，我们有靠山了。"

李宏光当然明白这是怎么一回事，梅河期间他就被赵曼发展为中共的积极分子。他上前紧紧握住了那个交通员的手，连续地摇晃着，不住声地说道："谢谢，谢谢，太好了，我们不再是一支孤军了。"

不久，东北抗日联军李宏光支队的大旗就出现在长白群山之中。

4

徐道成怔怔地看着许春丽足有一分钟，张口结舌，半天没说话。

许春丽微笑着，轻轻地在他的腮帮子上敲了一记小小的耳光："傻子，怎么啦？没听懂？"

徐道成这才长出一口气："哎呀，许春丽啊许春丽。我这才弄明白，堂堂的燕子帮帮主真不是浪得虚名。怪不得那么多草莽怪杰都在你的手下，兄弟服了！"

说话间，徐道成双手一拱。

许春丽上前拍了拍他的肩："老徐，咱们谁跟谁？没有当家的坐镇县政府，我又能如何？自古响马不惹官府，就因黑道就是黑道，它见不得光。可老天有眼，让你我二人成为夫妻，这样，你管白天，妹管黑夜，我们黑白联手，天下自然无敌。"

许春丽又是一番高论，徐道成是五体投地："说得好，老婆，你说得太好了。"

看来这鼠王是王，蚁王是王，贼王也是王。群贼之王，倒也是不同凡响。徐道成频频点头，依照许春丽的谋划开始行动。

于是，就有了大清早程清抓捕赵北川，查封山货庄的一幕。然后，他就将山货庄控制起来，静观不动。这里，许春丽还留了一步活棋，那就是杨怀仁。

杨怀仁先是在鬼子面前，后又在龙王爷面前受到了惊吓。真鬼子不但让他皮肉受苦，而且，那雪亮的钢刀放在脖子上的感觉实在是心惊肉跳。谁能知道凶神恶煞般的松山，手腕是否还会用力？那一刻，杨怀仁脑子里是一片空白，他根本不会去判断对方是真情还是假意。因为，他的脑子已经板结，哪儿还会思考？他更做不到从容，也做不到面对死亡哈哈大笑，那可不是杨怀仁的风格。

自从闯关东的路上遇到土匪，他与家人失散，一个人孤苦伶仃乞讨度日。是赵北川看他可怜，让他在山货庄当了伙计，混上了一口饭吃。他人勤勉，又有眼力劲，什么东西都学得快。于是，赵北川也逐渐地喜欢上了他，前厅的业务逐渐地都由他来打理。他又肯学习，肯钻研，别看这山货一行，学问可大了去了。仅人参一项就够一个人学习一辈子，什么纯山货、池底子、趴山货，拿到手里，不内行的人一看都差不多，可内行的人一看就明白。人参分皮、芦、纹、肢、体，也就是说，要从人参皮的色泽，芦头的大小、长短，纹路的深浅，肢体的形状以及整个形态来判断。最后，杨怀仁拿到一棵人参，他就知道这是六品叶还是五品叶，是真正的二甲子，还是六品叶的转世货。甚至到后来，拿到一棵人参，他就知道是哪儿出土的。因为这长白山每条山谷、每座山包的土质不同，这些不同留在人参上的痕迹也不同。别人分辨不出来，杨怀仁一眼就能看出。

正因为这些本事，赵北川让他当了山货庄的二掌柜。前面营业的事就都由着他，特别是收购一项。他看货打价，一点儿也不会差。

说到底，杨怀仁就是一个手艺人，一个给别人打工的生意人。看别人的眼色生活以及小时候惨淡的经历，让他胆小如鼠，让他知道恐惧，让他知道敬畏。他不是天生的内奸，也不是什么可恨的叛徒，可他的确是一个遇到事情怕字当头的人。

日本人已经让他屁滚尿流，龙王爷虽然没有钢刀，可人这脑海里镶进的东西是根深蒂固的。他也迷信，他的眼中龙王爷就是神灵，龙王爷开了金口，杨怀仁岂能不怕？

因此，这两件事让他回到山货庄一头拱在炕上，再也没有起来。

许春丽是狡猾的，她利用哥兄弟的亲情收买了他。此刻，她决定再一次利用他。

偌大的院子只剩下了杨怀仁一个人，徐道成下令，他可以在院子里随便转就是不可以出山货庄半步。

警察封了前面的营业室，后面的侧门又站上了双岗，杨怀仁不会飞檐走壁，他只能老实地待在自己的房间，或者爬起来，勉强到厨房去弄口吃的。

赵北川被抓，家眷被扫地出门，他的心灵还是受到了极大的震颤。

恐惧与害怕，时间一久自然平复。可赵北川被抓，让他的心灵深处一种最基本的东西浮了上来。那是什么呢？杨怀仁也弄不明白，他就是觉得他欠了赵北川什么东西，这种歉疚让他躺也不是，站也不是，走也不是。

当中井和松山将那棵人参拿到他面前的刹那，他虽然弄不明白这人参哪儿来的，可他知道，肯定是山货庄里来的。那么，日本人为什么会有这棵假人参呢？

几天来，他躺在炕上反复想的就是这件事。

假人参出自赵王氏之手，他一眼就看得出来。可怎么就到了鬼子手上呢？从那造型来看，赵北川明显是模仿龙腾。从生意人的角度，他完全可以揣摩出赵北川的意图。这叫害人之心不可有，防人之心不可无。尤其是赵北川经商多年，许多道上的事，社会上的事，他什么不知道？以假乱真，无非想乱中取胜。可惜，日本人来得太快，赵北川人算不如天算，龙腾估计还是没有出手。

那么真龙腾能在哪儿呢？

这些问题也让他头痛，正在他头痛之际，一个声音出现："怀仁，大姐来看你来了。"

一抬头，当初那个风采照人的许春丽出现在他的面前，令他大吃一惊。同时，他立刻悟到，原来这一切都和她有关！

杨怀仁虽然胆小，但他是个聪明人。当初那天晚上，山货庄有人上了堂屋顶，他就知道是许春丽。可他不能说，也不敢说，因此，面对赵北川的拷问，他咬牙顶住了。今天他一联想，似乎朦胧间就已经将所有的问号都拉直了。

许春丽还是当初见到杨怀仁的那套打扮。

"怀仁，我替你哥哥来看你，怎么样？听说你病了。"话音一落，许春丽就伸出了她柔软的手，摸向了杨怀仁的额头。

许春丽很漂亮，漂亮得让他感到炫目。但她的漂亮中还有某种威严，这让杨怀仁不敢有任何非分之想，别看这小屋子不大，又是孤男寡女，杨怀仁还是爬起来，客气地说："大姐，我没什么病，就是有点吓着了。现在，好多了。"

杨怀仁倒是实话实说，许春丽当然知道是什么东西吓着了他，她话题一转："怀仁哪！这边的买卖也没了，你哥哥让我过来，带你去吉林。哥俩团聚，想办法再娶一个媳妇，就在我的铺子里干。"

话说得很温馨，杨怀仁心里却在打鼓。外面的警察如狼似虎，他想出去都被拦回，这个许春丽怎么能进来？

许春丽好像知道他的疑问，简单回答："可能有件事你不知道，原来这里的警察局长徐道成就是我们家掌柜的。也是我通知他，将你留在这儿，总不能将杨怀忠的弟弟一起抓进去吧？"

啊，原来如此！一瞬间，杨怀仁全部弄明白了。这里里外外，都是这个许春丽的事，也都是因为那棵棒槌惹的祸。大概是许春丽弄走了那棵假参，又叫徐道成献给了日本人，当上了维持会长。

虽然不明就里，杨怀仁脑海中大概有了这么一个思路。因此，不知不觉，他对眼前的许春丽就有了一点看法。看法是什么呢？他暂时还无法理顺，反正他从心里对许春丽失去了任何好感。

"大姐，我哥在哪儿？"杨怀仁还是先问他的大哥。

"他在吉林，过几天，我们办完这里的事，我带你一块儿走。"

杨怀仁有气无力地向后躺在行李上，小声回答："我走不了，东家进了监狱，这前后的院子就剩下了我一个人，我怎么走？"

"这前后的院子是你的吗？东家进不进监狱与你还有什么关系吗？只要你到了吉林，一可以和大哥团聚，二可以在我的铺子里干活，我可以给你比这里高出一倍的工钱。而且，我可以给你找个女人，让你结婚娶媳妇成家立业。不比在这里强得多吗？何况，日本人已经盯上了赵北川，他还能回来吗？"

许春丽耐着性子，慢慢地和他说。

杨怀仁听得阵阵发冷，他明白眼前这个女人说的大多是谎话，她的目的还是那棵棒槌。要不然，她没有必要到这里来花言巧语，要不然，徐道成查封了山货庄，也不能单独留下他一个。至于东家吗，也许这个女人说的是真的，他回不来了。

日本人气势汹汹，占领了这座山城，听说整个东北都是他们的了。赵北川敢和日本人叫板，他如何能回？眼前这个女人是徐道成的女人，那就是汉奸的女人。汉奸的女人借反日为名，抓起赵北川，然后又亲自跑到这儿来，她不是为了点什么她这是何苦？

莫名其妙，许春丽好话说尽，却使杨怀仁感受到她是居心叵测。真也是她始料未及，也许，这就是机关算尽太聪明，反算了卿卿性命。

不过，就是给杨怀仁天大的胆，此时此刻他也不敢对许春丽说半个不字。

"那我就听大姐的。"杨怀仁终于说道。

"好，这就对了！"许春丽看杨怀仁上了道，高兴地对他说。

"但是，怀仁哪！咱们不能就这个样到吉林去。"许春丽语重心长。

杨怀仁瞪大眼睛，疑问的目光看向许春丽。

"你想啊，你大哥已经是有媳妇的人了。你第一次见你的嫂子，你就这样去？整个山货庄你能拿走什么？因此，我都替你想了。赵北川的小崽子孙广斌从山上拿回的那棵棒槌被赵北川藏起来了，现在，这山货庄在咱们的手里。你熟悉这里，咱们就在这前前后后，搜他一搜，找到棒槌我们立刻起身。"

杨怀仁摇摇头："大姐，一个人藏东西，十个人找不着。别看这前后院就这么大，赵北川藏的东西，你别想找。"

许春丽一笑说："放心，这一点我来办，你的任务就是给我长眼，看看是不是真货就行。"

杨怀仁心中吃惊，表面却不能说什么。他有气无力地点头说："我听大姐的。"

到了晚间，许春丽像个夜猫一样清醒，也许这做贼的也是职业病，夜间和白天一样的过。院子里又暗伏了几名警察，他们半睡半醒，许春丽经常地检查。

果然，半夜时分，后院有了响动。一个人进入了院子，少顷，他又拨开了后窗，轻轻地跳进室内。影影绰绰，杨怀仁已经发现那人就是孙广斌。赵北川的收留提拔之恩，徐道成的汉奸劣行，大概是一起涌上心头，杨怀仁终于是良心发现，他大叫一声来提醒孙广斌。

许春丽没有想到杨怀仁还有临阵反水这一招。一时间，许春丽怒从心头起，抬手一记铁砂掌拍向杨怀仁头上百汇穴，杨怀仁惨叫一声跌倒在地。

许春丽一声令下，院子里众警察燃起早就准备好的火把，照得山货庄里外通明。

孙广斌应声而逃，许春丽也不去追，她进入佛堂，看到搬走的菩萨像下莲花宝座上的钥匙孔，心中大喜。

虽然钥匙已经叫孙广斌带走，可这点难题岂能难住关东巨贼许春丽？只见她咬牙切齿，运气于内，扬起变得血红的手掌向着莲花宝座狠狠地一掌。那个莲花宝座顷刻间四分五裂，果然，一个桦树皮包裹呈现在许春丽眼前。

这个时候，她想起了杨怀仁。回头一看，由于她用力过猛，杨怀仁躺在地上已经气断身亡。再一想，今天这个局面，这棵"龙腾"岂能有假？

想到这里，许春丽恶向胆边生，她伸手抓住孙广斌射在门楣上的箭镞，狠狠地一插，尖利的弩箭插进了杨怀仁的心脏。

第九章

命运多舛的人参之王

1

松山一郎以百米冲刺的速度闯进中井办公室。

他现在是警察大队顾问，中井叮嘱他："支那人自私、贪婪、爱占便宜。你不要怕花钱，给他们点钱，收买几个心腹。这样，你才能掌握警察大队。我们日本皇军任务很重，不可能在这儿驻守军队，警察大队将会是抚松县重要的武装，你要牢牢地掌握在自己的手中。"

松山按照中井的嘱咐，很快在警察大队安下了自己的"内线"。

自从徐道成派程清抓捕了赵北川，查封了山货庄，中井就指示他，要严密注意事情的发展，这很可能是徐道成有目的的一次行动。

果然，"内线"来报，徐道成的夫人许春丽在山货庄搜到一棵棒槌。

松山立刻感到，这是真正的"龙腾"。他一刻也不敢耽误，硕大的身体轻灵如猿，一阵急速跑进中井办公室。

中井住在办公室，看到他惊慌跑进，中井判断是山货庄方向出现情况，他立刻翻身起床静静等待松山说话。

松山调整呼吸，开口说道："社长，报告你一个好消息，那棵千年参王出现了！"

"什么?"老辣的中井一时间也控制不住自己,他腾的一声从床上跳下:"真的?"

土肥原来电:天皇陛下生日在即,你在人参之乡,应该立即准备一份带有关东特色的礼物,以示我关东军的赫赫战果,以示我大日本帝国对满洲的绝对控制。

字数不多,言简意赅。中井正在苦思冥想,用什么样的礼物能体现皇军的丰功伟绩,又能体现他的用心良苦。自古关东有三宝:人参、貂皮、鹿茸角。参乃三宝之首,龙腾又是人参之首,还有比这再好的礼物吗?

"千真万确!一个时辰之前,徐道成的女人许春丽在山货庄搜到一棵千年参王。"松山也抑制不住自己激动的心情,他喘息着答道。

"好,好好!"中井一面穿衣,一面没忘记表扬松山:"你做得很好,松山君。帝国会记住你的功劳。"

刻不容缓,中井与松山脑袋碰到了一起,二人好一阵计议。

再说许春丽,搜到那个桦树皮包裹,她立即告诉程清,命令当晚值班的警察一律不准回家。对外声称山货庄进贼,射死了杨怀仁,丢失物品不详。

然后,她拿着桦树皮包裹飞速跑回家中。

她想的不谓不周到,可百密一疏,程清也是懒得管太多,人一走他也就进入梦乡。自然有邀功的松山内线溜出告密,许春丽却是一无所知。

大意失荆州,说的大概就是这个意思。特别是人的愿望达到,胜利在握之际更是容易出现这种情况。

许春丽数进山货庄,处心积虑,终于得逞,其心情可想而知。

她一溜小跑,钻进自己的家,反身插门。

"当家的,成了,我们发了!"许春丽的声音都带着颤音,眼睛放光,举拳挥动。

徐道成就在家中静候,他和衣而坐,时刻听着外面的动静。此刻,他已经受到许春丽的感染,血液循环加快,脸颊变红,双手颤抖:"春丽,真的到手了?"

他们没有点灯,徐道成打开了手电,一束强烈的光柱射到捆绑整齐的

165

桦树皮包裹上。

两个人喘口粗气，许春丽到外面洗了洗手，小心翼翼地一层层打开包裹，掀开苔藓，那清新的大森林味道扑鼻而来。紧接着真正的龙腾出现了，它的皮很粗糙，它的纹路非常深，它的芦头像层层叠起的小碗。虽然不懂，可二人一眼就看出它和原来那支假货的不同。

许春丽急忙将其包好，尽量地使自己冷静下来。

徐道成问她："你想什么呢？"

"大哥！"许春丽吐出了两个字，立刻让徐道成意识到她有大事要说。因为结婚以来，许春丽第一次使用这个称呼。

"你觉得这个维持会长还有意思吗？就是县长你也得看日本人脸色行事。我们有了这棵宝贝，潜回吉林，带着女儿到江南去吧！"

徐道成深受感动，许春丽一门心思还是为了这个家。他摸了一下胸口，仿佛下了某种决心，终于说道："媳妇，有件事我没和你说。因为我知道你一门心思全在这棵参上，我害怕影响了你的计划。现在我实话和你说，我为什么答应中井那个老鬼子，做这个什么维持会长，实际上就是为了我们的女儿。"

许春丽身体一振："这是怎么说？"

"中井手下的松山一郎是日本黑龙会的人，他们在吉林咱女儿住的那家，绑架了咱们的女儿，现在，女儿控制在他们手里。我也是没办法，才替日本人做这个维持会长。"

许春丽颓然坐下，这是她万万没有想到的。没有女儿，即使这棵参价值百万又能如何？

"我明白了，你被那个中井已经捏在手里，你动弹不了。"许春丽手一指。

徐道成说："起码暂时是不行，我要是不做这个维持会长，前脚走，后脚日本人就会追捕我们。"

许春丽目露凶光，拳头砸在炕沿上："行，那你就在这儿维持着，我回到吉林立刻想办法解救女儿。救出女儿后，我立即通知你。"

看许春丽下了决心，徐道成也频频点头："行，你想怎么走？"

许春丽思索一下挥手说道："慢！昨天晚上，孙广斌果然是按照我的计划偷偷进了山货庄。没有他，我也找不到这棵棒槌藏身的地点。他射了一箭，射死了杨怀仁，我已经告诉程清，立刻通缉他。斩草必除根，否则，我们拿走了他的人参，必定后患无穷。"

　　徐道成说："我明白，明天我会督促程清。"

　　"还有，赵北川已经不能留。这人老奸巨猾，有一天，他肯定会知道是我们拿走了宝参。我不想留下麻烦……"说到这儿，许春丽已经是浑身杀气。

　　徐道成再次点头："那都好办，他在监狱里就是只老虎，也成待宰的羔羊了。"

　　看到徐道成完全答应了她的要求，她松了口气坐到炕沿上又一次叮嘱："当家的，可不能心慈手软。干我们这一行的，最忌讳的就是该断不断。"

　　"媳妇放心，我徐道成也不是混了一天半天，别人不知道，你还不知道？"

　　"那好，你就先在这里当他几天维持会长，最主要的是做好善后。"许春丽似乎还不放心，又一遍叮咛。

　　两个人一番长聊，不知不觉窗外出现了一丝天光，东方已现鱼肚白。

　　"当家的，事不宜迟，夜长梦多。特别我有一种预感，小鬼子也在寻找这棵龙腾。现在的抚松县还是他们的天下，我必须马上走。"交代完了，许春丽觉得应该走了。

　　"准备怎么走？"徐道成再一次问道。

　　"给我找一匹马，我想怎么走就可以怎么走。如果走漏风声，老鬼子有可能在西江码头设防，你必须设法把他们调开。"

　　"有那么严重？"徐道成表示怀疑。

　　"不，虽然我有所安排，可松山在警察大队，难保得不到消息。不怕一万就怕万一，小心谨慎为好。"

　　"行，那一会儿我就坐轿上趟西江码头，你藏在轿内。出了城，我能找到马匹，然后，我到西江码头，你从旱路离开。"

　　"你到西江码头，如果中井问你去做什么，你怎么说？"

"简单，就说送朋友。"

"好!"许春丽和徐道成击了一掌，二人守候在屋子里一番计议，似乎成竹在胸。

这一夜，最难以入眠的应该是孙广斌。

在那一刹那，孙广斌逃出佛堂立刻隐身墙下。那些警察喊得挺欢，却没有一个人来认真地查一下。于是，他卧在墙根，听到了室内的一切。加上火把照耀如同白昼，孙广斌已经发现了许春丽。

逃出山货庄，接应的龚飞豹和耿锁迎了上来："大哥，怎么这么大的动静?"

孙广斌做了个噤声的手势，三个人放开腿脚回到西关。赵王氏和赵媛都没睡，也没掌灯，在黑暗中等待着孙广斌。

听完孙广斌的讲述，众人七嘴八舌。首先是耿锁，他人虽小，但足够机灵。

"大哥说是警察听一个女人的? 那就说明这个女人是警察的头。否则，那些黑狗子耀武扬威的，怎么能允许一个女人呼来喝去?"

"你爹在家的时候说过，那个徐道成是吉林来的一个流氓，他的媳妇是有名的贼王。当初，咱们家房顶上有人时，他就怀疑过姓徐的。"赵王氏听到大家分析也说道。

这一来大家都不说话了，眼睛投向孙广斌。

孙广斌想起杨怀仁，这才想清楚他喊话的内容，看来这事与徐道成有关。

"事情是定了，那个女人就是徐道成的媳妇。看来，这'龙腾'是落在徐道成手里了，怎么办吧? 大家帮我想个主意。"

还是耿锁："简单，劫道!"

自从他和龚飞豹在一片石被劫之后，他就琢磨这个办法一是不讲理，二是有奇效。堵在半道上，你进退两难之际，大多是要答应对方的要求的。

龚飞豹却不以为然："扯淡，咱们也不是土匪，怎么能干那事?"

"我说的劫道和土匪劫道不同，我是说，咱们在半道上设下埋伏抓住她，要回我们自己的东西。"耿锁从容不迫。

"好了！"孙广斌举起手止住大家："老三说得对，劫道。我已经想明白了，那个徐道成来自吉林，他的媳妇也是吉林人。既然得手，按照道上的规矩，他们首先要离开现场，他们叫是非之地。从我们这里到吉林，如果走旱路，花园口将是必经之路。我们就到那儿埋伏，争取活捉这个花贼。"

"可她要是坐小火轮呢？"赵媛问道。

"小火轮在码头，这几天日本人查得很严，说是有义勇军在水道上活动。因此，我估计她走水道的可能不大。"孙广斌回答。

"事情到了这个地步，我们只能是听凭命运了。或许大哥说得对，我们就到花园口。如果人参不该丢，她自然会走花园口。如果就是该丢，也实在是没有办法。"龚飞豹叹口气，如实说道。

想一想，他说得有理，事情哪儿有万全？

小哥三个就开始准备，如果当初屋顶上的是许春丽，她的武功不错。哥几个不能不小心，绳索、武器样样得准备。

忙活一阵，天色放亮，赵媛突然拽住孙广斌："广斌哥，我也要去，你不能丢下我。"

孙广斌一指屋内："你去咱娘怎么办？你老实在家待着，如果有什么意外，我一时回不来，你就到如来寺我师父那儿。我不管上哪儿，肯定会在他老人家那儿留话的。"

赵媛两眼含泪，频频点头，极不情愿地松开了手。

哥三个的身影很快就消失在晨曦中。

2

丛林荒野，一条大道如蟒蛇般在山间盘旋。

山间有雾，仿佛是神话传说中仙人在喷吐。一会儿涌出山谷，一会儿卷向山坡。

许春丽心情大悦，老徐真是神了，县城情况了如指掌。他在西关城外找到一家马店，轻松给她搞到一匹白龙马，而他坐着一乘绿呢大轿到西江码头给她施障眼法去了。许春丽飞骑过了西江桥没有遇到任何意外，眼见着已经是濛江地界了。

龙腾还在苔藓里，苔藓还在桦树皮里，而这桦树皮被她用一个包袱捆了，缠在腰里。她信誓旦旦："老徐，这是我们费尽心机弄来的，我在棒槌在，放心吧，回到吉林，救出女儿，我就飞鸽传书，你立即离开这儿。"

许春丽看这秋日的原野、山岭一片金黄，胯下白龙马撒开四蹄，耳边生风。突然，她想高歌一曲。可是，这一想法刚刚涌上脑海，后面的山道上就传来马蹄声。而且，马蹄声分外杂乱，一种不祥的预感涌上心头，她立刻甩出一鞭。白龙马沿着山间盘旋的公路跃上山顶，路在盘旋，人也在马上盘旋。盘到山顶自然可以看到山脚，许春丽完全可以看到下面一队黑衣人正扬鞭追来。

她的心一沉："不好！"那突然而来想高歌一曲的想法立刻烟消云散。她向袖管里摸了一下，那对如意金钩还在。许春丽牙一咬，低头伏向马背，双腿一挟，白龙马扬开了四蹄。

这山野处处是丛林，长白山土质肥沃的好处就是植物分外茂盛。除了这条公路之外，似乎到处是树木。

孙广斌带着龚飞豹、耿锁埋伏在这丛林里有一段时间了，他们在公路上已经预设了绊马索。一条绳子拴在对面的树上，然后沿着公路刨个槽，绳索沿着那个槽延伸到了对面的丛林。耿锁还在绳索上撒落尘土，又上脚踩了踩。可以说，表面上根本看不出来，况且是打马而来又后有追兵的人呢？

龚飞豹抓紧那条绳索，隐藏在树后的低凹处，眼睛向上看着孙广斌。只要孙广斌手向下一压他立刻拽绳，想一想，一条绳索横空出世，什么马当不都要应声而倒？

许春丽的感觉不错，后面的一队轻骑，一队黑衣人，不是别人，正是松山一郎率领的浪人小队。这队黑衣浪人已经是今非昔比，每人一支步枪，绝对算得上是当时的现代化装备。当许春丽回头看到那枪管的闪光时，她就知道坏了，来者不善！

中井得到松山的情报，就在各个城门安了眼线。徐道成出了西门，中井立刻判断，此行不同寻常，肯定是为了掩护许春丽。码头那边中井已经有安排，因此，这条山路应该是她的唯一逃跑路线。

中井立刻下令追捕，松山带上他的小队飞骑而来。

中井低声告诉他："不能留活口，尸体就地掩埋！"

松山低头："卑职明白！"

他当然明白，徐道成上任之时，也是他松山一郎警察大队上任之时。中井对他有过推心置腹的话："这些支那人只能利用，不能重用，什么时候你都要记住，你可以玩弄他们，但不能信任他们。"

徐道成就是社长手上的皮影，社长如此想法就是还想让这皮影来演戏，怎么能让皮影伤心呢？想一想，宰了徐道成的老婆，还让他为自己做事，松山开心极了。当初徐道成怎么耍的他，松山是耿耿于怀，他是个睚眦必报之人。

眼看着到了花园口，前面的山路上果然出现了一个骑马的女人。此时此刻，还用解释吗？肯定是许春丽——徐道成的鬼老婆。松山立刻下达命令："再靠近一点，先用枪打断马腿，然后抓活的。"

松山也是害怕丢了龙腾，抓住许春丽拿到龙腾再说。

于是，这盘山道上，一骑在前，数骑在后，风驰电掣追得不亦乐乎。

可怜许春丽纵横关东黑道，也算一路人物。可她哪儿会料到，今天她已经陷入前后合围之中？

孙广斌隐身树叶中，看到许春丽越来越近，他的手向下一压。龚飞豹灵活地蹿出，猛地拉紧绳索并迅速地在一个大树上缠了三圈。

纵是唐三藏的白龙马，面对这条突然而起的大绳它也只能是马失前蹄，一个跟头将许春丽远远地抛出。

紧跟而来的松山看到许春丽被一条绳索摔倒在地，他也不及细想，只是挥舞战刀，一刀砍断绳索飞骑向前，那柄刀就指向了摔在地上的许春丽。

许春丽从马背上被弹起的一刹那，她就做好了准备。因此，落地的一刻，她收缩身体就地一滚。再一次展开的时候，几乎是毫发未伤。

松山的刀指向她的时候，她眼睛微睁已经发现是松山一郎，可她眼睛一闭仿佛摔晕了一样。看到许春丽如此，松山手一招，立刻后面的两个黑衣人和他一同跳下马来。三个人围上许春丽，许春丽还是和死了一样，三个人放了心，松山收刀入鞘，另外两人上前去拽许春丽。

简直是电光石火，许春丽一个鲤鱼打挺，从地上一跃而起。抬手之间，袖管里的如意金钩就钩开一个人的臂膀，一个人的肚腹。尤其是被钩开肚腹的那个，鲜血如注而出。

事出突然，松山一惊之下，迅速稳定身体。就在许春丽放倒两个黑衣人的同时，他已经拔出自己的王八盒子。手一举，一颗子弹呼啸而出，直奔许春丽而去。

一个人的武功再好，动作再快捷，哪儿能比得了飞行极快的子弹？只听"卟"的一声，子弹在许春丽的胸前就钻了一个洞。衣襟飞起的同时，鲜血喷出一米多。此刻，太阳已经露脸，阳光下那血红的色泽非常的艳丽。

人真的非常脆弱，一颗小小的子弹在肉体上钻了个窟窿，立刻，人就如泄了气一样，力气顷刻间就消散了。一条胳膊仿佛有千斤之重，许春丽咬牙切齿却再也抬不起来。

松山还不算完，手向下一放，枪管正对许春丽的腿。"啪"的又是一枪，子弹穿透了许春丽的腿，她一下子栽倒，单腿跪地。

这一下子，许春丽是跑也不能跑，打也不能打。她咬紧牙关，吐了一口鲜血："奶奶的，小日本，你他妈的给老娘来个痛快的。"

松山看到许春丽已经被他两枪就打落尘埃，哈哈大笑："痛快的？好哇，将棒槌交出来，我就给你一个痛快的。"

许春丽努力地憋住气息，再也不说话。松山上前一步，抬腿就要踢。没想到，许春丽憋住气息，积攒了一点力气，一把尖刀已经在手。松山上前，她手腕一抖，尖刀飞出。松山也是一个武士，他听风辨色，又是全身戒备。许春丽抬手之际，他已经撤步，尖刀飞近，他再次闪身。尖刀走空，带着嘶鸣的响声飞向对面丛林。

松山大怒，他抬起手枪，连续地扣动扳机。许春丽被他打得一抖一抖，嗓子里吐出最后的声音："我就是做鬼，也饶不了你。"

眼看着许春丽已经是一动不动了，松山再招手，上来两个黑衣人。他们先是用枪管拨一下许春丽，发现她已经是一具尸体，这才下手搜身。

在许春丽的腰间，这伙日本武士发现了那个包袱，打开包袱就是桦树皮。松山一眼看见，立刻制止了他们继续打开，接过包袱捆在腰间告诉两个黑衣人："将她扔到林中喂狼！"

两个黑衣人将许春丽的尸体扔到了密林深处，再看那匹白龙马，虽然栽了一个跟头，可它挣扎着爬起已经向来的路上跑去。

仿佛在这时，松山突然想到，他的军刀砍断过一条绳索。

这是怎么一回事？再看公路上，果然还有斩断的绳索在公路的两旁。

松山立刻意识到，原来还有人打劫，他急忙拿起望远镜向丛林中观察。

那边的孙广斌他们目睹了这一幕，正不知如何应对，突然发现了松山正向这边观察。这时候，他们才意识到危险就在眼前，于是，耿锁一声叫："大哥，快跑！"

几个人撒了丫子向森林中跑去。

时值深秋，个别的树木已经落叶，密林中已经没有盛夏时节的叶片，空隙已经在逐渐加大。松山发现了逃走的三个人，他立刻命令一个人照顾伤号，其余的人开枪追击。

剩下的黑衣人立刻向孙广斌他们开了几枪，然后拔腿追了上来。

这里全是山地，起伏的山峦，复杂的地形，令孙广斌他们如鱼得水，跑得飞快。可是，松山站在公路上，指挥其余的几个黑衣人用手中的步枪向他们射击。这使得他们不时需要伏在地面上，极大地影响了他们的速度。

眼看着那几个黑衣人越来越近，耿锁有点着急："大哥，快用你的弩箭吧！"

这个时刻，孙广斌的弩箭大概是最有效的武器，耿锁的快当斧、龚飞豹的柳叶刀统统属于无效。于是，孙广斌一骨碌滚到一棵大树下，抽下弓弩就瞄准穿越丛林逼向前来的黑衣人。

他正要扣动弩箭的扳机，突然，后面的山冈上射下一串子弹。那子弹打在丛林中给黑衣人极大的威胁，逼得黑衣人也像孙广斌他们一样，迅速地趴在地上，隐蔽好自己再观察从哪儿打来的子弹。

公路上松山用他的望远镜已经发现了情况异常，他感觉不好，毕竟自已就这么几个人，地形又不熟。况且，怀中还有宝参在。此行的目的是什么？既然目的已经达到，何必恋战？这里是濛江地界，松山手边又只有这么几个人，许春丽还给他伤了两个。

于是，松山大喊："撤，给我回来，撤！"

前面的几个黑衣人早就被老林子里的阴暗吓得不行，听到松山大叫，立刻拔腿后撤。到了公路上，松山发令："走，立刻回抚松。"

一队黑衣人将伤员扶上马背，两边的人持枪掩护押后，立刻向来路撤去。

丛林中恢复了平静，孙广斌和耿锁站起身来，极度瞭望，他们很想知道是谁开枪救了他们。耿锁利索，他向手心里吐了口唾沫，双手抱住一棵大树像猴子一样爬了上去。到底是站得高看得远，爬到大树上视野立刻开阔。

"大哥，有队人朝咱们这儿来了。哎呀，打头的还是个女的。"

孙广斌虽然看不到，但他听到耿锁的吆喝，心里极速寻思道：不管怎么样，人家救了我们，我们得谢谢人家。

他问道："在哪个方向？"

"南边！"

两个人对话间，一队人已经清晰地出现在树叶的空隙中了。孙广斌眼力很好，他一眼就看到前面走的女人非常像赵曼。这让他拔腿就迎向前去，跑近了一看，果不其然。

"姐，我是孙广斌！"

赵曼和李宏光自从撤出抚松，见到杨靖宇后，便成立了李宏光支队。这支队伍奉命继续向东，最近安营扎寨在附近的黑熊沟。赵曼领一队人马到附近村屯去发动群众，扩大队伍，偶然发现了一群黑衣人在追赶几个年轻人。从枪声判断，对方使用的是三八大盖，这种枪械当时只有日本军人才配有。赵曼果断下令，向黑衣人射击。

看到黑衣人撤退，赵曼这才带着队伍来找被救的年轻人。她万万没有想到，她们解救的竟然是孙广斌，因此，她也高兴地跑向前去，抓住孙广斌的胳膊。

"兄弟，怎么是你？"

再看孙广斌的身后，是龚飞豹和耿锁，原来都是老相识，他们也一起叫道："大姐！"

孙广斌也是满腹狐疑："大姐，怎么是你，你带的这是哪支队伍？"

赵曼想解释，但一想，三两句话岂能说得清楚？于是，她拽住孙广斌："兄弟，一句话两句话的也说不清楚。正巧，我们支队长就在前面，他也是你的老相识。头几天还叨咕你呢！"

"支队长？"

"李宏光，你的大师哥！"

天哪，真是意外的惊喜，孙广斌差一点跳起来。李宏光，普济的大徒弟，自己的大师哥，怎么在这儿？又怎么成了支队长？

这世界变化太快，自从日本人占领了抚松城，孙广斌第一次感觉从头到脚荡漾起一种莫名的痛快感。

"好，大姐，快带我去见大师哥。"

3

中井搓着双手，望着玻璃瓶子中的龙腾，突然放声大笑。

他的笑声带着一种得意，也带着一种狂妄，这笑声随着起伏的声波撞上四面的墙壁在有限的空间里回荡。于是，他的办公室里"嗡嗡"响声不断。

自从松井的骑兵来到抚松城，他中井一改往日之风，见到那些中国人他再也不会频频鞠躬，再也不需要说什么"多多关照"之类的废话。他趾高气扬挺胸凸肚，头发仍然一丝不苟，皮鞋仍然锃亮闪光。但是，许多事让他焦头烂额，费力应对。今天，他是真正的开心。因此，他的笑声不绝于耳，起伏回旋经久不息。

松山第一次看到中井如此，他目瞪口呆伫立当地，无法移动半步。

终于，中井手一拍压在松山的肩膀上，笑声也戛然而止。

"松山君，你给帝国立下了大功。我要向关东军总部禀报，为你请功。不要认为这仅仅是一棵千年不遇的宝参，它是长白山的地气凝聚所成。中国人常说，天地灵气，日月精华，意思是指自然界的精髓。你看这棵人参，他在我们的天池酒中如九爪金龙，意欲飞舞升腾。可它被我们生产的玻璃瓶所禁锢，因此，它只能老老实实地待在瓶中。明白吗？关东的精华被我们大日本的先进生产技术收入囊中。也就是说，关东的沃野千里已经属于大日本帝国。这里的山川、江河、树木、森林都已经属于我们，而它就是象征！"

中井像个演员，先是伸开双手做拥抱苍天状，然后又是一指，喉结涌动仿佛是吞咽了什么。

松山已经被中井的演讲所征服，他恭恭敬敬地两手贴于裤线，低头敬礼："社长，你说得太好了，让我充分理解你今天为何如此兴奋。"

"我要把它献给天皇，我要把你的名字和我的名字都写在上面，作为我们日本关东军征服满蒙的胜利见证，永垂史册！"

松山被中井的口若悬河带入了状态，他两眼放光，身体笔直："谢谢社长，我一定为天皇陛下的大东亚共荣鞠躬尽瘁死而后已。"

"好的，现在给我找辆马车，我要去见见徐道成。"

松山的脑海里现出许春丽惨死的景象，他后退一步："是，社长，需要我陪同吗？"

"当然，我的武士，你是功臣嘛！杀了他的老婆，再让他来感谢你，你不感到一种莫名的快意吗？"中井这样问道。

松山再一次后退，脸呈狞笑："是，我很高兴！"

两个人坐的马车在县政府门前停下，松山和中井先后下车，守门的门房立刻起来，低头向中井问候："太君好！"

想起当年，他到这儿来找张自清，进门必须通报。可今天，他昂首阔步，在众人低头敬礼中向大院深处走去。

其实，他在这后堂是有办公室的，但他更愿意在东烧锅酒厂的办公室里。而且，他将宪兵队放在酒厂一侧。中国称东方为大，东烧锅就在县城之东，县政府让给徐道成，而他中井在东方，而东方为大，其中的含意不言而喻。

果然，走进徐道成的办公室，徐道成立刻起立将自己的位置让给中井，他坐到一侧。看徐道成如此，中井很满意，如此一个流氓今天被他驯成这样，中井很佩服自己的手段。当初，在酒厂的地窖中提出徐道成，他竟然是破口大骂。中井不理他，只是简单地命令："辣椒水伺候！"

无非是一壶辣椒水压进他的胃里，徐道成已经口吐血沫，再也没了脾气。然后，中井将他女儿被绑的照片往他眼前一放，徐道成立刻彻底变为一个泄了气的皮球，跪在中井面前连叫饶命。

看来，人得训导。中井慢慢摘下他雪白的手套，眼睛看着徐道成，心中这样想。

徐道成看中井眼睛盯着自己，难免心慌，早晨他用绿呢大轿送走了许春丽，心中就像有鬼一样忐忑不安。中井的目光如此一看，他就更加坐立不安。

突然，他像是想起了什么事，立刻站起向中井说道："报告顾问，有一件事正要向你禀报，赵北川在监狱里自杀死了。"

"嗯……?"中井虽然一动没动，可他的目光更加严厉，鼻子里哼了一个饱含疑问的字眼。

"赵北川性格桀骜不驯，关到监狱里从来不思自己之过。程大队命令把他关在小号里，没想到，他的鞋底里藏有一个金戒指，昨天晚上他吞金自杀了。"徐道成说道。

中井半天没说话，他在掂量这件事的真假，也在判断可能的后果。联想那棵千年参王，中井似乎明白了。他在心中不由得厌恶眼前这个人，夺人珍品害人性命，徐道成真是人类中的败类。不过，他眼珠一转开口说道："他该死！但应该明正典刑。这样，立刻发出布告，就说赵北川对抗大东亚新秩序，反对大日本帝国，被我们执行枪决了。"

徐道成立刻爽快地答应道："卑职立即照办，中井先生还有什么吩咐？"

"道成君，你的维持会的工作，我是大大的支持。不管是赵北川还是赵南川，你做的我都承认，既然如此，斩草要除根，你就把事情做完吧！"

徐道成连连称是，这正合他的心愿。许春丽临走之前特别叮嘱他，立即通缉孙广斌。中井所说让徐道成找到了机会，他立刻说道："中井先生说得是，特别是那个叫孙广斌的，他敢和松山先生叫板。如果不是张自清，我当时就会处理他。这一次，他又杀了山货庄的杨怀仁，我已经安排程清立刻通缉。"

"噢?"中井装作不知情的样子，继续问道："杨怀仁，那个二掌柜的?孙广斌为什么要杀他?"

徐道成已经有所准备，他从容答道："赵北川被抓，山货庄也被我们同时查封。那个孙广斌大概是有什么东西要拿，他偷偷潜回山货庄被杨怀仁发现，他就射死了他。"

"山货庄有东西，能有什么东西? 难道还有宝参?"中井特意说。

徐道成双手一摇："不不不，不可能有什么宝参。不过，我们行动突然，程大队动作迅速，他们有什么东西没有取出来也备不住。"

中井回头面对松山："告诉程清，立即将山货庄的所有物品充公。房产拍卖，所收款项支援大东亚圣战。"

松山立正回答："卑职明白!"

一番对答，中井已经摸清了徐道成的底细，看来，他对许春丽被杀一事一点儿也不知情。于是，他和松山对看了一眼，两人心照不宣。

中井放下了心，而徐道成也放下了心，两个人各取所需，中井是安慰徐道成，徐道成是在处理赵北川一事上得到了中井的同意。

中井又说："道成君，我来是有一事与你商量。目前，抚松县的家植人参已经收获。山货庄也已经倒闭，我们要集中力量抢收人参，送到我们酒厂，我们按质论价。这一点，道成君要多多支持。"

"那当然，我已经通知下面有人参的村屯，让他们早日将人参送至东烧锅酒厂。逾期不交者，人参全部没收。"徐道成回答。

"好，道成君做得好。目前，松井中队因形势需要，暂时离开抚松。这里的治安就全仗道成君，你要全力做好。"

一番叮嘱之后，中井慢慢戴上了白手套，腋下挟起皮包离开了县政府。

中井走后，徐道成长出了一口气。自从坐上这个维持会长的位置，每一次见到中井他都会有一种忐忑的心情。他总感觉这老鬼子的眼睛后面还有眼睛，自己心里那点事，弄不好就会被他一眼看透。

许春丽临走之前交代给他的事情，他也完全同意。赵北川是抚松县的大户，多年经营山货庄，盘根错节势力不容小觑。有传闻他与雕窝岭土匪也素有来往。那雕窝岭山高路险，又加上以遮天蔽日的老林子为屏障，徐道成当警察局长时就拿他们没辙。遇到土匪绑票，也只能是自己的梦自己圆，人质的家属按照土匪的要求送上物品赎票，警察局是无能为力。为了这一点，他也没少受张自清的责难。可他手下那点人和枪，城墙之内勉强，野外作战连想都不要想。

真要是赵北川勾结雕窝岭土匪，再利用自己的影响力里应外合，小小的抚松城能不能保住，谁也不好说。

因此，他立马动手，命令程清在监狱里暗害了赵北川，然后制造一个吞金自杀的假象。他心里正愁这件事如何向中井禀报，如果中井看透原委，追查起来，再查出他私下夺取"龙腾"，事情可就大了。

没想到，这个老鬼子也是虚有其表，他几句话就打发了他。现在不仅杀赵北川名正言顺，而且通缉孙广斌也是顺理成章。想到这里，他给程清要了电话叫他马上来一趟。

程清，程大头是许春丽送给他的死忠。一路走来，程清为他鞍前马后始终不渝地效力，从来是人前叫局长、会长，人后就是大哥，偶尔进入家门还会叫姐夫。他脑袋大，点子多，但对徐道成，对许春丽完全可谓肝胆相照。

这不，许春丽前脚走，后脚他就给程清下令，程清亲自到看守所害了赵北川。杀人也罢，放火也罢，只要是他徐道成一句话，他立马去做。

徐道成一个电话过去，身为警察大队长的程清立马跑过来。进入徐道成的办公室还是气喘吁吁，看左右无人，他叫道："大哥，听大哥的口气有些着急，我急忙跑来。"

徐道成心里滚过一丝暖流，毕竟在这边陲小镇，又是强敌环伺，有这么一个铁哥们也算难得。想到这里，徐道成起身亲自给他倒了一杯茶。

程清立刻抢前一步："大哥，我来，怎么能让你给小弟倒茶！"

徐道成拍了拍他的肩，任他去忙。

程清倒了两杯，先双手端过一杯："大哥先来。"

徐道成接过，眼睛看向程清："大头啊，你干得好。"

说话的同时，他拉开抽屉，拿出一个红包，里面是洋钱。程清急忙双手接过，左右一看塞到了袖子里。

"中井那个老鬼子已经认同赵北川的死，他让我们发布告就说执行了枪决。"

程清大拇指一伸："高，大哥，全仗大哥扭转乾坤。"

徐道成手一挥："唉，咱们自家哥们用不着客气。布告的事你就抓紧时间去办，还有一件事，那就是孙广斌这个小兔崽子。他曾经进入山货庄，你大姐的事他可能会知道，就是看不到将来也能猜到。那个小子又会武术，得到过普济那和尚的真传，留下来早晚是个祸害。我已经请示中井，中井也同意斩草除根。你要抓紧行动，争取最快的时间找到他，宰了他。"

说到这里，徐道成单手成掌恶狠狠地挥了一下。

程清一手托着下巴，思索了一下说道："山货庄查封那天就没看到孙广斌，后来我问杨怀仁，杨怀仁说早就走了。看来，这小子也是觉警，早早地藏起来了。"

"现在天下大乱，到处是日本人。估计他走不远，很可能就藏在哪个地方，也许就在他某个亲戚朋友家。"徐道成启发他。

"对了，孙善起是有家的。只不过他人死后，孙广斌又被赵北川招了上门女婿，他就住在了山货庄。现在，山货庄查封，孙广斌不见，赵北川的老婆和女儿也不见了。她们会不会住到孙善起的老房子里？"程清想到。

"对呀！"徐道成也认为有理："派个人去查一下。不，你亲自去。"

程清连连点头："放心，大哥，我马上去。"

4

"娘！"赵媛喊了一声，没有回应。她踏进门槛又喊："娘！"可是这娘字刚刚出口，她的两条腿就似乎板结了般定在了当地。

赵王氏已经悬在了梁上，一条白凌锁住了她的咽喉。可怜一个人，原来没有三寸气在灵魂也将不在，剩下的肉身被赵媛抱住，悲声大起："娘啊，你扔下可怜的媛媛可怎么办哪？娘啊，你为什么要走啊？"

她的哭声惊动了邻居，人们拥进屋子里帮助她将赵王氏放到一个门板上，又有邻居的小伙子去给她买回了一个白皮棺材。人自杀身亡属于暴死，按照当地规矩，马上入殓，第二天，众人帮着把赵王氏抬到山上埋了。

赵媛在山上还没回家，就有邻居的小伙跑来报信：警察局去了两个警察，要找赵家的人。

其时，赵北川被枪决的布告已经贴出，赵王氏大概也是听到了这个消息才选择了自杀。连续的打击让赵媛体验到什么是断了线的风筝。警察来到孙家，肯定是善者不来。邻居们纷纷让她到家中躲一躲，赵媛向所有人敬了个礼自己率先走了。

她想起了一个人，一个曾经对她非常好的王大伯。

她的童年就是在这个王大伯家中渡过的，由于大伯孤身一人难以照顾她，赵王氏又非常喜欢女儿，她就到了山货庄。可在这期间，王大伯还是会经常去看她。

这个王大伯就是媛媛的干爹，命运多舛的媛媛是个被人遗弃的孤儿，王大伯照顾了童年的她。

人间的悲剧有时候是同样的，尤其是在那个年代，那个时候。

就在赵媛埋葬了赵王氏的时候，孙广斌与他的几个哥们一起跪在了干娘的坟前。

说起来，龚飞豹的娘可比赵王氏的身体强壮多了。她虽然也是一双小脚，可担上 一担水能行走如飞，上得山去，一麻袋人参，她用一个独轮车就能推到家中。

今年年成不算好，他们家几十丈参成熟的约一半，起了整整两麻袋。龚飞豹不在家，老人家自己架上独轮车从参地刚刚把人参推到村口，就遇到了一座瘟神。谁呢？松山一郎！

松山一郎带着本村维持会长正在挨家挨户地收参，正巧碰到老人家。

他二话不说，手一挥，如狼似虎的黑衣人就将老人家的两袋人参扔到了一辆大车上。

然后，松山通过维持会长告诉老人家：到东烧锅酒厂去算账。

龚飞豹的娘性格刚强、火暴，她不由得怒火中烧："你们是干什么的？土匪吗？"

说话间，老人家在车上拽起一把斧头。龚飞豹家世代有祖传武功，老人家也粗知一二，尤其是自己辛辛苦苦几年种植的人参，竟然瞬间成了他人的东西，老人家如何能忍？

那个维持会长毕竟是一个村的，他急忙上前要劝。老人家大斧一横："去！把人参给我放下便罢，否则，我这条老命搭上你也拿不走。"

松山一郎到了万良村，收的人参还没有半车。他不拿现金，只凭口头赊账，态度又十分蛮横，老乡们都十分害怕，所以很多人都藏了起来。因此，龚飞豹家这两袋参是他收的大份，没想到，却遇到这么一个强硬的老太太。

"老太太，你知道我们是什么人？"松山问道。

"什么人？反正不是好人！"老人家的回答斩钉截铁。

的确，好人哪儿有这样收货的？这和抢有什么区别？

"看你是个无知的乡下老太婆，我不和你一般见识。但我要告诉你，你的这两袋人参，皇军征用，明白吗？大日本皇军为了大东亚圣战征用！"松山比划了一下，拍了拍腰间的盒子枪。

今天，松山穿了一套日本军服，腰间是王八盒子，戴着鲜红的肩章，上面是上尉军衔。

老人家当然知道凶神恶煞的松山是个日本人，可是，那两袋人参关系着她和儿子一年的开销。现在，她听明白了，这个日本人什么征用？那就是要公开强抢了。

"放屁！自古以来，种瓜得瓜，种豆得豆，你们什么都没干凭什么征用？"急眼了的老太太像戏出里的佘太君，一手执斧，一手指着松山的鼻子怒喝道。

这下子，松山有些傻眼，自从占领了抚松县，他还没有遇到如此强硬的中国人，而且还是个中国老太太。他后面几个黑衣人也全傻了，中国人中还有这样有骨气的人？

看这些鬼子傻了，老太太抢前一步，从大车上就拽下了自己的两袋人参，一手一袋挟在腋窝下大踏步地就向家走，独轮车也不要了。

这个时候，松山才如梦方醒，他掏出王八盒子，向龚飞豹的老娘就连开三枪。子弹狰狞飞过，老太太栽倒在地，胸口的鲜血如箭喷出。

她的眼睛致死未闭，静静地看着苍天，似乎在问：苍天哪！还有没有道理可讲了？

是乡亲们在松山走后，收殓了老人家。

孙广斌和龚飞豹、耿锁本来是兴冲冲地走进家门，没想到竟是如此噩耗。龚飞豹是孝子，哭得昏天黑地，拿起老娘遗留的快当斧就要去东烧锅酒厂。孙广斌与耿锁好歹拽住，耿锁按住他的手："二哥，你忘了我们回来干什么来了？"

这句话才让龚飞豹清醒过来，哥三个在老娘坟上烧纸磕头，孙广斌带头说道："娘，我们一定替你老人家报仇。我们已经见到了大师哥，他率领的抗日义勇军就要攻打抚松城，消灭中井。"

孙广斌此话不虚，哥三个遇到了赵曼，赵曼将他们领到了黑熊沟。那是一个三县交界之处，日本人暂时占领了一些县城，这些边远的村屯还见不到他们的身影，这就给初起的抗日义勇军留下了良好的发展空间。李宏光支队来到这里获得了很好的休整，人员也增加了，队伍的纪律性和战斗力也得到了恢复。杨靖宇任命赵曼为支队的教导员，吸收了李宏光为中共正式党员，又吸收了大批的积极分子。这支曾经的散兵游勇，立刻像有了魂一样，精神变得饱满起来。

赵曼领着他们转出密林，来到黑熊沟，首先看到两个精神抖擞的哨兵向赵曼敬礼。村子里给李宏光他们腾出了好几趟房子，支队部在其中的一间。赵曼早就安排一个义勇军的士兵前去通知，孙广斌他们还没走到村子里，李宏光已经迎了出来。

他还穿着奉军的军装，腰间挎着盒子炮，气宇轩昂。见到孙广斌他率先伸出手来："哈哈，广斌，早就听你大姐叨咕你。日本人还没打到抚松县，你就痛打松山，夜战盗匪，故事不少啊！"

孙广斌有些不好意思："别提了，今天要不是大姐在，我们就叫鬼子给抓去了。"

"知道了，知道了。来来来，屋里坐。"李宏光非常热情，三个人被让到了屋子里。

村子里有很多拿枪的士兵，更多的是拿梭镖和大刀的，看样子百十人是有。孙广斌挺高兴，悄悄地和赵曼说："姐，你们这么多人，打抚松县都够了。"

赵曼一笑，说道："队伍是扩大了，还有很多人要来，一听说是打鬼子，乡亲们的积极性蛮高的。不过，这黑熊沟村子小，更多的队伍存不下。你说到我们的心坎里了，我们就是想打下抚松城，让我们的队伍有一个大的空间，建立一支更大的队伍。"

"真的？"孙广斌听得兴奋，一段时间以来他的心情总在压抑之中，第一次这么畅快。

进到屋子里，李宏光摘下帽子说道："广斌，你姐今天就是遇不到你，我们也要到抚松去找你。你姐说你有能力在抚松拉起一支队伍，咱们里应外合拿下抚松城。"

李宏光直言不讳，孙广斌却吃了一惊。他茫然地看了赵曼一眼说道："我哪儿能成啊？单打独斗我不怕，要说拉起一支队伍……"

没想到，耿锁在一边接茬："那就看有没有枪了，有枪咱就有人。干别的不行，要说是打鬼子，肯定能找到人。"

"是啊，广斌，你还没做怎么知道不行呢？"赵曼拍着他的肩膀说，"兄弟，你看这林子里的道，本来是没有道的，人走过了就是道。日本人占领了东北，他已经得罪了中国人，只要有人振臂一呼，应者必然云集。你看看我们，从老爷岭下来也就三十几个人，几天工夫我们的队伍已经扩大了数倍。"

李宏光过来说道："不过，这原因也是鬼子的战线太长，主要的部队北上黑龙江去打马占山，这辽东、辽西、吉东、吉西就成了鬼子大片的空白，比如这黑熊沟，鬼子的影都没有。这给了我们发展的机会，现在，义勇军已经是风起云涌，鬼子顾此失彼，攻打抚松城的条件已经成熟。"

他又转过身对耿锁和龚飞豹说："枪不成问题，鬼子手里有的是。听说抚松县成立了一个警察大队，他们的手里都有枪。而我们要打下抚松城有一个目的就是他们手中的枪，用他们的枪来武装我们。"

龚飞豹和耿锁都上来拽了一下孙广斌的胳膊，异口同声说："有大姐在，还有大师哥，能够打下抚松城，也能救出大舅，还犹豫什么？"

赵曼听二人这么说，她也知道怎么回事，眼泪在眼圈中打转，话题一转说道："有情报说中井派出一批人正在乡下收购人参，他们不给钱，全部赊账。他们的做法引起了参农们的不满，你们要借此机会鼓动大家反抗，拉起一支队伍是很容易的一件事。"

"中井这老鬼子本来就是一个日本特务，他到抚松的目的就是掠夺这里的资源。种参的人家都要吃亏了，他是不可能给多少钱的。"李宏光说。

"大哥，还有我们的参王。"龚飞豹提醒。

"行，我们就听大哥和大姐的，我们马上回去，直接到乡下，看看乡亲们怎么个态度，如果有人愿意打鬼子，我们哥三个是没说的。"孙广斌表态。

"不急不急，这种事情急是不行的。中井有一个宪兵小队，徐道成一个警察大队，人数虽然没有我们多，可他们的武器齐全。特别是中井的宪兵有一挺机枪，子弹又很充足。抚松城又有坚固的城墙，如果他们凭险据守，攻打抚松城不是那么简单，我们必须好好谋划。"李宏光笑了笑说道。

赵曼也说道："兄弟们来了，怎么也是客人，吃完饭再说。"

这一来，孙广斌他们不仅是饱餐一顿，而且，几个人在黑熊沟待了整整一夜。李宏光到底是行伍出身，赵曼也在军校受训，考虑问题非常周到。他们在一起计议了好多问题，最后还是孙广斌提议："最好将雕窝岭的人也联合起来，于武和我们都是师兄弟。如果我们回去真能拉起一支人马，再有雕窝岭的人来配合，打抚松应该有把握。"

赵曼眼睛一亮："说得好，大敌当前，是中国人就应该联手作战。这样，我去趟雕窝岭，说服于武参战。"

李宏光却摇摇手，非常自信地说："不用，那个于武别人不服，他最服我。我给他写封信，他一定会参加这次战斗。"

耿锁想得周到："那如果情况有变呢？我们毕竟是三个方向行动。如果哪一方动手早一点，单打独斗非得吃亏不可。一旦一个方向打败了，很可能就要影响整体的行动。"

李宏光想了想说道："小兄弟考虑问题非常周到，目前，有些事确定不下来。这样，三天之后，你们到如来寺师父那儿，我们定最后的时间以及详细的行动计划。"

赵曼赞同这个计划："好，你们回去准备，看组织人的规模，我们要做到心中有数，然后再制定详细的计划。不管怎么样，这仗是一定要打。"

燃烧的火焰

1

中井这几天突然感觉有些不适，莫名地心惊肉跳。

一段时间以来，他的感觉良好。松井大军压境，抚松城乡震动，他中井已经不是一个普通的日本商人，而是抚松县的日方顾问。谁都心知肚明，他就是抚松县的太上皇。杀赵北川，夺宝参龙腾，四乡里抢收家植人参，一切顺风顺水无人敢挡，眼看着院子里的仓库堆满了人参，他曾经梦寐以求的人参酒即将出厂。

没想到，昨天晚上来了刺客。那刺客从楼顶坠下，在他的窗外稍作停留，正要破窗而入的时候，亏得松山勤勉，他到院中查哨一眼发现。

松山一声喊，刺客返回楼顶。松山带人四面围住，在楼顶上抓住了刺客。没想到，这刺客不是别人，正是赵北川的女儿赵媛。

小小女子，性格刚烈，狠狠地吐了中井一口，大叫："中井老贼，你夺我山货庄，杀我亲爹，有朝一日，我宰了你喂狗。"

中井感到意外，支那人已经驯服，怎么还有这样一个小小的女子敢当面叫板？他踱到赵媛面前，一只手抬起她的下颏："小姑娘，不是你宰我，而是我要想杀你就像杀只鸡。懂吗？"

说话间，中井掏出腰间的王八盒子对着姑娘的眉心轻轻地摇动。

"冷吗？害怕吗？只要我二拇指一动，你的脑袋就像这个。"中井拿起桌上的一个玻璃瓶向地上一摔，只听"啪"的一声，破碎的玻璃片溅向四面八方。

赵媛一动不动，眼睛不看那耀武扬威的枪管，却盯着中井的眼睛："不错，你一枪就能打死我。而且，你已经打死我爹、我娘，你还会打死很多中国人。可是，你吓不住中国人。不信你就等着，你被中国人一人一口唾沫淹死的日子终会到来。"

赵媛年轻而富有朝气的脸，燃烧着火焰的眼睛，漆黑而愤怒的瞳仁，突然让中井感到奇怪，如此年轻而宝贵的生命竟然会视死如归？

"你用那样的眼神看着我干什么？"中井确实弄不明白，他必须问清楚。

"我恨你！好好的东瀛三岛你不待，跑到我们的关东山里杀人放火，你有病！别人家的东西再好，那是别人的，强盗是没有好下场的。原因很简单，天理不容！"

小赵媛双手被反绑，个头也不大，可口气很大，气势如虹。她的态度让中井气也不是，恼也不是，思虑之间，他突然收回手枪，脸上堆起笑来。

"孩子，你还是个孩子。我们日本人到你们东北来，不是强盗。你们支那人素质太差，我们是来帮助你们，用更先进的科学技术、更先进的文化理念来帮助你们，使我们东亚能够团结一心，共同富强，让世界的东方出现一个强大而文明的东亚。"中井举起双手，分外投入地说道。可是，他瞥一眼赵媛，她根本不为所动。也许，她根本就没有听懂。

中井有些失望，他尽量用通俗的语言说道："小姑娘，你看看，这是你们的人参。可这人参放得久了就要烂掉，我将它放到酒里，永远不会坏。而且，酒的效力，人参的效力都会双倍的提高。这就是我的发明，这么简单的发明将会造福这一方人。怎么样？你们支那人就不行，可我的发明是为了你们。"

赵媛的眼里流露出极大的失望，为什么？因为，她今天就是为了这个来的。中井办公桌上的一瓶人参酒，正是龙腾所泡。没想到事情不成，却身陷囹圄！赵媛根本听不进中井的胡言乱语，她挣了一下身子，大叫道：

"少和我胡说八道，你们要不放了我，就毙了我。"

这让中井也很失望，他说了半天，对方根本没领会。他一拍桌子："来人，把她扔到地窖里，让她好好反省。"

上来两个黑衣人，架走了赵媛。

赵媛被扔到上次徐道成待过的地窖，地窖里酒味浓郁，数大缸白酒靠在一面墙角。里面十分宽敞，地上有茅草。头上是铁盖，铁盖一关，人要想逃是万万不能。

那边，松山上前附耳中井："社长，这个丫头可是赵北川的女儿，那个孙广斌的未婚妻。留着早晚是个祸害，倒不如……"松山做了一个杀人的动作。

中井手指一摇："不，那个孙广斌，徐道成已经发出通缉，可他音信皆无。最近还有消息，有一支打着义勇军旗号的队伍在我们左近行动。由于我们强制收参，四乡经常有不稳的消息传来。这个孙广斌就是一个最大的隐患，他的身上继承了赵北川的一些特质，很有蛊惑力。留下这个丫头，我们可以牵制他。"

中井说的是真心话，这些天他心烦意乱原因有二：一个是那支传说中的义勇军，另一个就是乡下传来的消息不妙，参农对他的强制收参非常不满。目前的抚松城，兵力空虚，只有手下一个十几人的宪兵队，再就是程清的警察大队。一旦有变，如何应对？

二人正在计议，一个黑衣人闯进。这几天中井心神不宁，他派了许多人出去打探风声，这个黑衣人就是其中之一。他上气不接下气，面对中井和松山："报告社长，大事不好。雕窝岭的土匪已经离开山寨，大队人马向我们开来。"

中井一怔，松山焦躁地问道："你说的可有根据？"

那个黑衣人说道："亲眼所见，不敢撒谎。"

占领了抚松县，成立了维持会，中井心中最怕的就是雕窝岭。这支土匪据险而守，轻易动他不得。其匪徒众多，有多年打仗的经验。大当家的于武，二当家的一点红，都能双手开枪，百步穿杨。

"社长，不要怕，几个土匪没有重武器，无论如何也攻不开抚松城坚固的城墙。"松山两眼看着中井，手中紧握腰间的战刀。

中井鼻子里一哼，说道："我怕什么？几个土匪还奈何不了我。不过，这雕窝岭土匪轻易是不离巢的，他也不可能直接和我们大日本皇军作对，我怕这后面另有文章。"

他的话音刚落，又一个黑衣人闯入。

"报告社长，那股义勇军已经公开向抚松城开来，据说是抗日联军的李宏光支队。"

"一个支队？"松山大吃一惊。

中井一摇手："乱叫而已，比起皇军的支队两回事。"

自从得到情报说黑熊沟方向有一支部队，中井就很上心，屡次派人监视。没想到这支队伍的胃口不小，意在抚松城。

"这说明雕窝岭和这个支队是有联系的，他们很可能是共同行动。这样的话，我们压力大了。立即发报向通化求援，我们全部撤进城里。"

中井下令！

松山近前问道："这里呢？"

中井看了一下说道："我们把指挥部就放在东关城上，那里居高临下，整个厂区都在机枪火力控制之下。我相信，那些土匪还不能怎么样。你去督促徐道成，让他把警察大队开上南城楼。那边应该是抗联的主攻方向，我们在城墙上可以相互呼应。留下西门和北门放上监视哨，如果有事，顺着城墙我们就可以支援。"

松山听到中井如此布置连连点头："没想到社长打仗也是行家里手，布置得井井有条。"

中井说道："来那天，我就观察了这个地方，这座小城简直就是给我们留的。别看我们兵力有限，可城墙坚固，只要有一挺机枪的火力，这些乌合之众只能望洋兴叹。"

中井如此一说，不管是松山还是报信的黑衣人都是一脸的轻松。因为他们都觉得中井说得对。这抚松城的城墙修得很坚固，每个城门上面都有城楼，完全可以当一个战时的指挥所。而城墙上又十分的平坦，沿着烽火墙各关城可以相互支援。现在的警察大队，枪支配备已经十分完整。宪兵小队和松山的黑衣人，也都是一人一支快枪，子弹充足，加上宪兵队的那挺机枪，虽然守备的人员不多，可依靠平地而起的城墙，加上这些火力，估计没有问题。于是，这些人很快地就上了东关城，依照中井的命令，迅速地关闭了城门。

松山按照中井的命令直奔县政府，却在二进门口与徐道成撞个满怀。两个人各自后撤一步，松山一眼就发现，徐道成这是要逃走。

他已经扔掉了平素的长袍马褂，换上老乡的短打，脚上一双黑麻布鞋，肩上也像老乡似地斜挎了一个包袱。

徐道成的耳朵也挺长，他也是早就安排程清关注四乡的动静。日本人现在是手长捂不过天，东北之大，抗日义勇军已经是风起云涌。而在抚松城内，除了中井的宪兵小队，再无其他日军。程清的警察大队别人不知，徐道成还不知道？真刀实枪没一个愿意给日本人卖命。再者，许春丽已走，虽然还没来信，但他遇到这样的事还何必死守？

于是，他假装整理准备三十六计走为上。没想到，迎头撞上了松山，真是灾星啊！

"徐会长这是要上哪儿？不会是要逃跑吧？"松山开口问道。

徐道成虽然厌恶这个松山一郎，不过，目前他绝对不敢和松山翻脸。于是，他答道："哪里！办公室里太乱，我收拾一下，有些没用的东西拿回家去。"

这个时候，松山也不和他计较，他也知道军情紧急，徐道成在程清就在，程清在警察大队还有一战。于是，他假装没有看到徐道成的装束，径自说道："徐会长，中井顾问让我和你说，你的县长已经定了，最近就由上头发布委任状。你不要三心二意，新的皇帝就要登基新京。东北全境已经尽在皇军掌握，你擅自离开岗位可是有潜逃的罪名啊！"

松山三言两语，让徐道成大为慌张，急忙辩解："不能不能，松山君是误会了。你有什么指示就说，老徐照办。"

"中井顾问要求你带上警察大队立即上南关城，四门紧闭，如有异常立即开枪。抚松城内，立刻戒严。"

徐道成明白中井已经得到消息，于是，他也回答道："对对对，你看我

第十章 燃烧的火焰

191

换了短装就是打起仗来方便。不管什么义勇军还是什么军，这抚松城建得坚固，谁来也没用。"

"那就别废话了，立即去警察局。"

两个人到了原来的警察局，没想到，迎头碰上的程清几乎和徐道成一样打扮。原来，二人已经约好，立刻由西门出城。

看到徐道成是和松山一块儿来的，程清反应极快，他知道，逃跑的事是别想了。于是，他急忙说："顾问，我正要找你。我有消息，南门外有一股流寇，很可能要来偷袭抚松城。我发现得早，正要找你禀报。"

松山也不和他啰唆："立刻紧急集合，所有的人全部上南关城。"

所谓的紧急集合，起码也用去了半个小时。终于，警察大队 30 多人集中完毕，松山亲自带队跑步上了南关城。

此刻，抚松城已经四门紧闭。徐道成知道，这个时候是逃不出去了。既然如此，他给程清递了个眼色，那就坚守城池，等待援军。

松山解下腰间的军刀，双手递给徐道成："拜托道成君，只要守住南城，抚松县长就是你的了。"

徐道成双手接过，仿佛决心已下："松山君请转告中井先生，道成在，南城在。"

松山回头面对警察大队："大家不要慌！中井顾问已经打电报到通化，松井的骑兵中队顷刻就到。你们就在这儿坚守，对方无非是一股流寇，他们没有炮弹打不开抚松城。我们的援军一到，你们每人赏银元三块。"

松山的话说到这儿，仿佛是为了验证他的话。突然间，一声巨响，黑烟腾起，城头上如下雨般落下无数的铁球、碎钢片。

这些东西茫无规律，四面八方，杀伤力虽然不大，可震慑力很大。警察们没有见过真的阵仗，他们全部趴倒于城墙上。有的个别警察口中乱叫，像狗一样往烽火墙下钻。

松山也觉奇怪，这是哪儿来的呢？

他正四处张望，突然，又是一声巨响，又是满天花雨。有个别警察被这炮火所伤，于是，他们就抱头大叫："不好，有大炮啊！"

2

李宏光抢先一步占领了城南制高点——炮台山。

顾名思义，炮台山，山上必有炮台。大概自建城之日起，这里就建成炮台一座。建城的官员是个打过仗的武将，居安思危，他认为炮台山扼抚松城南之咽喉，有一炮足可助守城之军。于是，他就在上面建了一座炮台，放上两门大炮。当然，那炮无非是个粗大的钢管，塞上火药，掺上碎铁烂铜，后面有一个孔道可放药捻。放炮的人持火点着，我们老祖宗发明的火药脾气绝大，遇火之后成倍地释放能量。由于钢管的力量，它只能沿着唯一的方向喷出。射程有限，杀伤力也一般。

后来，进入民国，抚松城向无战事。等到张自清上任，觉得两管铁炮不能白白浪费。于是，他就命人塞上火药，每天午时三声大炮向全城的人报时。

李宏光是个战将，赵曼也是军事学校出身，他们深知炮台山对于抚松城攻防战的重要。兵贵神速，如来寺决定三方联合攻打抚松城后，他们就将第一件事放在抢占炮台山上。没想到，炮台山上根本没设防，中井只是一个特务，他不懂军事。因此，李宏光占了先机，并且调转炮口向着南关城就试了两炮。

两炮极大地震慑了徐道成的警察大队，同时，也是约定信号通知孙广斌。

孙广斌和他的把兄弟以及十个年轻人已经潜进了县城，他们全是放山人的后代，家中人参被抢，听了孙广斌的计划，他们也要杀鬼子报仇。

现在，抚松城已经是万人空巷，正南正北、正东正西两条大街交叉处就是小城的中心。十花街的中心更是中心之中心，孙广斌和他的弟兄们已经堆了一堆柴草。听到炮声，孙广斌下令："点火。"

火焰腾空而起，孙广斌一挥手，这些手拿冷兵器的年轻人义无反顾地冲向南关城，他们要里应外合打开城门，欢迎义勇军。

城中心燃起的火光让中井心惊胆战，他用望远镜看了一眼，发现了孙广斌一群人。他正准备派人下城去捉孙广斌，迎面却飞来一颗流弹，这让他吓得一缩头藏进了烽火墙内。

原来，雕窝岭的人马也已经到了。这支人马由一点红亲自率领，军师宋旺压阵。不知道为什么，于武留守雕窝岭。

南关城炮响之时，他们这支队伍进入了高粱山左近的一个无名小山包。无名山距东关城直线距离大概有一里地，一点红带了三十多人，枪支齐备。可到了无名山，宋旺建议道："二当家的，这里足以威慑东关城。倒不如陈兵在此，一方面可以牵制鬼子也算参与攻城，另一方面我们也可视情况而定。"

一点红身穿红袄，腰插双枪，她柳眉倒竖，回身问宋旺："宋叔，你这是什么意思？放鬼子不打吗？"

"不然，你看鬼子居于坚城之上，他们的喷子火足。我们强攻恐怕要吃亏，不强攻，如何打进抚松城？因此，我们稍等一等，如果李宏光那边得手，自然会城门洞开，我们也可减少伤亡。"宋旺老谋深算，一番言论，一点红也深以为然。

于是，她一摆手，让土匪们找好掩蔽物，顺手又要来一支大枪。然后，她毫无目的地向东关城连开三枪。子弹如飞蝗，中井大骇！

再说南关城的战斗已经进入白热化，作为攻城的主战场，李宏光一点儿也不保守。炮响过后，他就安排突击队员攻城。

城上的徐道成在炮火过后立刻明白了，无非是炮台山上的旧式大炮。他来了二杆子劲，脖子一挺，手舞松山给他的战刀大叫："他妈的不要怕，那个破炮打不死人。这是一股流寇，你看看他们的破棉袄，打退了他们中井先生有赏。"

徐道成的叫喊鼓舞了警察们的士气，这个时候，也没有退缩的后路。一群警察在程清的率领下，仗着手中快枪和肩膀上斜挎着的子弹，立刻向城下开火。

攻城突击队由赵曼亲自率领，这队战士大多是老爷岭上下来的，比较有战斗经验。赵曼又是在军事院校学习过的,她看了一下形势,知道强攻不行。于是,他们在老乡家里搞来几条棉被,将这些棉被铺到一张桌子上,棉被再浇上水,战士们钻到下面顶起桌子向城门逼来。

城上的警察没弄明白这些花花绿绿的棉被是什么意思,看其向城门逼来,立刻在程清的命令下向棉被开火。子弹打在浸了水的棉被上无非闷闷地响一声,子弹头钻进湿透的棉花里就失去了力量。于是,这一组战士很快就靠近了城门。

紧接着,赵曼指挥第二组也靠向城门。这第二组带着一根粗木头,木头的前端削成了尖。两组战士在城门底下,躲进了子弹的死角,他们开始用木头撞击城门。

炮台山上打了几炮后,火药就没了。李宏光只能是指挥战士们用手中的枪向城头射击,但子弹不多,也只能偶尔地进行火力压制。

李宏光的部队里还有一挺宝贵的捷克式轻机枪,这当然是他从老部队中带出来的。机枪的威力很大,每一次点射都会在城楼上造成慌乱,警察们的枪也就断断续续。这样,也就很好地配合了突击队的行动。可惜的是子弹不多,机枪只能是省点打。

东关城上,中井的宪兵小队也就十几个人,加上松山的黑衣人,一共二十多支枪。但他们都有战斗经验,紧紧地贴着烽火墙,在箭垛里伸出枪管,一有情况就会扣动扳机。可是,只有不时飞过的流弹,见不到一个人来攻城。

中井用望远镜观察了一下,发现土匪都躲进一片果树林里。有几个土匪还仰面朝天躺在草丛里,有一个土匪晒着太阳竟然脱下裤子在抓虱子。

看样子,这伙土匪没有发动攻击的打算。于是,中井告诉松山:"你带上几个人还有机枪去支援一下南门,然后,赶紧回来。我们东关城对面有酒厂,千万不能有失。"

松山却说:"徐道成那边好几十个人,应该没事,让他们支那人自己打去吧。"

"不行,南城门一破,你我还能站在这儿吗?快去!"

松山带上几个黑衣人,还有两个宪兵和一挺歪把子机枪,顺着城墙向南城转来。

从东城转到南城，正好是一个拐角。到了拐角处，炮台山上的冷枪有时就会打来。几个人尽量弯着腰躲避不时飞来的子弹，南门下面已经十分危急了。前后两组战士开始用木头撞击城门，城门下面是死角，警察们的子弹打不着，眼看着城门就有被撞开的危险。

松山命令机枪手架好机枪，向炮台山上打了一梭子，然后，又向南城门前面的开阔地扫了一梭子。子弹打得尘土飞扬，炮台山上停止了冷枪，南城门前的攻城部队退了回去。松山来了情绪，他挥舞着手中的盒子枪："他妈的，再给我打，多打两梭子。"

于是，这鬼子的机枪手开始轮番向炮台山和南城门前一阵狂扫。鬼子的机枪手训练有素，子弹决不乱飞，南城门前被他打成了一片火网，赵曼只好伸手示意攻城部队后撤。可是，先头部队已经在城门下，绝对是撤不下来了。现在看只有一条路，撞开城门，内部开花。

炮台山上的李宏光冷静地观察，发现鬼子是在东城和南城的拐角处射击的。他将自己的捷克式轻机枪调来，伏在战壕里静静地等候。

终于，南城门在两组战士的撞击下，轰然一声打开。

这一时刻，李宏光命令机枪手瞄准拐角处的鬼子机枪进行火力压制。李宏光的机枪手也是一个老兵，经过老爷岭战斗。他准确地一个点射，子弹飞上城头，甚至有的从烽火墙的箭垛眼里穿进。

一颗子弹穿透了松山的军帽，他大叫一声："撤！"

而南城门洞开的刹那，徐道成和程清的警察大队精神已经崩溃，"哗"的一声，他们开始向城下逃去。

程清和徐道成尽量地压制部队，大声呼喊："立即撤往县政府，谁跑就打死谁。"

程清开枪击中了一个逃跑的警察，勉强地止住了警察想逃跑的步伐。可是，他们迎面遇到了孙广斌和他的队伍。队伍不大，都是大刀、长矛，唯一的远距离作战兵器是孙广斌的弩箭。他们借着墙壁、房屋的掩护，扼住了警察大队通往县政府的路。

这群警察也是软的欺硬的怕，看到对方没有枪支立刻开起枪来，子弹一阵乱飞,孙广斌他们被压制得伏在地上。

徐道成战刀一挥:"弟兄们,冲啊!"

伏在地上的孙广斌连发两只弩箭,有两个跟随徐道成的警察中箭,其余的又不知怎么好,正在徘徊,城门处义勇军的后续部队已经涌入。

失去部队的徐道成无心恋战,率先向城内跑去。孙广斌发现了徐道成,这个昔日警察局长,今日维持会长,数次抓他,又抓捕赵北川,查封山货庄,一棵千年参王也落入他手。此时此刻,孙广斌岂容他逃走?孙广斌从他伏着的地方一跃而起,手中钢鞭出手如棍直奔徐道成。

徐道成拔脚要跑,斜刺里却杀出了孙广斌。只见孙广斌满脸怒气,手中七节钢鞭在他一跃之际已经甩出。这钢鞭是软兵器,但在出手时完全可以随心所欲。孙广斌借势一抛,七节鞭已经连成一条,前面是一棵梭镖。于是,这七节鞭就变成了一支红缨枪。

徐道成也是练家,他一眼就看出孙广斌在一跃之际已经封住了逃跑的去路。就在那条枪将近面门的时候,徐道成适时一蹲,七节钢鞭从他头上飞过。孙广斌看到这一枪没有刺中徐道成,急忙手腕一抖,那鞭又折叠成数节,收进手中。

孙广斌威风凛凛站立道中,手一指:"徐道成,你个大汉奸,恶贯满盈,今天我就取你性命。识相的,赶紧授首。"

徐道成是什么人?他是一个彻头彻尾的流氓恶棍,这个时候,他也战刀一横哈哈大笑:"小兔崽子,我徐道成闯社会二十年,你算个屁?来吧!老子一死而已。"

既然如此,两个人也再不说话,放开手打在一起。

那边攻进城来的义勇军在赵曼的带领下一起喊道:"中国人不打中国人,快快放下武器,别给日本人做事。"

这一招还真就有效,警察们纷纷举枪投降,战士们缴获了崭新的三八大盖兴奋异常。纷纷在验枪,清点俘虏。

龚飞豹和耿锁想上来帮助孙广斌,被孙广斌用手势制止。

徐道成手中一柄日本军刀上下翻飞,滚动着就向孙广斌扑来。孙广斌手中的鞭又变成了一根棍,那根棍在孙广斌的背上滚来滚去,带着梭镖的鞭尖，不时会像前伸的蛇嘴刺向刀光中的徐道成。

二人正杀得难解难分，程清在后出现，他举起盒子枪却无法下手。徐道成和孙广斌已经缠在一起，辗转腾挪中，好不容易闪出空隙，程清趁机瞄准了孙广斌正要开枪，后面上来的赵曼抬手一枪，击中了他的后脑。于是，一颗硕大的脑袋上方突然溅起了一片血光。然后，他像一个装满了东西的麻袋，"卟暃"一声栽倒。

说话间，孙广斌的钢鞭已经缠住了徐道成的军刀，孙广斌一用力，徐道成军刀脱手。

徐道成这才倒出手来，他一弯腰借势拔出腰间的盒子枪，抬手就要扣动扳机。可是，他快，孙广斌比他还快。孙广斌将钢鞭一收的当儿，抓住了那把军刀。一切无非电光石火，几乎是没法看清之际，孙广斌手中的刀已经在徐道成的肩膀处划了一个半圆。眼看着徐道成的大脑袋像个砍掉的葫芦，滚落在街道正中。

而他一个人还站立在那儿，腔子里有血喷出，然后，才是向后一倒。

3

地窖里垂下了一条绳索，赵媛抓住摇了摇，很结实！

"干爹，给我扔下一盒洋火。"

地窖上面的就是赵媛要找的干爹，王大伯。

王大伯是个老实人，老实得有点发愚。早年他是一个拉帮套的，含辛茹苦都是为了别人。大当家的死了，娘们看不上他，又嫁了别人，扔下个孩子他就拉扯着。最后，终于还是能力不行，赵北川高门大户，收留了赵媛，他十分感激。按照协议，他很少去看媛媛。

正因为他老实得不能再老实，中井让他在东烧锅看门。

赵媛之所以夜间要潜进中井的办公室，不是要刺杀中井，她是听到王大伯告诉她：宝参已经落入中井之手。

这老实人就有老实人的好处，近似于愚昧的王大伯此刻来到了地窖上。媛媛告诉他来一盒洋火，他就扔下一盒洋火。

赵媛毫不犹豫地划着火柴，扔在了酒缸里。她划着了无数火柴，点着了所有酒缸。然后，她轻松地抓着绳索来到了地面。

老伯满头花发，脑袋不大，脸上如橘子皮般皱纹密布，眼球浑浊。

"孩子，跑吧！干爹保护不了你。"

赵媛被抓他吓坏了，他不知如何是好，幸亏老天有眼，刹那间东烧锅酒厂竟然成了一座空院。他不救别人得救自己的姑娘，一根绳索让赵媛回到了地面。

赵媛什么都不说，她跪在地上就给干爹磕了三个响头。然后，她站起来奔了中井的办公室。办公室的门上挂着一个大铜锁，可这对于赵媛来讲实在是不算什么。她运足气力，肩膀一顶，撞开了房门。中井桌上的人参酒，里面的"龙腾"就是媛媛和她的广斌哥亲手从棒槌谷的土里挖出来的。她不能允许日本人占有"龙腾"。

她向屋子里扫了一眼，也是巧合，也是天意，徐道成化装逃跑时的背筐还在。赵媛将人参酒放进背筐里，四周塞上破衣烂衫，人参酒端坐背筐之中。赵媛放心了，她背起背筐出得门来，大叫一声："干爹，你也回家吧，姑娘要走了。"

王大伯老泪纵横，他扬扬手，赵媛从一个小角门钻出，迅速地向如来寺方向跑去。因为她仍然记得，与孙广斌临别之际，广斌哥告诉她，如来寺见！

这时的东关城，这时的中井国夫，已经是热锅上的蚂蚁。南城门已破，松山带的机枪手在封锁着后续的义勇军。可眼看着警察大队战力不行，已举手投降。中井感觉大势已去，正要撤退。回头间，有一个黑衣人发现了赵媛，他手一指大叫："社长，有人逃跑。"

黑衣人喊的时候，身体一抬，正巧有一冷枪射来。那子弹不长眼却又像长了眼睛一样，"啪"的一声正中黑衣人的眉心。这个日本武士就这样稀里糊涂丢了性命，中井也吓了一跳，急忙间用望远镜一扫，见到是赵媛。他心中升起一种不祥的预感。不过，南城门的情况已经不允许他再有多余的想法。

那边，松山气喘吁吁跑回："报告社长，南城已破，徐道成被打死。"

中井只能是无奈地下令："机枪掩护，我们立即撤往西江码头。"

中井在西江码头已经准备好了船只，万一再守不住就上船沿江逃跑。如果增援的部队能赶到，他就挥兵反击。

中井带着他的宪兵小队，和黑衣人最后十分留恋地向东烧锅酒厂看了一眼。这一看，却让所有人大吃一惊。因为，那里先是火光冲天而起，紧接着巨大的爆炸声传来。站在城头都能感受到巨大的冲击波，中井狼狈地后退两步才勉强被城楼挡住。

而南城门，由于松山的机枪已撤，没有了火力压制。李宏光率领所有的义勇军呐喊着，举着红旗潮水般扑进了南门。

松山贴近中井："社长，再不撤就来不及了！"

中井终于一挥手，他们这队人马沿着城墙从北门向西门跑去。

赵媛的突然出现，不仅让中井感到不可思议，也让正在对面观察的一点红感到诧异："这是谁呢？怎么还是个姑娘？这个时候从东烧锅院内跑出？"

闯破天和赵媛有一面之缘，他在一点红身边说道："这个姑娘叫赵媛，是城南山货庄赵老爷子的闺女，那个孙广斌的媳妇。"

话音刚落，酒厂院内传出巨大的爆炸声浪让一点红的头发全部飞起，一股莫名的力量推得她一个踉跄。

"这是怎么回事？东烧锅怎么起火了？"

这个时候，一点红放出的监视哨跑过："报告二当家的，南城门已经被义勇军攻破，大队人马已经进城。"

宋旺贴近一点红："小姐，那个赵媛行色匆匆，后面背的东西很沉，走起路来鞋底带土。这里的人有个说法，身上带宝鞋底带土。我曾经听说，赵北川的妹夫死在棒槌谷，他用命换来一棵千年老参王。这棵棒槌，那个警察局长的老婆琢磨过，小日本琢磨过。你看看东烧锅这一片火光，难免不是这小丫头干的事。难道她身上有宝？"

宋旺这一番话是有他的目的：一点红是老当家王老四的掌上明珠，结婚之前就有一种病，曾经用龚飞豹他们抬的参治愈。可城内保和堂刘神医曾经说，你家小姐的病要想去根，必须用百年以上的老人参才可。

一点红年纪轻轻，最怕的是老病复发。因此，雕窝岭的土匪处处留意这百年老参。很多放山人被他们截杀在老林子里，他们也就是从那儿听到棒槌谷孙善起的事情。有碍赵北川的面子，雕窝岭的土匪从来没打山货庄的主意，可这消息是张着两只耳朵听着的。

听宋旺如此一说，一点红怎么能放掉这个机会？生命永远是最珍贵的。

"宋叔，既然城已经攻下来的，我们也是有功的。你带弟兄们抢进东关城，有什么洋捞弄点，只要弟兄们过冬不犯愁就好。其他的，咱也不和义勇军争。他们要建什么根据地，让他们建，我们不掺和。咱们与义勇军好见好散，以后兴许咱也会用得着他们，差不多你就回山。我带两个弟兄跟着那个丫头，看看她到底有货没货。"

一点红一番交代，手一招，带着闯破天和两个喽啰跟着赵媛去了。

宋旺抽出枪来，向天就是两枪，一队土匪学着他的样子，"啪啪"地向天放枪，大摇大摆地奔向东关城。

鬼子跑了，早有百姓打开了东城门，雕窝岭的土匪队伍进了内城。立刻，一骑飞马赶到，马上一人双手抱拳："雕窝岭友军吧？我们支队长李宏光有请。"

李宏光是听了赵曼的："雕窝岭毕竟是土匪，咱们要早早打招呼，千万别祸害了百姓。该给的就给他们点利益，也算是联合一场。"

这个宋旺也是颇有些学问，无非是人生不如意才落草为寇，他心中明白李宏光的意思。于是，他带着队伍直奔县政府。他相信，李宏光肯定要给他一块利益，要不然，他这几十条枪可不能算完。

向县政府走的路上，宋旺发现，县城的百姓已经自动走出家门，还有人在敲锣打鼓，张贴标语。所有人都挂着笑脸，即使知道他们是雕窝岭的土匪也都频频向他们伸出拇指。更有几个老太太，挎着篮子给他们衣兜里塞煮熟了的鸡蛋。

这些土匪从来没受过这种待遇，一时间也都显得不好意思起来。

到了县政府，李宏光亲自出来迎接。

宋旺先是双手一拱："不好意思，东关城是鬼子主力，火力太猛。最后，还是小的们想出办法，炸了他们的东烧锅。中井那老鬼子才害怕逃走，终于进城，还是比义勇军晚到一步，惭愧惭愧！"

李宏光说："哪里哪里，雕窝岭按照如来寺的三方协议，如期出兵，显示出于大当家的民族大义。至于谁先进城，谁后进城，出的力是一样的。来来来，进屋再议。"

先不说一群人进了县政府，单说赵媛一路飞跑，直奔如来寺。

那如来寺坐落于青山绿水之间，庙宇巍峨，钟声如盘。这里一点儿也没有战火的痕迹，可普济和尚正用声声木鱼来祈祷攻城部队的平安获胜。

突然之间，普济感到这如来寺也不是化外之地。他当初逃离奉天城的繁华世界，来到长白的深山老林，本想做一世外翁。等他来到如来寺，看到这山清水秀，更有任它红尘滚滚，我自青灯古佛的想法。没想到，自从张自清一死，他心中那块本来就热的地方逐渐加热漫延。特别是李宏光突然造访，告诉他要在如来寺开会，研究攻打抚松城联合作战之方案的时候，普济没有顶住这诱惑，他凭借曾经的作战经验为这个大徒弟出谋划策：抢占炮台山，拿下城南制高点威慑抚松，就是普济给李宏光最好的建议。

他明白，日寇铁蹄蹂躏，关东山河震动，小小如来寺如何置身世外？

知道今天李宏光支队攻打抚松城，普济就在大雄宝殿焚香诵经，敲动木鱼，祈祷佛祖保佑抗日联军拿下抚松城，击败倭寇。

一场功课刚刚做完，一个小和尚跑来报告："阿弥陀佛，有一女施主要找师父。"

普济今天心中有感，抚松城战事要紧，此地恐怕难以幸免。现在有女施主来访，普济难知吉凶，他向如来金身一揖，转身下到寺内平台。

平台上有一巨大的香炉，香炉后面转过一女。普济定睛一看，发现是故人赵北川之女赵媛。他立刻上前，单手立于胸前："媛儿，气色为何如此不好？"

赵媛跑得飞快，两鬓散乱，大汗淋漓。

"师父，广斌哥叫我在此等他，不知道他来了没有？"

普济立刻明白，他将赵媛让往禅房："孩子，如果是广斌叫你到这儿来，你就放心，那孩子不会食言。"

赵媛跟着普济进了禅房，她放下肩上的背筐，悄声说："这是龙腾！是广斌哥的爹用性命换来的，无论如何不能有失。"

面对普济，赵媛一点儿也不隐瞒，除开那些破衣烂衫，玻璃瓶子中一棵特大的人参如飞起舞。普济长叹一声："真乃长白之龙，何日能够飞腾？倭人强悍，国人羸弱，也许老衲今生难见了。"

赵媛没有弄明白普济所说何意，她说道："师父，有我广斌哥在，有这宝参在，你说的不算事。"

一句话逗乐了普济，他哈哈一笑："丫头，你说得好！"

两个人在室内刚刚说了几句话，小和尚再次来报："师父，山门外有一个女强人，带着两个持枪的强人，欲要强进山门。说是要找刚来的姑娘，我等勉强将其拦在门外。"

"哦！"小和尚的话普济听懂了，强人就是土匪。他立刻感觉事情不一般，瞥了一眼赵媛背筐中的宝参，他立刻吩咐："你将小姐领进洞内，适时送饭，没有我的话，不要让她出来。"

他又拍拍赵媛的肩："孩子，你的责任重大。没有我的话，出现任何事你都不要出来。洞内路径曲折，去向无穷，一旦有警，你决心走去，定会再见天日。"

小和尚领着赵媛去了，普济走出禅房："让他们进来。"

一点红追到这里，发现赵媛进庙，她思量半天决心进庙找人。这也是土匪当惯了，小小庙宇不在她的眼里。

进得庙里迎面看到台阶上的普济，一点红知道这就是于武的师父了。但于武没怎么说师父的好话，一点红也是匪性难改，不过她还是双手一抱拳："师父，小女子找刚才进庙的女人。望师父不要为难于我，让我搜一搜。"

真是和尚遇见匪，哪儿还有道理可言？

普济长袖一甩，那意思是说：请便！

4

李宏光拽着宋旺刚刚迈进县政府的二进院子，有一战士跑来报告："支队长，中井带着一小队鬼子跑到西江码头，教导员带着突击队将其包围，要求支队长增兵，全歼中井。"

李宏光看着那个战士问道："中井还有多少人？"

"不到二十人。"

李宏光正要说话，宋旺抢先说道："支队长，这件事交给我们吧！我们的弟兄包了。"

宋旺听到只有十几个鬼子，而他手下三十多人，枪支齐全。打东门虽然没有费力，可这战利品就不好多要了。中井剩下的十几人，无非是残兵败将，一鼓作气全歼中井是个不错的功劳，又可得到中井的枪械。于是，宋旺一反常态地要下了这个任务。而且，他没等李宏光表态，手一挥带着他的三十几个人扑向西城。

宋旺的人马冲出西城，遇到赵曼带的突击队，他们被中井的那挺歪把子机枪压制在墙角。他们的前面是一片开阔地，冲过开阔地就是码头的售票处和货运栈台。背依大江，一台小火轮已经整装待发。中井打的如意算盘是尽量坚持，等待濛江的援兵。一旦坚持不住，他们上船就可以溜之大吉。

一挺轻机枪架在栈台上，条条火舌抽打着那片开阔地。赵曼的突击队有劲使不上，双方在对峙。

宋旺的突然加盟，迅速地改变了力量对比。这群土匪虽然是乌合之众，打起仗来没有什么章法，可是他们枪法出众。两个土匪爬到房上，架起步枪稍一瞄准一枪打去，鬼子的机枪手脑袋立刻开花。机枪哑了，赵曼率领她的突击队一跃而起。

他们正要闯过开阔地，生擒中井。突然，江桥上传来一阵密集的枪声，子弹如雨般倾泻在开阔地上，击起飞扬的土花。

宋旺回头一看，大惊失色。原来，濛江的警察大队已经冲过江桥，看样子足有近百人。他们边跑边开枪，战场形势立变。

宋旺是什么人？他滑得比油还滑。于是他手一挥，带领他的三十几个人一溜小跑，顺着城墙由西门到北门，再转东门，迅速向雕窝岭撤去。他清楚地知道，濛江警察大队的兵力加上中井的鬼子，抚松城一定是危在旦夕。他宋旺的这点老本是不能赔在这儿的，土匪终究是土匪。

西江桥头的战事竟是说变就变，赵曼冷静地分析了形势：濛江县城距此50公里，濛江警察大队能够赶到，说明中井的求援消息早就传出。那么，松井的骑兵中队在刚过濛江不远处的老爷岭，他们也一定会在不久赶到。松井的骑兵非常强悍，装备精良，作战技术高超。而且，由于机动性强，也非常的有冲击性。这样，战场形势将会对刚刚诞生的抗联义勇军非常不利。这点宝贵的火种，无论如何不能扔在这里。

赵曼马上派出一个战士："立即通知支队长，组织撤退。我在这里负责掩护，不管出现什么情况，他的任务是将战士们带走，脱离战场为第一要务。"

战士答应着走了，赵曼立刻利用眼前的房屋和地形，布置阻击。

有了濛江一百多人的警察大队的增援，中井信心大增，他命令机枪狂喷，宪兵小队带头冲锋。

这些宪兵都是松井部队留下来的战斗人员，他们的军事素质都非常成熟，单兵作战技术也很过硬，三八大盖的子弹飞起来十分准确。在他们小队长的指挥下，他们一面放枪，一面寻找掩蔽物，步步向赵曼他们逼进。

赵曼的突击队员，主要是老爷岭战斗下来的士兵，还有的是后来补充的人员。在胜利之下，他们一鼓作气将中井赶到码头。可现在，中井得到增援，宪兵又开始有效的反击，他们的阻击就显得力不从心。

没有办法，赵曼只能依靠房屋和掩蔽物，边阻击边后退，试图抵挡一段时间，让李宏光能有效撤退。

宪兵小队人不多，但子弹充足，每人腰间还有两颗手榴弹，遇到关键时刻，几个人一起投弹，那手榴弹像天空中飞翔的乌鸦，落到地面却炸翻很大的范围。趁着爆炸的浓烟，鬼子兵会发出一种怪叫，然后端着雪亮的刺刀冲过烟雾突然出现在你的面前。

赵曼用手中的盒子枪准确地打到两个冲在前面的鬼子兵，手下的战士又甩出了一圈手榴弹，连续的爆炸，飞扬的弹片有效地阻止了敌人的冲锋，鬼子暂时地隐避了自己。

赵曼终于有时间喘了口气，清点了一下周围的战士，还有八个人。

赵曼想了一下说道："你们听着，我现在命令你们立刻回城，通知支队长，火速转移。这边鬼子的增援大队马上就会到，抚松城必须放弃！同时，你们要告诉孙广斌，让他带上他的小弟兄，跟上李宏光，千万不要掉队。"

赵曼知道用不了多久，大批的日本援兵必到，她已经抱了必死的决心。

果然，战士们撤走不久，桥头上松井骑兵的先头尖兵已经出现。

马蹄踏动江桥，那座七孔的石拱桥似乎在颤抖。这座江桥是赵曼的父亲策动乡亲们捐款修建，它按照中国人修桥的传统方法，七孔相连非常壮观，也非常结实。此刻，它怎么会颤抖呢？

赵曼揉了揉眼睛，江桥还是江桥，只是日本骑兵的马蹄声震得她心烦意乱。看一下天空，水洗一样，湛蓝无比，一只苍鹰在天空盘旋。

赵曼努力咽了口唾沫，渴啊！心头发闷，赵曼情不自禁地捶了捶胸。她低头检查了一下，还有五颗手榴弹，这是撤走的战士们给她留下的。检查一下手中的盒子枪，只有一发子弹。前面的宪兵小队似乎沉寂了，他们也看到了桥头腾起的尘土，他们在等待疾如闪电的骑兵，希望他们一锤定音，迅速拿下抚松城。他们也在等待。因此，此刻的西江桥头战场竟然出现了短暂的平静。

就在这意外平静的时刻，赵曼却一刻没停，她利用对地形的熟悉，迅速地接近江桥。因此，当中井通过望远镜发现这个女子的时候，他大吃一惊。

这座七孔石桥，每一个大孔之间有两个小孔，有点像卢沟桥。下面一江碧水缓缓而去，远看非常壮观。此刻，小孔里攀上了个女人，从她一身的烟尘来看，中井立刻判断这是对方那个女人。而且，她的目的已经非常清楚。

中井立刻下令，调集所有长枪，向石拱桥的小拱处射击。

日本军人的三八步枪射程较远，他们伏在临时的作战工事里向石桥开火。石桥被子弹击得火星飞溅，烟雾中女人却不见了。

中井毕竟不是一个训练有素的军人，他这一番乱指挥，飞溅的子弹让刚刚冲上桥面的骑兵停了下来。没有弄清情况的骑兵迅速地后退，开始观察子弹的来源。

这么一整，中井也马上明白了，自己的蠢举无意间帮助了义勇军。他气得哇哇大叫："停，停，都给我停。"

他命令宪兵队的传令兵用旗语向骑兵喊话，同时，又命令宪兵立刻向石桥冲击，接应增援部队。

然而，赵曼已经处于这石桥最薄弱的部位。她将五棵手榴弹捆在了一起，成败在此一举，能否延迟日本骑兵的进攻，只看这一招了。

松井的骑兵看到宪兵的旗语，知道是场误会，他们立即策马冲上江桥。这边，中井指挥宪兵也从江岸靠拢大桥。

赵曼看了一眼，她明白了，退路已经切断。跳下这个小拱，必然会是宪兵的俘虏。赵曼再也不说话，她竖起耳朵，听着那震人心魄的马蹄声越来越近，果断地拉紧了手榴弹的弦。

只听轰然一声巨响，好端端的大桥平地升起一股浓烟，中间断裂了一个大窟窿。飞奔的骑兵勒不住缰绳，有两个鬼子栽到桥下，滚进了浩瀚的江水中。

5

县城里气氛已经是相当的紧张了，西城的枪声听起来十分紧迫。

李宏光已经接到了第一个战士的通知，他还想将仓库里的粮食更多地分给百姓。南城门里又跑进一匹飞骑，那骑在马上的人肩背一支马枪，手中一柄大刀。他狂喊着："李支队！"径向城里闯来。

有人将其引到县政府，他跳下马来，给李宏光递上一封信。

信是一纸命令：日本人的大队增援人马顷刻即到，立即组织转移，特别是军用备品能带则带。不准延误时间，速到松树报到。

原来，这人是杨靖宇的通信员。他们得到了确切情报，松井的大部队就要抵达抚松城。

李宏光迅速地扫了一眼那封信，立刻大声召唤道："通讯员！"

通讯员是个跟随他的奉军老战士，李宏光一声喊，他立刻出现在李宏光的面前，敬礼后，还是老称呼："连长！"

李宏光也不和他计较："你立即去把孙广斌他们找来。"

打下抚松城，赵曼带突击队去追中井，李宏光坐镇县政府指挥部队贴出安民告示，开仓分粮。直到现在，他才惊奇地发现，孙广斌哪儿去了？无论如何，他也不能扔下这个师兄弟。因此，他一面指挥部队做撤退的准备，一面打发通讯员立刻寻找孙广斌。

砍倒了徐道成，孙广斌又向那个滚落的大脑壳踢了一脚，嘴里狠狠地骂了一句："王八蛋！"

赵曼与他擦身而过之际，告诉他："快去找你的师哥，我要带队去追鬼子。"

看她飞速跑远的身影，耿锁贴近："大哥，机会来了。"

孙广斌看他一眼说："什么机会？"

耿锁指了一下徐道成和程清的尸体说："你看这两头货全都在这儿，警察大队还能有人吗？那里什么都有，我们哥们先去找两把枪再说吧！"

说话间，龚飞豹早就将徐道成和程清的枪拿到手中，孙广斌扫他们一眼说："你们哥俩带上弟兄们去警察局，我有点事去去就来。"

说完这话，孙广斌离开队伍向东关跑去。

孙广斌的心中惦记着赵媛，在乡下拉起一支队伍后潜进县城，他就听到了一个消息：中井的宪兵队抓到了一个女刺客。他一想就是赵媛，此刻，杀死了仇人，光复了县城，他还等什么？第一件事就是去寻找他的媛媛。

东城已经平静，城门洞开。孙广斌急速跑出，无意间竟和一个人撞在一起，那人被孙广斌撞了一个大跟头。孙广斌定睛一看，原来是自己的一个发小，名叫狗蛋的。这个时候，他也看清了是孙广斌，他一面爬起，一面拍打着屁股上的尘土说："哥，小哥，你的劲也太大了，撞死我了。"

孙广斌没有工夫和他扯，急忙间说了一声："对不起！"

然后，他拔脚就要再向前跑。狗蛋一把拽住他："哥，你要上哪儿？东烧锅都被炸平了，这东关城外没有几个人了。"

"什么？"孙广斌双手抓住狗蛋，眼睛发红，"你再说一遍。"

狗蛋难免发懵，他眨巴着眼睛："怎么了，真的，宪兵队抓了一个红衣女侠，她炸平了东烧锅。"

"那她人呢？"

"升天了，有个老大娘亲眼所见，炸药一响她就看见了。那个红衣姑娘就是人参姑娘，升天回山了。"

孙广斌再也不和他啰唆，飞速跑向东烧锅酒厂。

果然，东烧锅酒厂的大院子里，已经是一个大坑。这时候，孙广斌终于明白了，东关城的一声巨响，原来如此。

孙广斌急速地围绕大坑转了数圈，大坑里乱七八糟，都是酒缸的碎片、尘土和碎石。突然之间，他发现了一个熟悉的东西。他从坑边找了一根棍子，挑出那个东西一看，原来是一块布片，孙广斌一眼就认出，那是赵媛的衣服。但是孙广斌并不知道，赵媛在酒窖里的时候，王大伯给她换了一件衣服。赵媛走得慌急，将原来的衣服扔在了酒窖里，一声爆炸尘土里埋藏了碎片。

孙广斌拿着这个残碎的布片，立刻泪如雨下："媛媛！"

凄厉的声音撕心裂肺。

身体失去了力量的孙广斌一屁股坐到了地上，再也无力站起。

不知过了多长时间，龚飞豹和耿锁带着那位通讯员来到这里，他们拽起孙广斌，急切地说："大哥，李大哥安排人来找你。我们哥们将警察局里的东西全部收缴了，你就放心吧！"

孙广斌已经渐渐恢复，细心的耿锁发现他手中残碎的布片，小心翼翼地跟他说道："大哥，情况很紧急。李大哥找你大概是非常重要的事情，我们必须马上去。"

孙广斌突然挣脱他们，向大坑跪倒，直接磕了两个响头。眼睛发红，转身就走。

耿锁向龚飞豹使个眼色，他们带着通讯员，什么话也不说，紧跟孙广斌奔向县政府。

县政府里一片忙碌景象，战士们在收拾东西，李宏光在焦急地转来转去。看到奔来的孙广斌，他急忙上前，双手抓住孙广斌说："师弟，我要告诉你，鬼子马上就会反攻。根据情报，濛江的警察大队和松井的骑兵都在赶往抚松城，可能瞬息即达。因此，我们必须撤退。"

孙广斌一怔，立刻听懂了，他回头看了一下龚飞豹和耿锁："撤退，我们不撤。好不容易打下了县城，从此这儿就是我们的了。"

李宏光耐心而严肃地说："师弟，打仗不是意气用事。杨靖宇已经来了命令，部队集中松树，暂时的撤退是为了明天再打回来。要重新攥起拳头，再来一击。"

孙广斌："你的意思是到了松树，我们再找一些人，力量大了，再来打抚松？"

李宏光点点头："是这样的！"

说话间，赵曼安排的那几个战士撤回到县政府，他们向李宏光报告了西城的情况。

孙广斌听得火起，他操起一杆步枪，手一挥："走，没有人帮，我们去帮我姐。"

李宏光一把拽住他："不行，教导员目的是让我们赶紧撤退，避免更大的损失。立刻撤！"

耿锁在侧，他拽了一把孙广斌："大哥，人家是部队，咱们想跟人家干，就得听人家的。要不然，我们也可以找个地方占山为王。"

这时，撤退的战士好像是想起了什么，他们上前面对孙广斌说道："教导员专门让我们转告你，跟上李宏光，不要掉队。"

李宏光又过来说道："师弟啊，我们师兄弟一场，大哥能把你往黑道上领吗？相信我，只要是部队集结完毕，我们一定会打回来。"

龚飞豹大声说："大哥，听李队长的吧。我们这几个人怎么能成事？跟上义勇军，大伙抱团好取暖。"

耿锁又说道："我听大哥的，大哥要是跟上义勇军，我没二话。"

孙广斌看了一眼李宏光，挥手召唤了一下，大声道："大哥，我得和弟兄们商量一下。"

孙广斌来到了外面，耿锁紧跟而至，他低声说："大哥，我知道，你心中有媛姐！"

一句话，孙广斌眼睛里竟然滚出了泪水。

耿锁又说道："想给媛姐报仇，只有跟上义勇军。你没听说吗，李大哥还要打回来，抚松城早晚会是我们的。可这一切，不跟上队伍我们是办不成的。"

他的话音刚落，西边传来惊天动地的一声响。龚飞豹上前紧紧拽住孙广斌："大哥，什么时候了，你还儿女情长？留得青山在，何怕没柴烧。你没听说支队长要再打回来吗？离开这支部队，人慌马乱，你怎么再找师哥？"

三个人争执中，一个西门警戒的战士快步跑来，他向正在指挥撤退的李宏光报告了江桥上的情况。李宏光立刻大步迈出大门，对着孙广斌大声说："广斌，你姐告诉我，你必须跟我走。时间不等人，我们立即撤退。"

说完，李宏光一挥手，龚飞豹和耿锁立刻挟起孙广斌向南城外跑去。

到了城外，一切平静了许多。李宏光拉住孙广斌："兄弟，你放心，只要是情况允许，我们一定打回来。你心中的事我懂，我会给你一个交代。"

然而，他们谁也没有想到，这一走就是十五年。十五年的时光里，他们爬冰卧雪，枪林弹雨。最困难的时候，他们跟随队伍进入苏联境内。异国他乡，对于这些参乡游子，抚松城已经只能是梦中所见了。

6

重回抚松城的中井，第一件事是立即返回东烧锅，他最担心的是那支千年参王。

果然，参王已经是不翼而飞。中井之狡诈超过想象，他立即对王大伯下了毒手，严刑拷打，老人实在是承受不住。

于是，松山一郎带着更精良、更凶狠的一小队骑兵扑向如来寺。

一点红在如来寺并没有找到赵媛，这让她心中更加怀疑，宋旺说的千年参王就是她的心结。这个女人性格执拗，脾气一来，找不到赵媛她就不走了。

面对这不讲理的土匪，普济心中突然升起一种不祥之预感。如来寺乃清静之地，近来却尘事连连，无端招来土匪，难道真是如来寺的劫数到了？

暗地里他打了一卦，卦象让他大吃一惊。

普济立刻吩咐小和尚在院子中间堆好柴草，同时叮嘱小和尚："世事难料，如有祸端，各自散了吧！"

众人哪儿知道什么意思。普济虽有预感，也不敢做定论。他稳坐于大雄宝殿如来像前，双腿盘于蒲团之上，口中念经不止。

那天大概是个月圆之夜，银盘般的月亮从东山升起，大地被照得一片皎洁。山间的松林不时会被山风吹起阵阵涛声，门前的小溪映着月亮的闪光，亮晶晶的一路远去。

突然，一阵足以撼动山川的马蹄声由远而近。

一点红和闯破天还有两个土匪，竟然在山门前打起了火堆。他们竟然要在此过夜，一点红不捉赵媛誓不回山。

突然响起的马蹄声让她急忙隐身于山门前的一块石碑之后，等她看清了来的是一支马队，上面是黄压压的一群鬼子时，她掏出枪来，连开数枪。

一点红枪法上佳，双手开枪，连发连中。几个鬼子被打下马来，剩余的全部跳下马来，隐身马后，架枪射击。

一时间，鬼子的枪弹如雨，打得石碑上火星直冒。

闯破天也是一员悍将，他就地一滚，跑进寺边一侧松林中，手中快枪也向鬼子射去。

虽然天上的月亮撒下一片银辉，可光线毕竟还是朦胧。一点红和闯破天经常夜间出没，这样的亮度足够了。两个人的枪法都很不错，打得鬼子一时有些慌乱。还有另外两个土匪，可惜在第一轮的鬼子射击中就被打翻在地。

但鬼子的慌乱是暂时的，很快有一挺歪把子机枪一梭子扫来。可怜一点红被机枪子弹打成了筛子，鲜血喷出好远。

闯破天见状，哪里还敢恋战？好在他隐身树林中，借着暗影一个人瞬间就蹿出老远。

松山带队，发现对方停止了抵抗，他持枪首先挨近一点红。踢了一脚，没有动静。找来手电筒仔细看去，不是赵媛。

那是谁呢？这意外的抵抗让松山摸不着头脑。再走几步，发现了那两个土匪的尸体。看装束，他有点明白了。他恼羞成怒，喊了一声。立刻机枪手发疯般向寺内扫射，子弹凌空飞舞，平静的寺庙之内立刻变得嘈杂异常。

松山挥动军刀，当先闯进山门。突然，他的面前升起了一堆红红的火焰。明亮的火焰中一个和尚端坐在火焰之上，他单手合十，仿佛在告诫这些恶魔改邪归正。

可惜啊，松山哪里看得懂？他要找赵媛，命令日本士兵各处乱翻。

赵媛隐身在山洞里，她耳朵听，眼睛看，把这一切都记在心里。掂一掂那个背筐，里面沉甸甸的，她记起普济师父的话："你的责任重大。没有我的话，出现任何事你都不要出来。洞内路径曲折，去向无穷，一旦有警，你决心走去，定会再见天日。"

想到这里，赵媛背起背筐，抬脚向里走去。奇怪，洞内深远却似乎有天光射进。尽管外面还是夜间，可这洞内仍可视物。也许，是赵媛待得久了，眼睛已经适应这黑暗。反正，走了不远，竟然是一个宽畅而干燥的洞室。

洞室内似乎有人住过，有锅灶，还有一尊达摩祖师的塑像。赵媛不知，只是觉得这个师祖不同凡响。没有如来的慈祥与笑容，也没有他的能容天下之大肚。赵媛向达摩祖师拜了三拜，口中称："小女子赵媛，乃抚松城内山货庄赵北川之女。受父母之命，本人又与广斌哥情投意合，终为夫妇。虽未成婚，但已山盟海誓终身相守。这棵宝参，实是公公用性命换来的，

第十章
燃烧的火焰

213

小女子性命可无，宝参不可无。佛祖保佑，指条明路。小女子再拜！"

赵媛再次磕下头去，竟在达摩佛像下发现一个火把，边上有火镰。这让赵媛大喜过望，她立即动手，打着火镰，点着了火把。立刻，她的眼前一片光明。

走了几步，她发现了一条河，那河水在洞的底部缓缓流淌，清澈足可见底。

她想起赵王氏曾经和她说过，如来寺仙人洞是长白山之眼，沿着那条洞可直达天池。可是，身临其境，眼前这条洞却是四通八达。前面的洞就分了好几个岔，哪一个是上天池？哪一个是到哪儿？谁能知道呢？

赵媛是聪明的，她想了一会儿，突然意识到，这河水是不是从地面流入的呢？如果是，那这小溪的入口岂不就是洞的出口。

于是，仙人洞中赵媛高举火把沿着小溪走去。

外面的松山一郎已经是气急败坏，普济升天，小和尚们被日本兵全部抓住，站立当院。松山凶神恶煞地站在他们面前，手中的军刀闪着耀人眼目令人胆寒的光泽。他踏动脚下的大皮靴，踩在石板上面发出"咚咚"的响声。

今天的如来寺很奇怪，仿佛是有所准备。他刚刚来到就遇到伏击，两名骑兵莫名阵亡。寺内方丈早就坐在火堆之上，他的笑容仿佛是对松山的嘲弄。

经过抚松城的战斗，以及对一些人的审讯，他已经知道，这次三方联席攻打抚松城的作战计划就是从这儿制定的。而酒厂地窖中的赵媛和中井室内的龙腾一起消失，应该与眼前的如来寺有关。

松山非常想弄清这一切，他在几个小和尚的面前转了几圈，突然挥刀砍倒一个小和尚。溅起的血光散发着难闻的气味，剩下的几个小和尚浑身哆嗦，齐声高诵佛号："阿弥陀佛！阿弥陀佛！"

松山上前一步，抓住其中一个小和尚的衣领，手中刀横在小和尚的脖子上，低声喝道："告诉我，那个姑娘哪儿去了？"

小和尚已经被吓懵，他无奈地颤抖着指了一下山半腰的仙人洞。

原来如此！松山一脚踢翻了小和尚，他命令手下人点起火把，爬上山腰。

再看那个仙人洞，洞口足有一人多高，镶有两扇铁门。上有小溪潺潺而下，旁有青松挺立，天上月光普照。山洞两侧各有石刻对联一则：明月松间照，清泉石上流。

松山突然觉得这和自己的心情截然不同，于是，他挥起军刀向洞边的青松砍去。连砍数刀，日本刀的质量属实不错，一棵碗口般粗细的青松被他生生砍倒。

然后，松山大声命令：撞门！

几个凶悍的日本兵上前用军刀削掉树枝，抱起树干，猛地向洞门撞去。

没过多久，那个紧闭的洞门就被如狼似虎的日本军人撞开了。洞中黑暗，松山打开手电，士兵们点起火把，相继走进洞中。

松山用手电仔细地观察一番，似乎有人待过。于是，他吩咐几个日本兵，找到一根长绳，一个人站在洞口，他带几个人拽着长绳向里走去。

不久，他也走到那个石室，看到达摩师祖，他也不识真人。不过，他狂妄得很，手挥长刀上前就砍。突然，洞中飞起无数的蝙蝠。那蝙蝠成阵，气势同样惊心动魄。松山在刹那间被吓得屁滚尿流，回头就跑。

原来，这恐惧是可以传染的。他带头一跑，其余的日本兵肝胆俱裂，疯了一样跑出洞口。

想一想，松山还是心有不甘。一声命令，他的日本兵像地下涌出的恶魔，毫无人性地点着了如来寺。

可惜，在那个月圆之夜，这长白山第一寺院被日本武士松山一郎毁之一炬。

第十一章
千年人参王

1

十五年后！

初秋时节，天穹逐渐显得高远，起伏的群山在一片苍绿中已经出现点点血红。

号称百万的日本关东军已灰飞烟灭，关东大地一片欢腾，受尽压榨的东北民众终于迎来了赶走日本侵略者的一天。

孙广斌带着队伍向南满进发的途中接到上级命令，他被任命为抚松县民主政权首任县长。同时，龚飞豹为副县长，耿锁为公安局长。

兄弟三人快马加鞭，带领一队战士奔抚松城而来。

十五年光阴似箭，抚松城依然端坐，可城里的房屋却更加破败。唯一不变的是县政府还是红柱青瓦依旧，民主联军已经接管了这里的政权，孙广斌拿出组织上的命令，顺利完成了交接。

张自清的办公室里，那台黑熊般的写字台依然伏在青砖铺成的地上。踏进这办公室的一刹那，孙广斌突然感受到原来时间也会板结。十五年岁月沧桑，可这里的民众付出了多大的代价啊！

情不自禁，他的两眼滚出了泪花。紧跟着他的龚飞豹看到孙广斌情绪的波动，他小声贴耳说道："营长，我们胜利了！所有的人都没有白死。"

孙广斌默默点头，他的眼前相继出现了赵曼、赵北川、赵王氏——舅舅这一家子。

龚飞豹仿佛看出了他的心思，他说："还有赵媛，听说是她炸毁的东烧锅。十五年了，她应该还在吧？"

十五年，龚飞豹和孙广斌就没分开过，即使是在最艰苦的时刻。因此，龚飞豹对他是了如指掌。快四十的人了，每到睡梦中还会大叫：媛媛！龚飞豹知道他的心结，因此，他小心翼翼地用了"她应该还在吧"。

其实，孙广斌哪儿知道呢？十五年音信皆无，如何能保证呢？何况，这是什么样的十五年？简直是漫漫长夜，一个单身女孩子，即使没死于那场大爆炸，能闯过这十五年的漫漫长夜吗？

孙广斌猛然一挥手，他不敢想，也不想去判断。

"中井还在？"孙广斌想起他的敌人，想起制造了十五年苦难的恶魔。

耿锁是公安局长，他接管了原来的警察大队，他说道："中井已经被关进俘虏营，松山不见了，有人说他逃进了深山要坚持大东亚圣战！"

"呼"的一声，孙广斌拳头砸在桌子上："这头恶狼，他就是逃到天涯海角也要把他抓回，他欠我们的太多。"

"可惜，宏光大哥没有看到今天！"龚飞豹叹道。

李宏光牺牲于一面坡战役，他为了掩护大部队，带一个排阻击敌人，全军覆没。

"是的，师哥、师父全都死了。今天来得太不容易了，我们要珍惜！"孙广斌颇有感慨。

耿锁却说道："不，你的二师哥于武，这么些年，凭借雕窝岭天险坚持到现在，日前已经是抚松境内最人的匪帮，我们要建立民主政权，他将是最重要的敌人。"

耿锁的话，让孙广斌想到一点红。

"有时间派个人联系一下，看看他能不能下山。如果他能走投诚的路，倒也不错。"

"原来的同志留下一个情报，说是国民党已经捷足先登，杨文青已经代表占领梅河的国民党军来招降于武。"耿锁又说。

"什么？杨文青！"孙广斌有些吃惊。当初，他与他一起从雕窝岭下山后的情景浮上心头。

的确是杨文青，不过，他的身份已经是国民革命军上校特派员。当年，他从雕窝岭下山逃走后，历经波折到了关内，找到了他的一个同学，参加了中统。岁月更替，日本投降他成了第一批进军东北的特遣人员。上级答应，他能够占领一个县，他就是县长，他能够占领两个县，他就是专员。因此，他想到了与他有舅甥名分的于武。

也算得上是熟门熟路，杨文青化装成一个商人，带着一个年轻的跟班，两人两骑直达雕窝岭。

马到山下，杨文青递上一个名片，上面印着：国民政府东北行辕南满地区专员杨文青。

于武颏下已经长出了浓重的络腮胡，身上一件熊皮坎肩，腰间斜插双枪。他看了一眼那张名片，顺手递给了军师兼大管家宋旺。宋旺已经是五十挂零，鼻梁上一副圆圆的老花镜，仔细看了一番。

"大当家的，买卖来了。"

"什么意思？"

"这个杨文青既然自称是你的舅舅，那就肯定是当年上山的张自清的秘书。时过境迁，他竟然成了国军的上校，而且是南满的专员。想一想，目前的南满只有四县掌握在共军手中，国军要与共军相争，必然要拉拢我部。今天他上山必是此意，国军势大，如果授大当家的以实职，并供应粮草，我们为什么不干？"宋旺一番话，于武似乎茅塞顿开，他大叫一声："大开山门，欢迎杨专员！"

杨文青也不是当年的青葱少年，颏下微微青髯，额角微微凸起，鼻梁上一副银丝近视镜。他身着长袍，双手抱拳，朗声大笑："当年我就说外甥乃是真正的草莽英雄，想日本人十万大军，在这长白山里也没奈何得了我外甥。今天，国军已经一统东北，剩下小小南满弹丸之地，不日定当克服。当舅舅的这个时候不能忘了外甥，如果外甥提兵一旅，与国军里应外合，我这里就可以告诉你，抚松县长非外甥莫属。"

没想到，一见面，这个杨文青就许了于武一个县长。这让于武十分兴奋，毕竟这一县之长可比一寨之主大得多。

于是，大厅之内拉开了长桌，于武要招待他的上校舅舅。

舅舅也不含糊，他手一挥打了个响指，小跟班上前一步，打开一个皮箱，里面是洋钱和一张空白的委任状，杨文青要笔要墨，酒席宴上挥毫填空一样，写上了：任命于武为国民先遣军三团中校团长。

这个杨文青一路过来招募了数伙土匪，到了于武这儿，他就信手给了他一个第三团的名号，还有二百元大洋。

这让于武心花怒放，他闯荡江湖，在深山老林中驰骋，没想到半辈子快要过去了，竟然混了个团长。而且，这是国民政府的正式委任，这让他非常高兴。他搓着两手，恭恭敬敬地从杨文青手中接过那张委任状。

"目前，国军正在老爷岭与共军激战，不日定可击溃共军，兵进长白山。现在，于团长的任务是干扰共产党的土地改革，时机成熟一举占领抚松城。到那时，你就可以坐在县衙门的大堂上，为老于家扬眉吐气了。"杨文青当然知道于武的底细，他这一番话绝对地说到了于武的心里。于武老爹无非是一个土鳖财主，经营东烧锅不善而负债累累，背负不少骂名。今天，于武要能坐上县府正堂，那该是多么风光的一件事！

于武感激莫名，他拿起一大碗酒与杨文青一碰："是亲三分向，是火就热炕。还是舅舅想着外甥，以后，你当专员，我当县长。他妈的，这南满一带就是我们的天下。"

"当"的一撞，于武双手端碗，一口饮下。

他用袖子抹了一下嘴巴，督促杨文青："来来来，干！"

突然，外面闯进一个小土匪，他报告："大当家的，山下来了两个人，说是抚松县的公安局长，要求见大当家的。"

于武手一挥："不见！"

身边的宋旺老奸巨猾，他拽了一下于武："既然是来了，见见何妨？"

宋旺的意思当然是买家多了买卖好做，适当的也可吊一下杨文青的胃口。于武明显地看到了宋旺的眼珠一转，他立刻明白。

"那好，就让他上来！"

宋旺对杨文青说："专员暂时回避，我们让他来，也是摸摸共产党之虚实。"

耿锁是受孙广斌和龚飞豹的安排来改编于武的，民主政府刚刚建立，极需地方的安宁。县政府开了个联席会议，认为于武曾经参加过抗日，如果能接受改编也是地方上的一件好事。于是，孙广斌给于武写了封信，让耿锁带着亲自来到山上。

见到于武，耿锁瞥了一眼还未撤下的酒席，双手一抱递上孙广斌的信说："我们孙县长托我拜上二师哥，雕窝岭当年与抗联合作曾经攻下抚松城。今天，人民已经当家做主，孙县长希望二师哥能带上雕窝岭的弟兄，接受政府改编为民主政权出力。"

于武看了一下孙广斌写的信，转手交给宋旺。

"哈哈，我这师弟当了县长了？好啊！不知道让我下山，给我一个什么安排？"

于武这一问，耿锁还真无法回答。来之前，考虑过这个问题。但这样的事，孙广斌也得请示上级。可耿锁天生的机灵，他立马说道："那个事情都好说，解放区百废待举，有许多事情可做。于武大当家的，愿意在部队，可以加入民主联军。不愿意在部队，完全可以在地方上做些工作。一切，均可商议。"

耿锁这话模棱两可，于武闯荡江湖，岂能听不出来？那个宋旺更是明了，他哈哈一笑说："那么，耿局长想来招安，怎么也得有点诚意吧？"

宋旺这话也是再清楚不过，耿锁双手又是一抱："对不起，行色匆匆，礼数不周。但我们孙县长与大当家的曾为师兄弟，共同从师一人，交情是自然而然的。常言道，情义无价。因此，孙县长特意亲笔写书，其诚意可想而知。"

"原来是空手套白狼！"宋旺阴冷地说道。

于武一拍桌子："也罢，我们虽为师兄弟，可他现在是一县之长，我乃一介土匪，咱们是大路朝天各走一边。耿局长请回吧！"

耿锁见状有些不甘，他再次说道："大当家，能不能再考虑考虑。当年我们合作抗日，今天我们再联手建设民主政权，有何不可？"

话音没落，杨文青从后转出，他叫道："来人，将这个共产党的说客给我绑了！"

刹那间，大厅里的空气凝固了，耿锁也是一愣，这是什么人？

"告诉你，我是杨文青，国军上校特派员。雕窝岭现在是国民先遣军，大当家的是国民政府委任的团长。你们共产党在俄国人的帮助下抢先占领了政府的地盘，现在，政府军即将打过老爷岭，抚松城的光复指日可待。你的人头正好可以为我们出山祭旗，来人，绑了他！"

于武还在犹豫，杨文青一个眼色，他的跟班早就藏在一侧。此刻，他举手一枪击中了耿锁。跟随耿锁的战士刚要掏枪，土匪上来按住了他。

耿锁手捂胸口，鲜血如注而出。他已经说不出话来，手指于武，嘴唇翕动："你……你……"

于武也是大惊，他脸上变色，惊异地看着杨文青。

杨文青也是受中统多年熏陶，深谙特工之术。他害怕于武变卦，果断出手打死耿锁，其目的当然是为绝于武的后路。

可惜耿锁，转战于冰天雪地之中，历时十五年，终于回到故乡，新的劫难却来了。国民党发动内战，弟兄阋于墙，他竟然被杨文青所害。

杨文青还有话："告诉你们的孙广斌，我们曾经共事，如果他能识时务，我杨某人欢迎他。否则，国军到日，刀枪无情。"

2

一排黑色的枪管伸向高远的天空，连续不停地发出枪声。

县大队的战士举起缴获的日式步枪，悲愤中用此方式悼念他们敬爱的领导和长期共事的战友。龚飞豹双眼红肿，再一次地捧起一把黑土洒向耿锁的坟头。孙广斌脸黑如铁，凝视着众人立起的石碑。

这是炮台山下，当年李宏光下令炮击抚松南城门的地方。

众人立起的石碑上写着：为这座城市而牺牲的烈士们永垂不朽。

孙广斌上前抚摸着花岗岩的基座，心中充满着痛苦。耿锁与他当年在一片石的相识还历历在目，可现在，比他要小上几个月的兄弟已经长眠于地下。

放眼前方，南关城上当年毁掉的箭垛上已经长出了茅草。由于根基尚浅，早早地就已经枯黄。再向里，鳞次栉比的房屋中，两条交叉的大街上人流如潮。为了支援老爷岭前线，这里每天都有支前工作队出发。老乡们最拿手的是烙煎饼，这里的煎饼又薄、又香、又耐久。一包包的煎饼到了前线的战壕里，战士们不用加热，打开就可食用，实在是方便又好吃，前线的战士们最喜欢抚松的大煎饼。

"大哥，老三不能白死，我们得想个办法消灭这股土匪。"龚飞豹从后走上，站在孙广斌的侧面说道。

"你有什么好办法吗？"孙广斌一只手放在腰间的驳壳枪上，小声问道。

雕窝岭这股顽匪是抚松县地面上的一块溃疡，一处顽疾。大概从建县开始，就有土匪啸聚山林，在这一块活动。等他们发现了雕窝岭天险，占据了山头，队伍就迅速扩大。他们修寨墙，设路障，又加上山高林密的天然屏障。在那个年代里，凭借冷兵器的清边防军对他们无可奈何。后来到了奉军的时候，想要剿匪，可又感到力不从心。动用大部队？给养是个问题。而且，面对那唯一的山路，再多的部队也无法展开。因此，也是多次劳而无功，反而在一次次的清剿中，雕窝岭土匪日益座大。

这座天险有其特点，一面悬崖陡立，另一面则是千折百回的一条小路。越过两条巨大的守山石，再上几十米，竟然是棋盘般的一块山顶平原。虽然由于海拔较高，山顶上风势不减，可日照时间也相对较长，有些农作物可以很好地生长。更主要的是，这高山之上竟然有一口山泉。泉水清澈甘甜，从地下如乳汁般涌来。即使是经年累月老天不下雨，它仍然是旺盛如初，这就保证了土匪们生存的基本条件。即使是大军常年围困，也是没有一丝效果。

经过几代土匪的惨淡经营，雕窝岭处于深山老林之中，扼松花江之险，竟然是固若金汤。即使在最残酷的年代里，日本人在东北实行集家并屯，雕窝岭收缩兵力，扼住要冲，仍然没有遭受多大损失。

就是这么一群土匪，依仗交通之不便，山川之险固，在雕窝岭上自成"一国"。那个时候，东北土匪多如牛毛，其地形绝对是原因之一。

"雕窝岭天险，历来就是易守难攻。特别是这群悍匪，于武经营多年，个个骁勇善战。要想动用兵力去围剿，恐怕是得不偿失。最好的办法是引蛇出洞，半路上想办法歼灭。"

龚飞豹作战多年，在抗联中就是一名骁将。经过多年战火的培养，他已经是一个有勇有谋的指挥员。

"那么，你觉得以咱们县大队的武装与土匪们野战，有必胜的把握吗？"孙广斌又提出了第二个问题。

这是他的一种习惯，他必须与龚飞豹反复讨论之后才能下最后的决心。

龚飞豹沉思了一下，说道："我们县大队近一百名战士，从兵力上讲，应该和雕窝岭差不多。但土匪们善于单兵作战，枪法极准。而我们的战士经过训练，懂得协同作战的战术。如果真是打起阵地战，我们能有一点儿优势。现在，各区、各村都发展了民兵武装，如果我们布置得当，提前再抽调部分民兵，那我们在兵力上就会以多胜少，占尽优势。"

"这需要准确的情报啊！稍有不慎，也会全盘皆输啊！"

"必要的话，我们可以向部队上借兵啊！"

"现在老爷岭战事日紧，国民党的部队没命地攻击老爷岭，他们就是想占据这南满四县，解决他们的后顾之忧，以便他们向松花江以北发动攻击。向主力部队借兵，现在不好张口。"

孙广斌否决了龚飞豹的这一建议。

其实他心里也明白，这些都是次要的，最关键的是引蛇出洞，如何引蛇呢？

两个人下山回到县政府，一个人在等候他们，那人不仅穿戴拖沓，脸上也是乱七八糟，好像有几天没有洗脸。孙广斌见到他先是一愣，总感觉似乎在哪儿认识。那个人却抢先喊他："广斌哥！"

就是这一声，刹那间让孙广斌想起了他。他叫胡明理，外号"小狐狸"。那时他不但年经小，人长得也瘦弱，眼睛细长，两道眉毛也是细细的向上飞扬。尖尖的鼻子，嘴巴还是天包地，与狐狸的外形极其相似。因此，他的外号"小狐狸"叫得很响，却没有人知道他叫胡明理。

不知道为什么，赵媛认识他，而且姐啊弟的叫得很近。那时他在看守所打杂，也穿着一套宽大的警察服，就是没有标志。

"啊哈，小狐狸。哈哈，多年没见，长成汉子了。来来来，屋子里坐。"

孙广斌又回头给龚飞豹介绍："记起来没，小狐狸，看守所的小警察。"

小狐狸一笑还是和狐狸差不多："哪里是警察啊？就是打杂，混口饭吃。"

龚飞豹却记起他来，手一指他的鼻子："什么打杂，后来咱们攻城的时候，他还拿着枪呢！投降后成了俘虏，他说自己家里有老娘，支队长还给他一块银元让他回家了。对不对？"

小狐狸还是笑容可掬："对对对，龚副县长好记性。"

听这话，小狐狸对他们是有一番了解了。进入办公室，孙广斌坐下说："怎么样，小狐狸过得还好？找我们想干什么，有话就直说。"

没想到，三个故人一聚，聊了半天，还真就聊出事来了。

原来，当初赵北川死在监狱就是他给赵媛送的信。那天赵媛没在家，他直接告诉了赵王氏。结果他前脚走，后面的赵王氏就寻了短见。

抗联攻城的时候，程清给了他一支枪，也是让他到城上去当炮灰。后来，抗联放了他，他回家侍候老娘一直到死。一个人没有生计，沦落行乞。由于他在警察堆里混过，见识较多，加上他的心眼本来就够用，逐渐地他成了县城里丐帮的头儿。

这大小是个头，就不用站岗楼。晚上住在龙王庙，自然有下面的乞丐送上吃的、花的，就这样混了这么些年。听到孙广斌和龚飞豹回来当了县长，他也是有点想故人，没事就来到了县政府。看到孙广斌和龚飞豹依然热情，他挺感动，聊着聊着就告诉了许多孙广斌不知道的事。

当年炸毁东烧锅的就是赵媛，而且，她拿走了那棵千年参王。至于下落吗，也可能是葬身于如来寺的大火中。

中井为了这件事大发雷霆，将原来东烧锅看门的一个老王头给砍了头。

说到这里，他发现孙广斌的眼圈发红，他知道说到孙广斌的心里去了。于是，他又叹道："也不一定，媛媛也是吉人天相，慢慢地再找一找。这天下事，有缘人一定会相逢的。"

他说得信誓旦旦，煞有介事。

聊了半天，孙广斌却感到这个小狐狸不一般。他知道的事特多，什么五湖四海的消息，四邻八居的故事。于是，他也来了兴趣，先招呼食堂多打一个人的饭。就在办公室里，三个人围着他的桌子边吃边聊。

"广斌哥，别看你们都是县长了，可要说在这个县城里谁知道的事最多，还是我小狐狸。谁家有什么事瞒谁也不瞒要饭的，他们都觉得要饭的不算个人。因此，他们不管是办好事还是办坏事，都不背着我们。"

能吃上县长的饭，小狐狸特别高兴，喷着饭粒，边吃边侃。

小狐狸的话让孙广斌灵机一动，他紧接着问道："你说这雕窝岭这么些年，他们不往县城里跑吗？老林子的清苦也不是一个好人能承受的，是不是？"

"嘿，谁都是爹生父母养，土匪怎么啦？土匪也有七情六欲。知道吗？顺城街那块有不少半掩门，其中有个姐妹俩都侍候雕窝岭的人，而且，还都他妈的发财了。穿金戴银的，一天臭不要脸。"

小狐狸这话让孙广斌心中暗喜，他和龚飞豹对视了一眼，又转过头来问小狐狸："别瞎说，你和哥哥这么些年没见面，别一见面就忽悠哥哥。"

孙广斌一点儿架子都没有，反而是兄弟长，兄弟短，自称哥哥。这反而让小狐狸受不了，他一拍胸脯："我小狐狸混社会，骗谁也不能骗自己的哥哥。你广斌哥当年就待小狐狸不薄，今天我怎么能忽悠你。"

小狐狸瞪着眼睛，一本正经。

"那你告诉我是谁，怎么一回事？"

"姐妹俩都是寡妇，姐姐叫大兰，妹妹叫二兰。姐姐先是靠上了雕窝岭的师爷宋旺，后来，经过宋旺，二兰又和闯破天勾搭一起。三天两头，只要是城门上不紧，他们就会偷偷下山，住进大兰和二兰的家。现在，那个宋旺是不太来了，可闯破天正值盛年又和二兰打得火热，岂能不来？"小狐狸讲得清清楚楚。

孙广斌想起了闯破天，原来他还在雕窝岭。

孙广斌陷入了沉思，也许，这条线是可以利用的。龚飞豹和他说的引蛇出洞，大概这就是一条路。不过，当时的孙广斌也就是个感觉，具体应该如何办，他心里还得谋划一些细节。可是，小狐狸发现孙广斌对于他说的桃色新闻不怎么感兴趣，有些扫兴。他敲了一下桌子："广斌哥，你想什么呢？兄弟对你可是忠心耿耿，全是实话。你要是不信，兄弟出门就跳河。"

孙广斌赶紧抓住他的手："兄弟，你可不能跳河，你还得帮哥哥一件事！"

"什么事？只要我小狐狸能办。"

"很简单，打发你的弟兄监视那个二兰，闯破天一旦下山，立即告诉我。"

"好说，就这点事，我亲自上。"

小狐狸走后，龚飞豹往前凑凑："哥，你是不是想？"

孙广斌点点头，眼睛直视龚飞豹："难道这不是个机会？难道你就不想？"

"我也想，但主要是你想，你要想透，如何想办法通过闯破天，将雕窝岭的土匪调出来。有什么没想好的，我们再商议。"

"老爷岭天天在打，国民党做梦都想着这南满四县。那个杨文青到了雕窝岭，听说又拉拢了周围几个绺子。封的最大官就是于武，是什么团长。你说，有了杨文青，于武还甘心坐守雕窝岭吗？如果他甘心的话，岂能接受于武的封赏？我想，不管是杨文青还是于武，他们还是在打县城的主意。目前他们没有行动，原因就是我们还有一百多人的县大队在这儿。如果我们的县大队去支援什么地方，这里只有临时抽调的少数民兵守城，你看从杨文青的角度还是于武的角度，难道他们不会来抢抚松城？"

孙广斌话音刚落，龚飞豹高兴地一拍桌子："说得好！你的意思是布一个空城计，引诱于武来攻，我们半道上打他的伏击。"

"不！"孙广斌目光炯炯。

他站起来，以拳击下，坚定地说道："我们不仅是打他的伏击，还要攻击他的老巢，一举清除这股匪患，为建立巩固的解放区打下坚实的基础。"

3

东关道，实则没有道，无非是一条河谷，而平坦的河谷走的人多了就被称之为道。

那条河谷是山洪暴发冲刷而成，每至夏季，暴雨来临，山上积水成河，沿山坡向低处滚滚而下，顷刻间会凝聚成一条巨川。数条山间滚下的巨川汇聚在河谷中，能在几分钟的时间里形成浩浩荡荡的大河。这骤然形成的大河不仅水势宏大，而且流速极快。夹杂着泥沙与石块，瞬间就拓宽了河床。

现在是秋天，大河早已不见，只有一条潺潺小溪在蹦跳流淌。曾经拓宽的河床，裸露着沙石开成一条自然的大道。

河谷的两侧自然是起伏的群山，群山上全是绿色的植被，这就是长白山的自然特色。不管山多高，肯定山上有水；不管山多大，山上肯定是厚厚的植被。没有一座山峰是裸露的，高大的乔木、低矮的灌木充塞你的视野。在这庞大的林海中，三米开外你就找不到人。因为，张开的绿色叶片足以挡住你的视线。

龚飞豹隐藏在绿色的叶片下，头上还用树枝编了一个草环。不经意间，谁也不会注意绿色的叶片里会出现个人脸。

他的左右，还有对面的山梁上埋伏着县大队百名战士。为了慎重起见，孙广斌还为他调集了各区最优秀的民兵近百人，就在附近的小李村待命。只要枪声一响，一刻钟之内他们就会增援这里。

按照原计划，他们在大白天里撤走了县大队，对外声称：老爷岭战事吃紧，县大队要补充野战军。然后又抽调了一些各区、各村的民兵进城，说是准备撤走县城的粮食和部分装备，一旦国民党来了，要给他们留个空城。

声势造得很大，可县大队转了一圈被龚飞豹悄悄地领到了这条河谷。

所有的战士都备有三天的干粮，晚间在野外露营，白天埋伏在丛林中。

孙广斌告诉龚飞豹：你们就在那儿坚持，能多一天是一天。击破雕窝岭山寨在此一举，千万要有耐心。

龚飞豹有耐心，可战士们的耐心却要经受时间的考验。昨天晚间突然下了一阵小雨，秋雨是很凉的。战士们都在野外，勉强找棵大树避雨。可雨过之后就是风，风儿一吹，透心的凉。有的战士脸色发青，浑身发抖。龚飞豹只能让这样的战士下去休息，可是，随着时间的推移，这样的战士越来越多。已经过去两天了，48小时，如果土匪再不来，给养也就耗光了。

龚飞豹用手中的枪挑了一下帽檐，他心里比谁都急，这等待的滋味比什么都难受。

"如果土匪不走这条路呢？县城里兵力空虚，土匪如果得手，我们的损失可就大了去了。"龚飞豹在行动之前，担心地和孙广斌说。

孙广斌似乎成竹在胸，他说："放心，这是必经之路，从雕窝岭奔县城没有第二条路。那个杨文青急于建功，有此机会，他不可能不来。"

突然，远处有树影晃动，三个身着便衣，手拿长枪的人出现在谷口。果然来了！龚飞豹心头滚过一丝惊喜。一声鸟儿叫，山谷两侧都有了轻微的响动。战士们听到信号的同时，已经发现了进入谷底的土匪。

不久，骑在马上的杨文青和于武相继出现。有意思的是，杨文青穿的是国民党军上校军服，而于武也穿上了一套军服，挂上了中校的肩章。这是杨文青随身携带的两套服装，于武一穿，感觉良好。想一想，这么些年，竟然是脱胎换骨成了国军中校。于是，他格外地意气风发，骑在马上都有腾云驾雾之感。

听到闯破天的禀报，雕窝岭内部稍有争执。宋旺虽然保守，可架不住杨文青的力主，再加上刚刚换上中校军装的于武的冲动。最终，雕窝岭几乎倾全寨之兵扑向县城。

骑在马上，杨文青还和于武信誓旦旦："放心，进入县城之日起，我就保证你当这个县长。国军的飞机随后就到，要什么就投什么。这起大功，我就记在你的头上。"

于武已经轻飘飘，人生头一次，这国军的军装就是威武。他伸手摸了一个肩章，一咧嘴："快一点，打下县城，每人两块银元。"

可他哪儿知道，这左右的山岭上已经有百余号枪口对准了他和他的土匪队伍。

再说孙广斌，他率领七个精选的战士，已经来到了雕窝岭下。他们走的是靠江的一侧，那立陡悬崖般的一侧。这一侧几乎全是整块的石头被斧劈刀削般，与地面成直角。

孙广斌来到下面，抬眼向上望去。岩石嵯峨，参差林立，层层相叠。在石缝之间，在相叠的石块之间，竟然有碗口粗细的植物长出。这植物也是长白山的一种特产，当地人称之为"崩松"。这种松树生命力极强，专门在石缝中生长，成片的森林中你根本找不到它。只有这样的地方，石头的空隙中掉进一粒种子，或是风吹，或是鸟儿叼落，只要有一点儿土壤它就生根、发芽、成长。它的根须像钢针一样，深深地扎到石头里。这个时候，即使石头没有缝隙，它也会扎出缝隙。那根须像伸开又抓住的大手，牢牢地抓紧了立陡的石崖。它的树干、树枝、树叶就在上面顽强地生长。

这"崩松"由于是在石头缝里生长，它永远长不太大。可正因为如此，它才愈显珍贵。用此树材做成箱子会有冰箱般的奇效，三伏天里，放进一块肉，三天不腐。

可现在，在孙广斌的眼里它就是一条天梯——通向雕窝岭山寨的天梯。

只见他拽下腰间的弩箭，准确地向上一箭，狠狠地扎进那棵松树的树干里。箭的尾部拴了条麻绳，那麻绳非常结实。他拽了拽，感觉完全可以承受一个人的重量。于是，他当先拽着绳索向上攀去。弩箭如钉子般钉在树干上，而松树又通过根须牢牢地抓住了立陡的石崖，孙广斌轻松地攀上了第一道石崖。

然后，他从腰间解下第二道绳索，继续用弩箭向上钉去。战士们跟在他的后面，拽住绳索向上攀爬。

逐渐地，孙广斌接近了峰顶。峰顶却是个平台，他爬上平台，隐身再看，平台上竟然盖着好几排房子，房子是用森林中的木头卡住而成，外面涂上黄泥。即使是三九严冬，里面生上一盆火，依然温暖如春。

平台很大，有菜地，有训练的靶场，还有马厩。总之，是一个规模很大，很成型的山寨。孙广斌暗暗叹道：果然是百年老寨，底子确实很厚。

他一招手，后面的战士相继登上峰顶。

七个战士都装备有苏式转盘式冲锋枪，都是孙广斌从老部队带来的战士，大多是身经百战。他们跃上平台，都开始冷静地观察。其中一个靠近孙广斌，他手指最大的一幢房屋说："那应该是他们的大厅，任何土匪的山寨那都是最重要的地方。"

孙广斌点头，按了一下他的手，习惯地举起望远镜再一次观察。偌大的一个山寨，此刻静悄悄，只有比较小的一幢房子上冒着炊烟。

孙广斌命令两个战士选择一个比较高的位置警戒，他带其余的战士扑向那幢冒有炊烟的房屋。进了门后，孙广斌一个箭步窜到屋子中央，手中驳壳枪扫了个半圆。口中喊道："我们是民主联军，谁也不许动。"

屋子里只有一个人，他颤抖着举起了双手。原来，这是给土匪做饭的大师傅。大概有五十多岁，姓薛，人叫薛师傅。他也是被土匪们抓来的，见到孙广斌他竟然认识，抓住孙广斌说："你不是山货庄赵北川的姑爷吗，你爹叫孙善起，我还跟着他放过山嘞。"

这就好，孙广斌立刻反过来安慰老薛。

"薛叔，我们是民主联军，赶紧告诉我山上还有多少土匪？"

"全部下山了，只有不到十个人由师爷带着守山。一个人在寨门放哨，剩下的人在师爷的屋子里赌博呢！"老薛一点儿也不隐瞒。

"好，快告诉我，在哪一间屋子？"

老薛出门一指，然后又说："来，我带你们去。"

师爷宋旺的屋子里，一群匪徒围成一圈，中间是个大碗，里面放着几个色子。宋旺坐庄，他大叫："围一围，看一看啊！看准了押，押准了赢。输了别耍赖，赢了别欢气！"

然后他手一举，几个色子在碗中乱蹦，"嗖"的一声扣在炕上。

"来来来，押，押……"

突然，宋旺的嘴张了个半圆，眼睛看着门口愣住了。

原来，孙广斌当先一步闯进房间，手中驳壳枪对准了土匪。后面迅速闪进了两个战士，手中转盘枪也指向了土匪。宋旺刚要挣扎，窗户那儿也伸进了枪管。孙广斌向天一枪："我们是民主联军，谁也不要动，谁动打死谁！"

宋旺带头："好，好，谁也别动，这是山货庄赵大掌柜的公子。没事，我们投降。"

解决了这群土匪，剩下一个站岗的，也叫宋旺去招来，全部成了孙广斌他们的俘虏。山寨上所有的武器被收缴在一起，枪栓摘下捆成一捆，战士拎着，剩下的叫老薛看着。没有了武器的土匪们被集中到一个屋子里。

解决了这些留守的土匪，雕窝岭已经掌握在孙广斌的手中。他命令两个战士换上土匪的服装，守在二鬼把门的巨石处。

他这是以防万一，一旦龚飞豹处不能全盘解决战斗，土匪回山，可以在山前解决。

一切都准备好了，山前的树林里枝叶摇动，后面传来凌乱的枪声。果然，于武中了龚飞豹的埋伏。一场鏖战，土匪丢了大半人马，慌乱中退回雕窝岭。龚飞豹哪里肯舍？他安排县大队的战士一部分打扫战场，另一部分跟着他紧追于武。

那个杨文青乱军中再一次不见了，又像当年一样，看事不好，提前溜走。

于武身前身后只剩下十几个人，他们一面向后打枪，一面向岭上奔来。于武骑马，他一马当先，打马闯进二鬼石。

看到土匪的队伍，孙广斌立刻将他的战士拉到二鬼石，全部埋伏在寨门左右。看到于武近前，孙广斌一声："打！"战士们的转盘式冲锋枪立刻喷出了火舌，那连续不断倾泻的弹雨，如火鞭一般，迅速地抽倒了几个土匪。而于武的大白马也被子弹击中，他一骨碌滚到一块大石的后面，抽出盒子枪，连续地射击。并且大声喊叫："我是于武，你们眼瞎了？赶紧停止打枪！"

其实，连续不停止的冲锋枪声音已经提醒了于武，这哪儿是他的喽啰？即使是收编为国军，他们也没有这样先进的武器。但他还是不死心，毕竟这雕窝岭天险历来没有失守过，今天这是怎么了？

这时，山下的丛林中已经出现了龚飞豹的身影。县大队的战士正在收缴跪地投降的土匪的枪支，跟着于武继续抵抗的土匪只有一两个人。

孙广斌看到于武大势已去，他隐身寨门伸手止住了战士们的射击。

"于武，我是孙广斌。你的寨子已经破了，你现在是前有阻击，后有追兵，你现在唯一的出路，就是放下武器！"

于武听到孙广斌的声音，知道一切都完了，苦心经营半辈子的大本营已经不存在了。投降吗？他想起耿锁手捂胸口鲜血直冒的样子，脑门滚出了冷汗。不知道为什么，这个时候，他求生的欲望特别的强烈。

他左右一看，雕窝岭这条唯一的上山通道，侧面就是一个很陡的斜坡。于武这个时候顾不了了，他向孙广斌喊话的地方抬手就是一梭子子弹。他的枪法很准，子弹在孙广斌和战士们的头上形成一片小小的火网，他们赶紧伏下身子。

再抬起的时候，于武已经顺着斜坡滚下去了。

孙广斌二话没说，他仅来得及告诉战士们："告诉龚副县长，收拾战场，我去抓于武！"

说完，他也滚下了那面斜坡。

4

老林子是如此之大，人在其中是如此之渺小。

真是森林如海，人如鱼虾。随着山势的起伏，遮天大树一株挨着一株。阳光偶尔从叶片的缝隙中泻进一缕，会让人感到格外亲切。这树木的底部由于见不到阳光，根本没有枝叶，树的根部会有大片的苔藓，这苔藓就指示着森林中的方向，它大部分都是长在北方。由于没有枝叶，进入林中你会觉得有点空旷。然而，这空旷是在无边无际的树冠笼罩之下，人处其中有在笼中的感觉。你往哪儿走似乎都一样，似乎都永远在这氛围的笼罩之下。一个初入林中的人，极容易被这种错觉所感染，使其越来越心焦，越急躁。不仅会失去方向感，也会失去生存的信心。

于武是谁？如果说老林子是海，他就是鱼。常年的土匪生涯，老林子就是他的家。滚下山坡，他一跃而起，感觉上是没有受伤。于是，他立刻窜进林中，从进入林中的刹那，他又有了安全感。手枪插进腰间，放开脚步，如鱼儿游在水中不急不慌地向前。

饿了吗，很简单，随便的哪个草丛中、石洞里抓条长虫，逮个野鼠点着火一烤，绝对的美味。再要是想高级一点，找条小河，抽根木棒，迎头向河水中打去，立刻会有半死的鱼翻着白浮上水面。

现在是秋天，老林子中什么都有，松树上的松塔、栎树上的橡子，还有无数的野果。

冷了吗，找个山洞，抓点野草，美美地可以睡上一觉。

野兽怎么生存，人也可以怎么生存。况且，于武不仅是野兽，他还是拿着枪的野兽。这两杆喷子喷起火来，就是老虎也要让他三分。

可是不久，他脊梁上就浮起寒意。什么原因呢，有一种特殊的声音在他的身后传来。大森林是很闹也很静的，说它闹，是因为这里什么都有，鸟儿叫，虫儿鸣，偶尔还有各种动物的叫声。说它静，是因为这里的声音是有规律的，特殊的声音习惯于林中生活的人一下子就可以分辨得出。

于武的感觉一点儿也没错，孙广斌滚下山坡却撞上了一块石头。这使他晕了过去，一阵山风才使他清醒过来。清醒过来的他，活动一下身体，摸了摸额头，没有发现异常。于是，他放开腿脚闯进了大森林。

孙广斌是谁？孙广斌是放山人的后代。他的身上流着世代放山人的血，也秉承着放山人的天赋。摸一把草叶知道有什么东西走过，看一下树梢，知道这是什么地方，听到风声知道是否天阴要下雨。

因此，尽管老林子深远而广袤，幽邃而僻静，孙广斌却像一只训练有素的军犬，紧紧地咬住了于武，并且，步步逼近。

于武听到特殊的声响，立刻如机灵的豹子，放开脚步就是一阵急奔。转了几个山头，傍晚时分那特殊的声响不见了。于是，他找到了一个山洞，钻进去稳稳地睡了一觉。而孙广斌也不着急，他的眼中，于武走过的路全是痕迹。比如，草被压倒了，树枝挂断了。这些微小的痕迹，别人看不出来，可孙广斌在茫茫林海中看得清清楚楚。于是，他也找了个山洞，睡上一觉，用以恢复体力。他知道，碰上于武就是一场生死战，没有犹豫，没有后退。

早晨天光放亮，林中第一只鸟儿鸣唱的时候，于武就开始上路。他要向深山里走，到长白山的深处去隐藏一段再说。可是，就在他转过一道山梁时他却遇到了麻烦。

转过山梁，他的前面出现了一道小溪，小溪旁边的一面坡上却冒出了悠悠的炊烟。

再仔细看时，原来是有人挖了一个当地人叫地羌子的东西。其实，就是在山坡上挖个坑，上面苫上草，形成一个类似于房子的地方。里面用石板搭成炕，可以烧火，可以睡觉。即使是严冬，也可以抵御寒冷。

于武大喜过望，土匪有土匪的逻辑。他的逻辑很简单，将你的抢过来就是我的。

这大森林中挖这么个东西，再盘上一铺炕，架上一口锅，也得费些工夫。于武想将那个人打走，占据这间临时住所，比住山洞要强得多。

于是，他掏出盒子枪，弯着腰向那个地窖般的东西摸去。

突然，他感觉自己的后脑有冷风渗进，一个冰凉的铁管顶在了他的后脑勺。

"放下枪，向前走!"声音很霸道。

于武怎么也想不到，这老林子里会有比他还强的人。他慢慢地放下枪，双手一举的当儿，竟然是就地一滚，"嗖"的一声站起，手中已经有了另外一把枪。不要忘了，于武可是"双枪于武"。

那个人正要哈腰捡枪，于武的动作让他一惊，他非常机敏地向后一撤隐身于树后。这个动作救了他的命，于武一枪打来，子弹"啪"的一声就钉在了树上。

那个人不是别人，正是坚持大东亚圣战的松山一郎。

松山立刻开枪回应，子弹如飞蝗在林中飞来飞去。于武的枪法极准，子弹不离松山藏身的大树。仗着手中有枪，松山的火力回击压制着于武，否则，松山早就会被于武一枪毙命。

于武猛然想起后边还有人追赶，他哪儿还敢恋战？于是，他连续几枪之后，拔腿就跑。

松山一郎长期伏在林中，已经成为野兽。他不管是土匪还是什么人，只要是中国人就是他杀害的对象。看于武逃跑，他钻进地窖般的房子里，拿出了一支长枪。这枪的射程不是短枪可比，他稍一瞄准就扣动了扳机。于武跑得再快，岂能跑过子弹？那颗三八枪的子弹"卟"的一声钻进了他的后背，他应声而倒。

松山追上前去，对准于武就是一阵乱枪，于武的脑袋被打得粉碎。

松山狠狠地踢了一脚，于武的尸体被他踢得滚了个个。然后，松山拍了拍手，进屋拎出军刀，他要把于武大卸八块。这个日本武士已经变态，抓住中国人他就要残害到最后。

可在他举起刀来的同时，孙广斌已经赶到，情急之中他抬起手"啪"的就是一枪，子弹贯穿了松山的一只胳膊。那柄刀立刻垂下，凶恶的眼睛转向林中出现的孙广斌。

突然，松山的眼睛变得柔和起来，那眼睛里充满了疑问。他没害怕，他已经将生死置之度外。他捏住流血的手臂，用牙咬下一块布条紧紧地缠好。然后，他用对老熟人的口气问孙广斌道："喂，告诉我，你是谁？为什么开枪打我？"

此刻，孙广斌已经认出了松山一郎。他的声音，他的蛮横的劲头，一点儿都没变。

"松山一郎！你在这里？日本天皇已经下令投降，你竟敢对抗你们天皇的命令，跑到这山沟里打什么圣战？告诉你，我就是孙广斌，现在抚松县民主政权的县长。"孙广斌义正辞严，大森林里洪亮的声音传出老远。

"哈哈哈，原来是赵北川的女婿。好啊，我找的就是你，你敢来和我拼上三个回合吗？"

松山将军刀捡起换到左手，极具挑衅地说道。

孙广斌蔑视地一笑，他将手枪插进腰带。手一指说："松山一郎，当年在万良村，你就是我的手下败将，我有什么不敢？不过，动手之前我还是劝你，进入俘虏营，也许，你还有见到富士山的一天。"

"少啰唆，过来！"

孙广斌向前移动，一只手已经从腰间解下他的七节钢鞭。

突然，他眼前一亮，那柄军刀被松山像扔一条刀鱼一样，在空中飞舞旋转着奔孙广斌而来。孙广斌侧身一闪，松山转身逃进了林中。

孙广斌向他逃走的方向看了一眼，收住了脚步。他必须查看松山的这个游击据点，清理这个日本武士的东西。因此，松山得到了逃跑的时间。可是，他哪儿知道在这老林子里他逃到哪儿也没用，孙广斌会根据他的足迹追上来的。

孙广斌在松山的那个地窖子里，竟然发现了数块人头骨。原来，他已经残害了很多人。那里面还有一杆长枪，很多子弹。孙广斌将其收拾一番，正愁没有办法处理，森林中一阵脚步声，龚飞豹带着一个战士追了上来。

"好，你赶紧收拾一下这些东西，尽量找个最近的村庄安排一下。还有于武的尸体，能掩埋还是掩埋了吧，毕竟当初跟我们打过日本。"

"行，这点事不算什么，让战士办吧！"龚飞豹的意思，孙广斌立刻明白。

"不行，你要联系附近村庄的人。再者，这个战士也不熟悉老林子，你让他在这林子里转不出去怎么办？放心，那个松山好的时候我都不怕，何况他已经受伤。"

说完，孙广斌急忙沿着松山逃跑的方向追了下去。

像在海里游泳一样，午间时分，孙广斌已经看到松山滴落在草叶上的血迹。他加快脚步，钻出一片白桦林。突然，孙广斌感到眼前的一切是那么熟悉。

于是，他停住脚步，放眼观察。终于，他看清了，原来他的面前是棒槌谷！

十五年了，这棒槌谷竟然是一点儿也没变。包括父亲住的那幢小房子对面的粗粗的杨桦树，那是一棵杨树和一棵桦树紧紧的缠绕在一起，赵媛曾经笑着称它们谓"杨桦恋"，非常奇特的一个景观，至今未变。再看，一条小溪在谷底流淌。再看，不远处的那个平台，平台上的那个马架子屋。十五度春秋，人间沧桑，棒槌谷竟然"山中方七日"，一切如旧。

突然，孙广斌屏住了呼吸！

原来，马架子屋里有人。那屋子的前后，已经被开辟成了大片的玉米地。此刻，玉米将近成熟，一个身影正在玉米地里掰玉米。

天哪！孙广斌一阵晕眩，他猛掐了大腿一把，这不是做梦。是真的！

可是，一个人影闯进了他眼前的画面。松山摇晃着正要跨过那条小溪，他已经精疲力竭。孙广斌的速度太快，后面的声音逼得他如狼一样窜，而伤口就不停地流血。就在他跨过小溪的刹那，一块松动的石头绊得他一头栽倒于岸边。孙广斌再也不能犹豫，他飞速地跨过溪水，掏出准备好的手铐锁住了这个凶悍的日本武士。松山像一条被扔上岸要死的鱼，翻了一下白眼，再也无法挣扎。

孙广斌再抬头，他的面前出现了一双明亮的眼睛。眼睛里那对瞳仁还和十五年前一样的雪亮，不过，此刻充满了疑问之色。

真是没有想到，十五年后的赵媛竟然一点儿也没变。雨雪风霜似乎和她无缘，如此艰苦的环境一丝一毫地也没有改变她的容颜。怪了！为此，孙广斌也是张口结舌，半天说不出话来。

还是赵媛，她挎着一篮子玉米，终于是怯生生地问道："是广斌哥？"

也许，这十五年战火熏陶，孙广斌变化不小，赵媛试探着问道。这试探，让孙广斌在懵懂里醒来，他大叫："媛媛，媛媛，你让我找得好苦啊！"

一句话惊得赵媛竟然将篮子摔到了地上，人也如面条般软软地瘫倒于地面。

孙广斌急忙上前一步，从地上扶起媛媛。紧急地一阵摇晃，疯狂的叫唤，激动和兴奋过度的媛媛也醒了过来。醒过来的媛媛泪流满面，抽泣着喃喃道："广斌哥，真是广斌哥，你让我等得好苦啊！"

当年，她从仙人洞顺着地下河一路走来，竟然是进了棒槌谷。还好，孙善起的马架子屋还在，她就在这儿苦守了十五年。

兄妹见面，本应该有无数的话要讲，可赵媛想到了最紧要的一句话，而这句话就等着她的广斌哥："广斌哥，龙腾还在！"

什么？孙广斌有点不相信自己的耳朵。

赵媛拽着他，来到马架子屋对过的小溪中，她向溪水里一指："你看，我当年将它埋在地下。没想到，山洪上涨，小溪改道，它就泡在了溪水中。

我一看，正好，就让它隐身在这河底深处吧!"

这时候，借着阳光，孙广斌看到了溪水中有一个亮晶晶的东西。原来，那就是泡龙腾的人参酒瓶借着太阳的反光。

孙广斌突然明白了:"媛媛，怪不得你青春永驻容颜不老，原来你喝的是人参水，吃的是龙腾的汤。"

回过头来，孙广斌面向太阳张开双手:"苍天有眼，中国人的东西永远属于中国人!"

那边的松山听得很清楚，作为当事者，他立刻明白了眼前的一切。

刹那间，他的脸色像河里被打翻的鱼肚，无比苍白!